DER STRICKCLUB DER VAMPIRE: CORNWALL

BAND 1

NANCY WARREN

Der Strickclub der Vampire: Cornwall, Band 1

Urheberrecht © 2024 Nancy Warren

Alle Rechte vorbehalten.

ISBN: Ebook 978-1-998239-09-2

ISBN: Gedruckt 978-1-998239-08-5

Cover-Gestaltung von Lou Harper von Cover Affair.

Übersetzung: Christine L. Weiting – Language + Literary Translations, LLC.

Ambleside Publishing

VORWORT

Band 1 – *Der Strickclub der Vampire: Cornwall*
Ein paranormaler Cosy-Krimi

Ein Strickladen in Cornwall – was könnte es Friedlicheres geben?
Sehr vieles, wie sich herausstellen soll!

Als die aus Boston stammende Hexe Jennifer Cunningham sich bereit erklärt, in dem englischen Fischerdorf Tregrebi an der Küste von Cornwall ein Handarbeitsgeschäft zu führen, befürchtet sie erst, dass ihr dort langweilig werden könnte. Okay, dass dort Vampire in einer ehemaligen Zinnmine wohnen, ist ihr bekannt, aber an Vampire hat sie sich mittlerweile gewöhnt. Als wahre Schnellstricker sind diese hervorragende Wollkunden und mit einigen Untoten verbindet sie bereits eine gute Freundschaft.

Jennifer ist fasziniert von der zauberhaften, mythischen

Landschaft in Cornwall und verliebt sich bald in ihre neue Heimat. Doch als sie eines Morgens einen felsigen Strand erkundet, entdeckt sie eine Leiche. Der Tote scheint von der Klippe gestürzt zu sein, aber war es wirklich ein Unfall? Oder wurde er ermordet?

Je mehr sie herausfindet, desto mehr gelangt Jennifer zu der Überzeugung, dass hier ein Mörder am Werk war. Und sie ist sich ziemlich sicher, dass eine von all den bunten – lebenden und untoten – Gestalten, denen sie hier begegnet, den Mord begangen hat.

Aber wer? Der allzu attraktive untote Pirat? Der vagabundierende Künstler mit dem faszinierenden Talent? Die etwas zu hilfsbereite Geschäftsinhaberin aus der Nachbarschaft?

Melden Sie sich zu Nancys spamfreien Newsletter auf Nancy-WarrenAuthor.com an und erhalten Sie gratis die Geschichte von Rafe, dem hinreißend attraktiven Vampir aus der Serie *Der Strickclub der Vampire.*

Werden Sie Teil von Nancys privater Gruppe auf Facebook, wo wir uns über Bücher, Stricken, Haustiere und das Leben an sich austauschen. facebook.com/groups/NancyWarren-Knitwits

KAPITEL 1

*A*uf der Welt gibt es Orte, die einen einfach ansprechen. Wo man ankommt und eine innere Stimme einfach *Ja* sagt. Cornwall war für mich so ein Ort. Ich habe mein ganzes Leben in Küstennähe verbracht, aber der Ozean bei Boston ist ruhiger. Das Meer, das an der zerklüfteten Küste Cornwalls gegen die Felsen prallt, ist viel muskulöser. Es scheint zu sagen: *Ich bin eine Urgewalt, und ihr solltet lieber Respekt vor mir haben, sonst wird es euch schlecht ergehen.*

Es gibt so viel Magie in Cornwall – kein Wunder, dass diese Gegend mir als Hexe vertraut vorkommt. Drei Monate lang wollte ich es ausprobieren, hier zu leben und zu arbeiten, dazu war ich hergekommen. Meine weltbeste Freundin, Lucy Swift, und ihr frischgebackener Ehemann, Rafe Crosyer, besaßen in Cornwall ein Herrenhaus, das den Namen *Shadowbrook* trug. Und Lucys Großmutter, Agnes Bartlett, musste aus mehreren Gründen aus Oxford verschwinden und sich woanders eine Beschäftigung suchen. Sie hatte zeitlebens ein Handarbeitsgeschäft betrieben, und das sehr erfolgreich, also hatte sie beschlossen, nach Cornwall zu ziehen, um dort einen neuen Laden zu eröffnen. Da Agnes eher nachts aktiv war, sollte der Laden tagsüber von mir geführt werden.

Shadowbrook stand in Tregrebi, einem Fischerdorf, das immer mehr vom Fremdenverkehr lebte. Zugleich war es jedoch eines der wenigen, wo noch aktiv Fischerei betrieben wurde. Um fünf Uhr morgens fuhren die Boote hinaus, und zur Mittagszeit wurde der frische Fang auf den Speisekarten der Restaurants angeboten. Für die Einheimischen aus der näheren Umgebung und für Touristen war Tregrebi zu einem beliebten Ausflugsziel geworden. Für jemanden, der einen Strickladen eröffnen wollte, waren das günstige Voraussetzungen.

Ich war zwar etwas skeptisch gewesen, als mir der Vorschlag gemacht wurde, im Einzelhandel tätig zu sein, aber ich hatte nichts anderes zu tun und außerdem gab es für mich viele Gründe, nicht nach Boston zurückzukehren. Ich war dreißig. Vor Kurzem hatte ich im Einvernehmen mit meinem Arbeitgeber beschlossen, dass meine Tätigkeit im Technologievertrieb nicht das Richtige für mich war. Was das Richtige war, wusste ich allerdings nicht, und genau da lag das Problem.

Eine Hexe zu sein ist toll, und es ist großartig, Zauberkräfte zu haben, aber ein gut bezahlter Beruf ist das nicht gerade. Und eine Praxis als Wahrsagerin oder Gedankenleserin wollte ich auch nicht eröffnen. Aber ich stricke gern. Und vermutlich war ich anfangs überhaupt in den Vertrieb gegangen, weil ich gerne mit Leuten zu tun habe. Also erklärte ich mich bereit, drei Monate lang einen Strickladen zu führen – und Lucys Großmutter auszuhelfen.

Denn Agnes mag zwar eine sehr gute Geschäftsfrau sein,

aber sie hat auch ein paar Probleme. Dass sie tagsüber schlafen muss, ist nicht gerade eine Kleinigkeit. Lucys Großmutter ist nämlich ein Vampir. Ich mag Agnes sehr. Ich mochte sie schon, als sie noch lebte, und ich mag sie immer noch, auch wenn sie jetzt zu den Untoten gehört.

Agnes, ein paar andere Vampire und ich reisten gemeinsam von Oxford nach Tregrebi.

Mit von der Partie war Agnes' beste Freundin, Sylvia Strand. Sylvia ist nicht gerade der herzliche, kuschelige Typ, aber irgendwie haben wir uns angefreundet. In den 1920er Jahren war sie Theater- und Filmschauspielerin gewesen, und als sie erfuhr, dass ich in einem Einführungskurs zur Geschichte des Kinos einige ihrer Stummfilme gesehen hatte, beschloss sie, mich zu mögen. Aber mal ehrlich, seitdem ist ein Jahrhundert vergangen, und Sylvia glaubt immer noch, seit *Grand Hotel* mit Greta Garbo sei kein einziger guter Film mehr gedreht worden.

Dann war da noch Alfred, ein Vampir mit feiner Nase und Knoblauchallergie, der in Bezug auf Blutgruppen recht wählerisch ist und ausgezeichnet stricken kann. Er spielte gern den Chauffeur – sowohl für Lebende als auch für Untote – wahrscheinlich, weil es ihm so viel Spaß machte, Sylvias Bentley zu fahren, und so fuhr er auch heute.

Unser Vierergespann kam um 5 Uhr morgens in Shadowbrook an, und mein erster Gedanke war *Kaffee*. Shadowbrook war früher als Bed and Breakfast genutzt worden, daher hoffte ich, dass man dort anständigen Kaffee auf Lager hatte.

Die drei Vampire sagten, ich solle es mir bequem machen und verabschiedeten sich fürs Erste. Sie wohnten auf demselben Grundstück in einer anderen Unterkunft.

Ich trug meinen Koffer durch die Eingangstür und dann

war ich allein. Vor mir lag ein großes, komfortabel möbliertes Wohnzimmer, von dem aus eine riesige zweiflügelige Balkontür auf eine Veranda mit Meerblick führte. Sehr schön. Im nächsten Raum befand sich eine gut ausgestattete Bibliothek, ebenfalls mit Fenstern, von denen man aufs Meer blickte, und auf einem Ständer war ein Fernrohr aufgebaut. Später würde ich mir die Buchtitel anschauen, aber erst einmal brauchte ich unbedingt einen Kaffee.

An einer Tür hing ein Schild mit der Aufschrift „Privat". Da Shadowbrook ein Bed and Breakfast gewesen war, vermutete ich, dass früher hinter dieser Tür im Erdgeschoss das Frühstück angerichtet wurde. Und tatsächlich: Als ich durch die Schwingtür trat, fand ich mich in einer großen Küche wieder, mit einem riesigen Aga-Herd, großzügigen Arbeitsflächen, einem Kühlschrank in Gewerbegröße und einer Spülmaschine.

Kaum hatte ich auf der Suche nach Kaffee den ersten Schrank geöffnet, rief eine Stimme hinter mir: „Was suchen Sie?"

Ich fuhr vor Schreck zusammen und drehte mich um. Vor mir stand eine reizbar wirkende Frau mit dunkler Hose, frisch gebügelter weißer Bluse und schwarzer Strickjacke. Ihre Frisur sah aus, als würde ihr graues Haar bei einem allwöchentlichen Friseurbesuch und an den übrigen Tagen mit einer Menge Haarspray in Form gebracht. Und obwohl es erst kurz nach fünf Uhr morgens war, war sie bereits gepudert und trug Lippenstift.

„Wer sind Sie?", fragte ich und überlegte, ob sie sich wohl hier eingeschlichen hatte und ob meine mentalen Kapazitäten im Moment noch ausreichen würden, um sie mit einem Zauberspruch zu vertreiben.

„Ich bin Mrs Biddle. Die Haushälterin. Ich wohne hier",
sagte sie. „Und Sie sind sicher Jennifer. Ich hatte sie eigentlich erst später erwartet."

Rafe hatte eine Haushälterin erwähnt, aber ich hatte
gedacht, es sei eine Frau aus dem Dorf, die ab und zu zum
Putzen kam, und nicht eine humorlos und ziemlich düster
wirkende Hausangestellte.

„Ich wollte mir gerade einen Kaffee machen."

Sie eilte vorwärts. „Haben Sie das Schild an der Tür nicht
gelesen? Setzen Sie sich ruhig ins Wohnzimmer. Ich bringe
Ihnen den Kaffee."

Wenn ich in diesem Haus wohnen sollte, dann wollte ich
nicht als Gast behandelt werden, das wollte ich von Anfang
an klarstellen. Also beharrte ich auf meinem Standpunkt.

„Mrs Biddle, ich verstehe schon, dass Sie hier arbeiten,
aber ich bitte um Ihr Verständnis, dass Sie nicht von mir
bezahlt werden. Ich fände es nicht in Ordnung, mich von
Ihnen bedienen zu lassen. Bitte lassen Sie mich meinen
Kaffee selbst kochen."

Für meine Vorstellungen von Selbstständigkeit hatte sie
keine Zeit. „Das kommt gar nicht in Frage. Mir meine saubere
Küche von Ihnen in Unordnung bringen zu lassen? Ich habe
noch anderes zu tun als Ihnen hinterherzuräumen. Schluss
mit dem Unsinn. Sie gehen ins Wohnzimmer."

Und man glaube es oder nicht, ich gehorchte. Doch bevor
ich aus der Küche ging, drehte ich mich noch einmal um. Ich
war vielleicht müde, aber nicht völlig daneben.

„Sie wollen mir doch nicht etwa löslichen Kaffee machen,
oder? Das Zeug kann ich nämlich nicht ausstehen."

Ihre zu einem Strich zusammengepressten Lippen
schienen sich ein ganz kleines bisschen zu entspannen. „Ich

weiß, was Sie Amerikaner mögen. Ziehen Sie eine dunkle oder eine mittlere Röstung vor?"

Okay, vielleicht gab es ja doch noch Hoffnung. „Mittlere Röstung, Milch, kein Zucker."

„Sehr gern. Möchten Sie auch frühstücken?"

Ich schüttelte den Kopf und überließ die Frau ihrem Reich. Also, das war gut gelaufen. Ich versuchte mir klarzumachen, dass Mrs Biddle ihre Arbeit wahrscheinlich gern tat und es nicht fair wäre, sie ihr abnehmen zu wollen. Aber eine Dienerin zu haben? Ich? Echt jetzt?

In Rafes Herrenhaus in Cornwall zu leben, würde gewöhnungsbedürftig sein. Das Haus selbst war wunderschön, mit interessanten Ecken und Winkeln aller Art und schönen Ausblicken auf den Fischereihafen. Lange Zeit hatte er es an ein Ehepaar vermietet, das hier ein B&B betrieben hatte, aber die Leute waren jetzt im Ruhestand und er hatte beschlossen, es selbst zu übernehmen. Jetzt, als verheirateter Mann, fing er wahrscheinlich an, häuslich zu werden.

Gerade schaute ich durch das Fernrohr der Bibliothek hinaus auf ein Fischerboot, das auf und ab schaukelte, als Mrs Biddle mir meinen Kaffee brachte, eine volle Kanne auf einem Tablett, mit einem Croissant, Butter und Marmelade. Jetzt, da ich auf der richtigen Seite der Küchentür stand, wirkte sie menschlicher. „Ich habe Ihnen Ihr Zimmer zurecht gemacht", teilte sie mir mit. „Ich werde Mr Biddle bitten, Ihren Koffer hochzutragen, während Sie Ihren Kaffee genießen."

Es gab einen Mr Biddle? Ich wäre durchaus in der Lage gewesen, meinen Koffer selbst die Treppe hinaufzutragen, aber irgendwie wusste ich, dass ich in ihrer Achtung sinken würde, wenn ich mein Gepäck selbst hinaufschleppte. Also sagte ich einfach: „Danke", und griff nach meinem Kaffee.

Zwar weckte Mrs Biddle in mir unangenehme Erinnerungen an Mrs Danvers aus Daphne du Mauriers Roman *Rebecca*, aber ihr Kaffee war ausgezeichnet, das musste man ihr lassen.

Ich trank davon zwei Tassen, aß das Croissant, auf das ich, ohne es zu wissen, Lust gehabt hatte, und fühlte mich bereit, alles zu erkunden. Auf der anderen Seite des Flurs befand sich ein Speisesaal, in dem gut und gerne 20 Personen Platz fanden, und auf der dem Meer zugwandten Seite war ein Frühstückszimmer. Dort standen sechs Tische zur Auswahl, aber ich wusste schon, dass ich immer an dem Tisch in der Nische sitzen würde, der die beste Aussicht bot. Zweifellos würden Lucy und Rafe einige Änderungen an der Einrichtung vornehmen, sobald sie dazu kämen.

Mrs Biddle sah mich bei meinem Rundgang und sagte, sie wolle mir mein Zimmer zeigen. Ich folgte ihr eine breite Treppe hinauf. Blumentapeten bedeckten die Wände und es gab auch einige Drucke mit Landschaftsbildern aus Cornwall, hauptsächlich in Blau- und Grüntönen.

An dem Zimmer, zu dem mich Mrs Biddle führte, hing noch das Schild mit der Zimmernummer. Es war Zimmer 1.

„ Mr Crosyer sagte, ich solle Ihnen unser bestes Zimmer geben", sagte sie.

Ich fragte mich, wo sie mich wohl hingesteckt hätte, wenn er ihr diese Anweisung nicht gegeben hätte.

Ich ging hinein und seufzte zufrieden. Mein Zimmer war riesig, es hatte einen Balkon mit Blick auf den Hafen, ein luxuriöses Bad und – was das Beste war – ein eigenes Türmchen. Eine Wendeltreppe führte hinauf zu einem runden

Raum mit Schreibtisch und einem bequemen Sessel am Fenster. Ich konnte mir gut vorstellen, dass ich hier oben stundenlang mit einem Buch sitzen würde.

Mr Biddle hatte meinen Koffer auf eine Gepäckablage gelegt, wie es sie auch in Hotelzimmern gibt.

Mrs Biddle sagte: „Jetzt können Sie auspacken." Sie überreichte mir die Schlüssel für die Eingangstür des Herrenhauses und für mein Zimmer.

Irgendwann würde ich mir eine eigene Wohnung suchen – falls ich hierbliebe. Aber wenigstens hatte ich für die nächsten drei Monate eine interessante Bleibe und eine Arbeit, der ich jeden Tag nachgehen würde. Und dann? Das würde ich der Zukunft überlassen.

Ich öffnete meinen Koffer und begann auszupacken.

JETZT, wo wir in Tregrebi angekommen waren, machten wir uns gleich an unsere erste Aufgabe: die Suche nach dem perfekten Standort für ein Strickgeschäft. Rafes Verwalter vor Ort war ein energischer Mann in den Vierzigern namens Trevor Morton. Er hatte die mögliche Auswahl auf drei Lokale eingegrenzt. Er nannte uns die Adressen, und Alfred fuhr Agnes, Sylvia und mich im Bentley dorthin – hinter Trevor her, der in seinem unscheinbaren grauen Ford vorausfuhr.

„Wie gefällt dir Shadowbrook?", fragte Agnes.

„Es ist wunderschön. Wirklich ein herrliches Haus." Ich zögerte. „Aber es gibt dort eine Haushälterin. Mrs Biddle."

„Ja genau", sagte Sylvia. „Sie hatte das Bed and Breakfast

betrieben, und Rafe hat sie und ihren Mann dabehalten, damit sie sich um Shadowbrook kümmern können."

„Ich brauche kein Dienstpersonal." Ich war Amerikanerin. Bei uns hatte keiner Dienstboten, zumindest niemand aus meinem Bekanntenkreis.

„ Mr Biddle hält das Gelände in Schuss", sagte Sylvia, als hätte ich gar nichts gesagt.

Ich schüttelte den Kopf. „Ich kann keine persönlichen Dienstboten haben. Vor allem werde ich nicht genug Geld verdienen, um sie zu bezahlen."

„Meine Liebe, die Biddles arbeiten seit zwanzig Jahren im Herrenhaus Shadowbrook. Sie wären am Boden zerstört, wenn sie ihren Arbeitsplatz verlieren würden. Außerdem werden sie von Rafe bezahlt, nicht von dir", sagte Sylvia.

„Aber das ist nicht in Ordnung. Er wohnt nicht einmal in Shadowbrook. Ich wohne hier."

Sylvia beugte sich vor. „Ich möchte dir einen Rat geben, Jennifer. Wenn es um Rafe geht, ist es viel einfacher, ihm seinen Willen zu lassen. Andernfalls wirst du in einen langwierigen Streit verwickelt, den am Ende sowieso er gewinnt. Die Mühe kannst du dir sparen."

Ich verstand, was sie meinte. Ich hatte ihn mit Lucy gesehen. Er war lieb und zärtlich, aber er war auch sehr dominant, und es fiel mir nicht schwer zu glauben, dass er normalerweise seinen Willen durchsetzte.

Ich beschloss, mir meine Mahlzeiten trotzdem selbst zu kochen und danach alles wieder sauber zu machen, und wenn Mrs Biddle dann den ganzen Tag nichts anderes zu tun hätte, als Zeitschriften zu lesen oder Brettspiele zu spielen, dann betraf das nur sie und Rafe.

Ich genoss die landschaftlich reizvolle Fahrt und erhaschte Blicke auf bunte Häuschen, hübsche Gärten und das Meer, aber die Besichtigungen mussten warten. Wir waren geschäftlich in Tregrebi. Ich verstand schnell, dass Trevor ein Mann war, der keine Zeit verschwendete. Unsere erste Station auf seiner Liste von drei möglichen Standorten für unser Geschäft war ein ziemlich großes Ladenlokal etwa zwanzig Minuten außerhalb von Tregrebi, aber an der Touristenstraße, und es gab dort viele Parkplätze. Das Gebäude, eine ehemalige Kneipe, war groß und bot viel Platz für das Warenlager und die Durchführung von Strickkursen. Der Nachteil war jedoch, dass es dort keine anderen Läden gab und das Gebäude seelenlos war.

Das zweite Lokal, das Trevor uns zeigte, lag näher an Tregrebi, aber unterhalb eines Wohnblocks, und man musste eine Treppe hinuntergehen. Daneben befand sich ein Lebensmittelladen und auf der anderen Seite ein Zahnarzt. Früher war in dem Lokal ein Kunsthandwerkladen gewesen, der jedoch in Konkurs gegangen war, was nichts Gutes verhieß. Keinem von uns gefiel es dort.

Nachdem wir zwei der Lokale abgehakt hatten, blieb nur noch einer und wir fuhren zum dritten Ort. Offensichtlich hatte sich Trevor das Beste bis zum Schluss aufgehoben, denn schon als wir darauf zu fuhren, wusste ich, dass der Standort perfekt war. Es war ein kleines altes Cottage an der Hauptstraße von Tregrebi, das mit seinen hübschen Fenstern sehr einladend wirkte. Ringsherum gab es andere Geschäfte, und schon vom Bentley aus konnte ich sehen, dass ziemlich viele Kunden die Läden bevölkerten. Tregrebi war nicht sehr groß, aber das hier war die Hauptgeschäftszone.

Ich konnte unser Glück kaum fassen, dass ein so erstklassiger Standort zur Verfügung stand.

Als wir das Lokal betraten, wurde meine Begeisterung jedoch gedämpft. Schwer zu sagen, wann es wohl das letzte Mal in irgendeiner Form genutzt worden war, aber nach den Spinnweben, dem Schmutz und dem Staub überall zu urteilen, war das schon eine ganze Weile her.

„Dieses Haus steht schon seit einiger Zeit leer, aber angesichts der Lage würde es sich hervorragend für ein Strickgeschäft eignen", sagte Trevor. „Ich habe die Einwohnerstatistiken hier und konnte auch Informationen vom örtlichen Einzelhandelsverband einholen." Er reichte mir einen Ordner mit Unterlagen.

Ich konnte mir bildlich vorstellen, wie es hier aussehen würde, wenn erst alles mit Wolle gefüllt wäre und Kundschaft aus- und einginge. Es gab eine alte Theke, von der ich dachte, dass wir sie behalten könnten, aber ansonsten musste die Einrichtung von null auf geplant werden.

Agnes sah mich an. „Was meinst du, Liebes? Ist es zu klein?"

Ich wandte mich Trevor zu. „Gibt es hier irgendeinen Lagerraum?"

„Ja. Oben. Passen Sie auf der Treppe auf. Ursprünglich war dies eine Bäckerei und die Familie wohnte im Obergeschoss. Die Treppe nach oben ist ein wenig wackelig, aber das lässt sich sicher beheben."

Das Obergeschoss bot viel Platz für einen Lagerraum und auch für Strickkurse. Es gab dort sogar eine winzige Küche und eine Toilette, die ebenfalls renovierungsbedürftig waren, aber ich dachte, wir könnten es schaffen.

Als wir wieder unten waren, sahen wir uns alle an und nickten.

„Wir nehmen es", sagte Agnes.

Trevor Morton war offensichtlich ein Mensch wie du und ich, und falls er dachte, dass die beiden älteren Frauen und Alfred ein bisschen anders waren, dann tat er so, als würde er es nicht bemerken. Vielleicht auch, weil er Rafe kannte.

Er ging nach draußen, um einen Anruf zu tätigen, und damit war das Geschäft besiegelt. Später am selben Tag kehrten wir zurück, um es offiziell zu machen. Der Makler des Eigentümers war ein älterer Mann, der erleichtert schien, das Haus vermieten zu können. „Es wird dem Dorf guttun, einen schönen, respektablen Laden in der Hauptstraße zu haben. Stricken, ja. Das ist gut."

Als diejenige unter uns, die noch einen lebendigen Puls hatte, unterschrieb ich den Mietvertrag. Die Miete war nicht allzu hoch, sodass wir sicher ein bisschen Geld in die Reparatur der wackeligen Treppe und in ein paar Renovierungsarbeiten am Haus würden investieren können. Die Bausubstanz war in Ordnung, aber hier richtig sauberzumachen wäre echte Knochenarbeit. Ich hatte so eine Ahnung, wessen Knochen hier würden arbeiten müssen. Aber ich hatte in letzter Zeit nicht viel Sport getrieben. Etwas Bewegung würde mir wahrscheinlich guttun.

An der Rückseite des Ladens waren die Fenster kleiner. Es kribbelte in meinem Nacken, so als würde ich beobachtet. Als ich mich umdrehte, sah ich eine Katze mit braunschwarzem Fell, die mich durch das Fenster beäugte. Neugierig, wie Katzen nun einmal waren, schien sie sich die neuen Bewohner des Hauses anschauen zu wollen.

Obwohl ich vermutete, dass sie mich durch das Fenster nicht hören konnte, sagte ich: „Na, du hast hoffentlich die Mäuse hier unter Kontrolle gehalten."

Sie beäugte mich weiter, und ich glaube, es war keine

Einbildung, dass sie sich über meine Anwesenheit hier nicht gerade zu freuen schien. Vielleicht mochte sie keine Amerikanerinnen.

Nach der Vertragsunterzeichnung feierten wir unsere Firmengründung, indem wir wieder einmal versuchten, uns auf einen Namen zu einigen.

„Der Strickkorb?", schlug Agnes ohne große Begeisterung vor.

„Abgekettet", entfuhr es mir. Wahrscheinlich entsprach das meinem Gefühlszustand. Oder meinte ich „ausgestoßen"?

„Wann werden wir eröffnen können, was meint ihr?", wollte Agnes wissen.

Das fragte ich mich auch. „Meint ihr, wir könnten in zwei Wochen fertig sein?", fragte ich.

„Ich wüsste nicht, was uns daran hindern sollte", sagte Agnes.

„Wenn wir einen Namen finden können", mahnte Sylvia.

Zwei Tage später hatten wir immer noch keinen Namen für den Laden gefunden, aber ich hatte die Schlüssel und viel Arbeit vor mir. Tapfer betrat ich die Küche von Shadowbrook, um Mrs Biddle um einen Eimer, Gummihandschuhe und weitere Putzutensilien zu bitten. Sie schnitt gerade Zwiebeln und schien gar nicht erfreut, mich zu sehen, aber vielleicht lag das auch an den Zwiebeln.

Ein Fernseher lief, und bevor ich Mrs Biddle meine Bitte vortragen konnte, hob sie die Hand. Ich folgte ihrem Blick auf den Fernseher.

Auf dem Bildschirm fragte eine Frau mit glänzendem kastanienbraunen Haar, das ihr in perfekten Wellen über die Schultern fiel: „Warum glauben Sie, dass die Touristenzahlen in Cornwall in diesem Jahr höher ausfallen werden?" Ihr Gesicht sah aus, als wäre es zum Lächeln gemacht, was sie auch gerade tat, und sie hatte eine tolle Radiostimme.

Ihr Interviewpartner war eindeutig ein Bürokrat, aber ich wusste es zu schätzen, dass Mrs Biddle auf dem neuesten Stand sein wollte, was den Fremdenverkehr betraf. Das wäre auch für mich und den Handarbeitsladen wichtig.

Die Fernsehsendung hieß *Cornwall Today!* Wir sahen uns beide den fünfminütigen Beitrag an, bis eine Werbepause kam und ein Sprecher sagte: „Und wir sind gleich zurück mit Jodie Rymer und Cornwall Today!"

Dann fragte die Haushälterin, die mittlerweile die Zwiebeln kleingeschnippelt und sich an die Möhren gemacht hatte: „Ja?"

Als ich ihr sagte, was ich brauchte, kramte sie widerwillig ihr Putzzeug heraus, und ich ging zurück zu dem namenlosen Strickgeschäft, um mit der Grundreinigung zu beginnen. Der Fußweg in die Stadt dauerte etwa zwanzig Minuten und ich fragte mich, ob ich wohl bald die Leute aus den umliegenden Cottages kennenlernen würde und ob der Hund, der bellte, als ich vorbeiging, vielleicht freundlicher werden würde, wenn er mich erst einmal kannte.

Dieses Mal betrat ich das Haus ganz allein und den ganzen Staub und Dreck vor mir zu haben, war sehr ernüchternd. Natürlich hatte ich nicht erwartet, dass der Makler einen Reinigungstrupp schicken würde. Er hatte deutlich gemacht, dass wir den Laden entweder in dem Zustand bekämen, in dem er sich befand – oder gar nicht. Bei einer so erstklassigen Lage konnte ich mir vorstellen, dass es Konkurrenz geben könnte, also hatten wir die Bedingungen gerne akzeptiert. Ich überlegte, ob ich Lucy und Rafe anrufen soll, um ihnen alles zu erzählen, aber es erschien mir nicht fair, sie in ihren Flitterwochen zu stören. Lucy würde sich schon melden, wenn sie so weit war.

Mit Gummihandschuhen und Putzlappen bewaffnet machte ich mich an die Arbeit, aber es war sehr mühsam. Nach einer Stunde taten mir Rücken und Arme weh, und ich brauchte dringend frische Luft und eine Tasse Kaffee. Und ich hatte ja die Hauptstraße noch gar nicht erkundet. Ich musste unbedingt herausfinden, wo es guten Kaffee gab. Falls es keinen guten gäbe, würde ich diese dreimonatige Probezeit ernsthaft überdenken. Ich hatte eben auch meine Ansprüche.

Ich ging hinaus und blieb kurz stehen, streckte meinen Rücken und atmete endlich Luft ein, die nicht nach altem Staub roch.

Ende Juni, an einem Vormittag mitten in der Woche war die Hauptstraße noch ruhig, aber ich hoffte, dass sie sich im Laufe der Saison mit Einkäufern füllen würde. Ich schaute die Straße hinunter auf das Gewirr von bunten Geschäften. An vielen waren Körbe mit Pflanzen aufgehängt, um Kunden zum Eintreten einzuladen, und ich fand es wunderhübsch. Natürlich gab es ein Pub, The Unicorn, und einen kleinen Lebensmittelladen, der stolz verkündete, dass es dort Produkte aus der lokalen Landwirtschaft zu kaufen gab. Ich sah mehrere Textilgeschäfte, einen Geschenkartikel- und Haushaltswarenladen und noch einige andere, die ich mir ansehen würde, sobald ich Zeit hätte.

Auf der anderen Straßenseite befand sich ein Damenbekleidungsgeschäft, die *Boutique Henrietta*, und ich beschloss, einen Schaufensterbummel zu machen, wenn ich schon einmal hier war. Beim Überqueren der Straße fiel mir auf, dass jemand das Holz an einer Seite des Ladens bemalt hatte. Ich wurde neugierig und blieb stehen.

Wie gebannt starrte ich auf das Gemälde. Ich möchte nicht behaupten, dass ich etwas von Kunst verstehe, aber irgendetwas an diesem Bild zog mich in seinen Bann. Es war praktisch die Nahaufnahme eines kleinen Abschnitts einer Bucht, von der ich annahm, dass sie sich hier in der Nähe befand. Dunkle Felsen und Kieselsteine umgaben ein Gezeitenbecken. Ich schaute mir die Details genauer an, und die Art, wie der Künstler die feinen Linien des Felsens gezeichnet hatte. Jetzt erkannte ich, dass hier winzige Meerestiere, Rankenfußkrebse und Seetang abgebildet waren. Alles war erstaunlich detailgetreu gezeichnet. Jedes Sandkorn sah aus, als hätte der Künstler es einzeln gemalt.

Das Gemälde – als Graffiti hätte ich es nämlich nicht bezeichnen wollen – war mit einem einzigen Wort signiert. *Tre.* Wer auch immer dieser Tre war, ich war bereits ein Fan von ihm.

Als ich so dastand und immer noch das Bild anstarrte, sagte eine Frauenstimme: „Guten Morgen. Ich habe Sie auf der anderen Straßenseite arbeiten sehen. Eröffnen Sie einen Laden?"

Ich drehte mich um und erblickte eine Frau, so zwischen vierzig und fünfzig. Ihr rotes Haar hatte eine Auffrischung nötig, da der graue Haaransatz sichtbar war. Sie war fast ganz in Lila gekleidet und trug eine dicke Brille, die ihre grünen Augen etwas unscharf aussehen ließ.

„Ja", antwortete ich, „ich werde einen Handarbeitsladen führen."

„Oh, einen Handarbeitsladen! So etwas hatten wir hier schon lange nicht mehr."

Ich war mir nicht sicher, ob dies eine gute oder eine schlechte Nachricht war. „Gibt es hier viele Leute, die stricken?"

„Na ja, im Sommer hat niemand viel Zeit, weder die von uns, die im Tourismus arbeiten, noch die Fischer. Aber sobald die Touristen nach Hause fahren und die Regensaison beginnt, auf jeden Fall. Sie werden feststellen, dass viele von uns wirklich froh sein werden, wenn sie ihre Wolle vor Ort kaufen können."

Die Geschäftsfrau in mir befürchtete, das Wintergeschäft der Einheimischen könnte nicht ausreichen, um den Laden über Wasser zu halten. Ich hoffte, dass viele Strickerinnen in Cornwall Urlaub machen würden. Und dass ich genug E-Mail-Kunden zusammenbekäme, um Garn und Strickpakete im Versand verkaufen zu können.

„Ich heiße Henrietta. Das ist mein Laden." Sie wies auf das Geschäft für Damenmode.

Ich zwang mich, nicht wieder in die Betrachtung des erstaunlichen Gemäldes zu versinken und konzentrierte mich stattdessen auf die fröhlich dekorierten Schaufenster. Drinnen gab es Barbour und Boss und Marken aus Cornwall, die gehobene Lässigkeit ausstrahlten. Es war die Art Boutique, in denen ich im Urlaub immer herumstöberte, aber selten etwas kaufte. Henrietta hatte sich eindeutig auf lässige Country-Mode spezialisiert, und ich vermute, dass die meisten ihrer Produkte für Touristen gedacht waren. Das gab mir Hoffnung. Wenn ihr Geschäft die Nebensaison überlebte, würde meines das vielleicht auch können.

Mit den Augen einer erfahrenen Geschäftsfrau begutachtete sie meinen Laden – der noch einen weiten Weg vor sich hatte – und sagte: „Es wird wirklich schön sein, dort wieder einen ordentlichen Laden zu haben. Das Lokal steht schon viel zu lange leer."

„Ach, wirklich?", fragte ich. „Es ist doch so ein fantastischer Standort. Direkt an der Hauptstraße, neben den anderen Läden."

„Ich weiß. Aber der Makler des Vermieters ist sehr wählerisch gewesen. Sie würden nicht glauben, wie viele Angebote er schon abgelehnt hat. Auch gute. Es hätte dort einen Spielzeugladen für Kinder geben können, und jemand hatte die Idee eines Geschenkladens speziell für Waren aus Cornwall, aber der Besitzer lehnte jedes Mal ab. Und da ihm der Laden gehört, konnten wir natürlich nicht viel machen."

„Nun, jetzt bin ich hier. Und ich hoffe, ein wichtiges Glied dieser Gemeinschaft werden zu können." Dann erinnerte ich mich an meine Manieren und sagte: „Ich bin übrigens Jennifer."

„Sie klingen, als kämen Sie von weit her." Mein Akzent war ihr aufgefallen.

„Ja, das stimmt. Ich komme aus Boston."

„Willkommen in Tregrebi", sagte sie. „Ich hoffe, dass Sie sich hier sehr wohlfühlen werden."

Da meine einzige Gemeinschaft bisher aus Untoten bestand, musste ich fragen: „Was machen die Menschen hier denn so?" In Boston war ich zwar kein wildes Partygirl gewesen, aber Tregrebi war nicht gerade eine pulsierende Metropole.

Sie hielt inne und überlegte. „Wenn man einen Ehemann oder Kinder oder beides hat, ist man in der Regel sehr beschäftigt, das kann ich Ihnen sagen. Es gibt hervorragende Möglichkeiten zum Bootfahren und Angeln, und natürlich kann man hier wunderbar wandern. Wir befinden uns direkt am Küstenwanderweg von Cornwall."

Lauter gute Dinge, aber ich hatte das Gefühl, dass mir als Single viele lange, einsame Abende bevorstehen würden.

„Und wenn man uns erst einmal kennt, sind wir meistens freundlich. Aber, wie gesagt, in der Urlaubssaison sind wir alle überfordert. Wenn danach wieder Ruhe einkehrt, organisieren wir Dinnerpartys, Bastelclubs und alles Mögliche."

Ich hatte das ungute Gefühl, dass ich im Umkreis von mehreren Kilometern die einzige ungebundene Dreißigjährige sein würde, abgesehen von denen, die mit Rucksäcken hier durchwanderten und weiterzogen. Ich war nicht gerade auf der Suche nach einem Freund oder so, aber es wäre doch schön, ein paar Leute in meinem Alter zu haben, mit denen ich etwas unternehmen könnte.

„Wie sieht es denn zum Beispiel mit Kino aus?"

„Für so etwas muss man in eine größere Stadt wie Newquay fahren."

Ich würde mir anschauen müssen, wie weit das weg war.

Sie fragte: „Dann sind Sie also Single?"

„Ja, bin ich", sagte ich verlegen, als ob ich mich dafür schämen müsste.

Sie sah das offensichtlich auch so. „Ach? Ein hübsches junges Mädchen wie Sie? Ich nehme an, Sie haben einfach noch nicht den Richtigen getroffen. Haben Sie es einmal mit Online-Dating versucht?"

Meiner Erfahrung nach waren die Leute, die mich am schnellsten fragten, ob ich es jemals mit Online-Dating probiert hätte, selbst verheiratet und hatten in ihrer Jugend nie davon gehört, weil es damals noch nicht erfunden worden war. Ich hingegen hatte schon viel nach links und nach rechts gewischt. Und Lucys Cousine Violet schwor auf eine Website namens WitchDate, aber auch das konnte mich nicht reizen.

„Mit der Einrichtung des neuen Ladens werde ich ziemlich beschäftigt sein", sagte ich. „Im Moment bin ich nicht auf der Suche nach einem Date."

„Sehr weise. Ich sage immer, der richtige Mann kommt, wenn man gar nicht danach sucht."

Das hatten mir schon viele Leute gesagt, genauso wie sie andere Sachen gesagt hatten wie: *Wer weiß, wozu es gut ist* oder *Es ist nun einmal, wie es ist.* Leere Phrasen, die einen trösten sollten, aber nichts bedeuteten.

Da ich unbedingt das Thema wechseln wollte, zeigte ich auf das interessante Gemälde an der Seite von Henriettas Laden. „Ich kann gar nicht aufhören, mir das anzusehen. Es ist einfach wunderschön."

Sie warf einen Blick auf das Gemälde. „Das macht ein Obdachloser, der hier in der Nähe lebt."

„Das hat ein Obdachloser gemalt?" Ich konnte es kaum glauben.

„Ja. Er kommt ab und zu ins Dorf und hat immer ein paar Bilder dabei. Die Leute kaufen sie ihm für zehn oder zwanzig Pfund ab, und das reicht ihm, um Proviant und Nachschub an Farben zu kaufen, und dann zieht er weiter. Er ist ganz okay, würde ich sagen. Wenn man an den Kritzeleien eines Landstreichers Gefallen findet. Er wird Ihnen bestimmt einmal über den Weg laufen. Manchmal riecht er etwas unangenehm, aber er ist harmlos."

Wie gesagt, verstand ich nichts von Kunst, aber dieses Bild sprach mich auf eine Weise an, die ich nicht erklären konnte.

Ich wandte mich wieder Henrietta zu. „Man merkt, dass mein Laden eine Weile leer gestanden hat. Er ist ziemlich verdreckt. Sie kennen nicht zufällig jemanden, den ich anheuern könnte, um mir bei der Grundreinigung zu helfen?" Auf gar keinen Fall wollte ich Rafes Haushälterin um Hilfe bitten. Sie hatte ja bereits eine schlechte Meinung von mir. Und ich glaubte nicht, dass einer meiner Vampirfreunde freiwillig Gummihandschuhe anziehen würde, um Wände abzuwaschen.

Sie überlegte einen Moment, dann sagte sie: „Es gibt inzwischen so viele Ferienwohnungen hier, dass es fast unmöglich ist, eine Reinigungskraft zu finden. Aber vielleicht Mrs Bolton. Ich werde sie mal fragen, ob sie Zeit hat. Und wenn nicht, kennt sie vielleicht jemanden."

„Dafür wäre ich Ihnen wirklich dankbar", sagte ich erfreut. Meine Arme und Beine waren müde vom vielen Schrubben. Da ich bisher im Technologievertrieb tätig gewesen war, war ich definitiv eher ein Büromensch. „Ach ja, und wo kann ich hier eine gute Tasse Kaffee bekommen?"

„Da kann ich Ihnen helfen", sagte sie. „*The Cornish Teapot* ist, wenn Sie die Straße hinuntergehen, gleich um die Ecke. Sie können es gar nicht übersehen."

Ich dankte ihr und machte mich auf den Weg.

Wie sie gesagt hatte, war The Cornish Teapot nur einen Häuserblock entfernt und bei meinem Laden gleich um die Ecke. Es gefiel mir sofort. Es war hell und fröhlich, und alle Tassen, Teekannen und das Geschirr waren aus der blau-weiß gestreiften Cornishware-Keramik, die in diesem Teil der Welt so berühmt ist. Und so gerne ich auch Tee trinke, war ich entzückt, als ich hinter dem Tresen eine richtige Barista-Kaffeemaschine entdeckte.

Eine junge Frau, die kaum aus dem Teenageralter heraus zu sein schien, stand hinter der Theke.

Sie sah auf und lächelte. „Kann ich Ihnen behilflich sein?"

„Ja. Ich brauche einen großen Cappuccino, mit einem Extraschuss Espresso." Und dann sah ich die Gebäckauswahl in der Vitrine. Sofort bekam ich Hunger.

Ich erkannte mehrere Sorten *Cornish Pasties*, einen Zitronenkuchen, einen Kuchen mit Trockenfrüchten und dann etwas, das als kornischer Safrankuchen bezeichnet wurde. Er war leuchtend gelb.

„Schmeckt der gut?", fragte ich und zeigte darauf.

„Ich glaube schon."

Ich beschloss, ihn zu versuchen. Ich wollte fragen, ob ich alles zum Mitnehmen bekommen könnte, aber dann wurde mir klar, dass sie vielleicht gar keine Becher zum Mitnehmen hatten. Richtig. Ich war nicht mehr in den USA. Hier gab es nicht an jeder Ecke Starbucks.

Sie reichte mir meinen Kaffee in einem der blau-weißen Kaffeebecher und meinen Kuchen auf einem blau-weiß gestreiften Teller. Was blieb mir anderes übrig, als mich ans Fenster zu setzen und auf das Meer hinauszuschauen? Außerdem war es ein schöner Tag, eigentlich viel zu schön, um Wände abzuschrubben. Als Gründerin war ich aber diejenige, die die gründliche Arbeit leisten musste und dazu gehörte nun einmal auch die Grundreinigung – und wahrscheinlich auch das Wändestreichen und Fensterputzen.

Es war niemand sonst im Café, also sagte ich zu der Frau hinter dem Tresen: „Wir werden uns wahrscheinlich oft sehen. Ich bin Jennifer Cunningham. Ich habe gerade das

leere Ladenlokal gegenüber der Boutique Henrietta über-
nommen. Ich werde da einen Handarbeitsladen aufmachen."

Sie schien sich über diese Neuigkeit zu freuen und duzte
mich sofort. „Freut mich, dich kennenzulernen. Ich bin
Claire Trevellen. Ich helfe hier aus, wenn ich Zeit habe. Den
Rest der Zeit verbringe ich an der Universität. Das Café
gehört meiner Mutter."

Da dies das Leitmotiv meines Vormittags zu sein schien,
fragte ich sie: „Was kann man denn hier in der Gegend
unternehmen?"

Sie begann zu lachen. „Nun, ich denke, wenn du ein
Wollgeschäft eröffnest, wirst du wohl stricken."

Ich verdrehte die Augen. „Mehr als das, hoffe ich."

„Das Pub hier ist super am Donnerstag- und Freitag-
abend", sagte sie. „Wenn du mal auf einen Drink vorbei-
kommst, kann ich dich mit den Leuten von hier bekannt
machen. Ansonsten muss man schon in eine der größeren
Städte fahren."

„Ist es dir hier zu ruhig?"

„Nicht, wenn die Sommersaison richtig losgeht. Dann ist
es hier voller Touristen."

„Aber", fügte Claire hinzu, „in der Nebensaison ist es sehr
ruhig. Es ist wunderschön, aber ich muss zugeben, dass ich
nicht vorhabe, mich nach dem Studium hier niederzulassen.
Ich werde wahrscheinlich nach Bristol oder London ziehen,
irgendwohin, wo etwas mehr los ist."

Ich dachte an Lucy in Oxford. Immerhin war Oxford eine
größere Stadt als dieser Ort und wegen der Uni gab es dort
auch viele andere Einrichtungen. Als ich mich bereiterklärt
hatte, einen Strickladen in einem Küstenort einzurichten,

hatte ich mir eigentlich etwas Größeres als Tregrebi vorgestellt.

Aber, dachte ich mir, ich hatte ja nur für drei Monate zugesagt, und falls es nicht klappen sollte, würden Lucy und ich uns nicht böse sein. Bis dahin würde ich ihren Strickladen auf Vordermann gebracht haben, damit jemand anderes ihn übernehmen und Agnes helfen könnte. Schon an meine Abreise zu denken, wo ich doch gerade erst angekommen war, schien mir etwas zu negativ, also nippte ich an meinem Cappuccino und nahm mir einen Moment Zeit, um den köstlichen Trank zu genießen. Dann aß ich noch einen Bissen von meinem Safrankuchen und nahm mir die Zeit, auch diesen zu genießen. Aber ein bisschen entmutigt fühlte ich mich doch, dass ich bei null anfangen musste, anstatt einen hübschen Strickladen übernehmen zu können wie Lucy das getan hatte. Mit leeren Regalen wäre ich ja zurechtgekommen, aber angesichts der Spinnweben, des Drecks und des baufälligen Zustands der Wände wurde mir klar, dass ich die Eröffnung würde verschieben müssen. Es sei denn, ich könnte eine Hilfskraft einstellen.

Da ich es auch Henrietta gegenüber schon erwähnt hatte, fragte ich Claire: „Du kennst niemanden, der mir bei der Grundreinigung meines Ladens helfen könnte, oder?"

Sie sagte: „Doch, eigentlich hätte ich selbst Interesse daran. Ich versuche, im Sommer so viel Geld wie möglich zu verdienen, denn während des Semesters bin ich zu sehr mit dem Lernen beschäftigt, um zu arbeiten."

Ich hätte sie küssen können. „Mann, ehrlich? Das wäre fantastisch. Ich zahle zwanzig Pfund pro Stunde", sagte ich etwas voreilig und fragte mich, ob das überhaupt der übliche Preis war.

So wie ihre Augen leuchteten, nahm ich an, dass es mehr war, als ihre Mutter ihr für die Bedienung der Barista-Maschine zahlte.

„Fantastisch", sagte sie.

Dann schaute sie ein wenig schüchtern, bevor sie entschlossen Luft holte und sagte: „Ich studiere Innenarchitektur. Soll ich dir bei der Auswahl der Farben und so helfen?"

War ich eingeschlafen? Träumte ich? Meine Arme und Schultern schmerzten, ich hatte Spinnweben in den Haaren und einen schmuddeligen Laden zu eröffnen, und da stand eine Frau, die mir versprach, mir beim Putzen und Dekorieren des Ladens zu helfen. „Ich wäre sehr froh über jede Hilfe, die du mir geben kannst."

„Vielleicht könnte ich den Laden sogar als eines meiner Uniprojekte verwenden?"

Von dem Vorschlag war ich begeistert. „Das ist eine super Idee." Ich merkte, dass wir beide mit diesem Handel zufrieden waren, und fragte: „Wann könntest du anfangen?"

Sie warf einen Blick auf die Uhr an der Wand, auf der ein wettergegerbter Fischer mit seinem Netz abgebildet war. „Ich habe um drei Feierabend. Ich komme gleich rüber.'

„Wunderbar. Und wenn du für immer meine beste Freundin werden willst, bringst du einen Kaffee mit."

Sie nickte. „Extragroßer Cappuccino mit einem extra Schuss Espresso. Alles klar."

Ich hatte das Gefühl, meine erste Freundin hier in Cornwall gefunden zu haben.

Ich hätte sie noch mehr über Tregrebi fragen wollen, aber dann öffnete sich die Tür und es kam neue Kundschaft.

KAPITEL 2

*E*in Mann und eine Frau betraten das Café. Ich hätte ihnen nicht viel Beachtung geschenkt, aber ihre Energie hatte etwas, das Unruhe brachte. Er war wahrscheinlich Anfang sechzig, trug einen blassrosa Pullover und eine cremefarbene Hose und hatte welliges graues Haar. Seine Haut war faltig, aber er war eindeutig einmal attraktiv gewesen. Seine Begleiterin, vermutlich seine Frau, war etwa in seinem Alter, schön zurechtgemacht mit glänzendem blondem Haar und einem dieser legeren Kleider, die vermutlich ein Vermögen kosteten.

„Guten Morgen, meine Liebe", sagte er mit einem erschreckend vornehmen Akzent zu Claire.

Ich war noch nicht besonders lange im Vereinigten Königreich, aber er klang wie König Charles.

Er bestellte eine Kanne Tee und zwei Scones. Dann setzten er und seine Frau sich an einen Tisch, und da wir die einzigen Kunden waren, nickte er mir zu und sagte: „Guten Morgen."

„Guten Morgen", antwortete ich. „Schöner Tag heute."

„Ich sehe, Sie sind Besucherin in unserem schönen Dorf", sagte er. „Aus Amerika, wenn ich mich nicht irre." Auch jetzt erinnerte er mich irgendwie an König Charles, so als würde er einen ausländischen Würdenträger im Buckingham Palace begrüßen.

Claire hatte offensichtlich jedes Wort gehört, denn als sie ein Tablett mit Tee und Scones brachte, sagte sie: „Sie ist keine Besucherin. Das ist Jennifer Cunningham. Sie übernimmt das verlassene Häuschen in der Hauptstraße. Sie wird dort einen Strickladen eröffnen", sagte sie begeistert.

Ich fragte mich, warum sie ihnen das alles über mich erzählte, aber sie schienen wirklich interessiert zu sein.

„Herzlich willkommen, meine Liebe." Er erhob sich, um mir die Hand zu geben. „Ich bin Matthew Trelawney, Lord Gilpin, und das ist meine Frau Elizabeth, Lady Gilpin."

Offensichtlich erwartete er, dass ich von dem Titel beeindruckt sein würde. Und das war ich wohl auch. Normalerweise lernte ich in meinem Leben keine Lords und Ladys kennen.

Ich sagte: „Es freut mich, Sie kennenzulernen."

Er deutete auf den Tee und die Scones, die Claire an seinen Tisch gebracht hatte. „Wie Sie sehen können, unterstützen wir gerne die Geschäfte vor Ort." Als ob sie damit *The Cornish Teapot* eigenhändig am Leben erhalten würden. „Und zweifellos werden wir bei Ihrem Strickladen vorbeikommen, nicht wahr, Elizabeth?" Er blickte zu seiner Frau.

Sie sagte: „Ja, ich bin sicher, ich habe eine der Haushälterinnen in ihrer Mittagspause stricken sehen. Sie wird zweifellos Ihren Laden aufsuchen."

Autsch. Lord Gilpin hatte wohl eher vorbeigehen statt vorbeikommen gemeint. Seine Frau hatte mich sofort in eine

Klasse weit unter ihrer eigenen eingestuft. Strickten Aristokraten denn nicht? Überließen sie so etwas ihren Dienstboten? Ich hatte das Gefühl, einen Einblick in eine mir völlig unbekannt Welt erhalten zu haben. Da mir dazu nichts einfiel, nickte ich bloß.

Ich glaube, Lady Gilpin hätte es dabei belassen, aber ihr Mann war eher zum Plaudern aufgelegt, selbst mit jemandem, der so unbedeutend war wie ich. Er trat sehr weltmännisch auf.

„Woher in Amerika kommen Sie denn?"

„Boston."

„Ah, Boston. Kennen wir dort nicht jemanden?", fragte er seine Frau.

Sie sagte: „Nun, der älteste Sohn von Lord und Lady Bidford ist dort im Bankwesen tätig." Sie wandte sich mir zu. „Er ist ein begeisterter Segler. Er wurde als Ersatzmann für das olympische Segelteam ausgewählt."

„Wow. Das ist beeindruckend." Da ich nicht segelte und seine schicke Bank wohl kaum je aus irgendeinem Grund benutzt hatte, hatte ich dem Gespräch nicht viel hinzuzufügen.

Es folgte kurzes Schweigen.

„Und wie gefällt Ihnen Cornwall bisher?", fragte mich seine Lordschaft.

„Es ist wunderschön", sagte ich ganz aufrichtig. Ich hatte selten eine so schöne Küste oder ein so malerisches Dorf gesehen.

Er nickte. „Meine Familie wohnt schon seit siebenhundert Jahren hier. Ich kann mir nicht vorstellen, irgendwo anders zu leben."

Ich war beeindruckt. „Das sind ganz schön tiefe Wurzeln."

Er lachte, als ob ich einen Scherz gemacht hätte. „In der Tat. Nun, dann lassen wir Sie mal zu Ihrem Kaffee zurückkehren." Daraufhin wandte er sich wieder seiner Frau zu, und sie begannen leise über einen Mann namens Jeremy zu sprechen.

Ich wollte wirklich nicht zuhören. Also zückte ich mein Handy und begann demonstrativ, meine E-Mails zu lesen, damit sie nicht dachten, ich würde ihre wahrscheinlich todlangweilige Unterhaltung belauschen.

Als ich meinen Kaffee getrunken und den Kuchen gegessen hatte, hatte ich keine Ausrede, um nicht wieder an die Arbeit zu gehen. Ich verabschiedete mich, und als ich ging, sagte seine Lordschaft: „Wir wünschen Ihnen viel Erfolg mit Ihrem kleinen Laden, meine Liebe. Falls Sie möchten, dass meine Frau zur Geschäftseröffnung ein Band durchschneidet oder sonst irgendetwas, täte sie das sicher mit Freuden."

Ihre Ladyschaft sah alles andere als begeistert aus. Ihr Lächeln blieb eher kühl. „Ja. Bitten Sie doch meine Sekretärin, einen geeigneten Termin in meinem Kalender zu finden."

„Aber natürlich." Ich hielt inne, aber keiner von beiden sagte mir, wie ich ihre Sekretärin kontaktieren konnte, oder gab mir eine Visitenkarte oder so.

Wie um alles in der Welt sollte ich also ihre Sekretärin erreichen können? Und wollte ich mir überhaupt von jemandem, der so unterkühlt und arrogant war, zur Eröffnung meines Geschäfts das Band durchschneiden lassen? Andererseits war es in dieser Gegend vielleicht auch wichtig, mir ihr Wohlwollen zu erhalten. Ich hatte keine Ahnung.

Sobald ich mit Claire allein wäre, würde ich sie fragen. Ich ließ ihnen noch einen Moment Zeit, mir Kontaktinformationen zu geben, und als sie das nicht taten, winkte ich fröhlich zum Abschied.

Ich schaute Claire an, und sie sagte: „Bis bald."

Das Schöne daran war, dass ich sie wirklich bald wiedersehen würde. Ich konnte es kaum erwarten, Hilfe zu bekommen.

In der Gewissheit, dass ich auf dem Weg zu meiner ersten Freundschaft seit meinem Umzug war und ein ausgezeichnetes Café entdeckt hatte, verließ ich The Cornish Teapot mit einem viel positiveren Gefühl als beim Betreten. Dann ging ich in das alte Postamt, das auch ein Gemischtwarenladen und ein Eisenwarengeschäft war, und kaufte noch zwei Paar Gummihandschuhe, einen weiteren Eimer und weiteres Putzzeug.

Ich muss zugeben, dass das Abwaschen der Wände sehr langsam voranging. Ich überlegte, ob ich um die Mittagszeit zum Café zurücklaufen sollte, aber ich hatte mir ja von Shadowbrook ein Lunchpaket mitgebracht. Und ich wusste, dass ich mit der Arbeit viel schneller vorankäme, wenn ich einfach weitermachte, also aß ich das Käsesandwich, das Mrs Biddle für mich gemacht hatte, und arbeitete weiter.

Meine Stimmung hellte sich gewaltig auf, als Claire kurz nach drei Uhr mit dem versprochenen Kaffee auftauchte. Es machte einfach mehr Spaß, jemanden zum Reden zu haben, und so verging die Zeit viel schneller.

Als sie hereinkam, sagte sie gleich: „Was für ein tolles Lokal. Wir könnten das sehr schön herrichten. Ich habe darüber nachgedacht. Ich habe alle möglichen Ideen. Außerdem strickt meine Mutter. Sie ist ganz begeistert, dass du hier in Tregrebi ein Strickgeschäft eröffnest, sie wird allen ihren Freundinnen davon erzählen. Ihr müsst eine Eröffnungsparty veranstalten. Das ganze Dorf wird kommen. Es ist ein Ereignis, wenn ein Laden, der so lange leer gestanden hat, wieder eröffnet wird. Du wirst die Heldin des Dorfes sein."

Da musste ich sofort an die Begegnung im Café mit Lord und Lady Gilpin denken. Keinesfalls hatte ich erwartet, in einem kleinen Dorf Menschen mit Adelstiteln zu begegnen. „Soll ich wirklich Lady Gilpin diesen Laden eröffnen lassen? Ich hatte nicht einmal vor, eine offizielle Einweihung zu veranstalten. Nachdem er die Hilfe seiner Frau angeboten hatte, haben sie mir noch nicht einmal die Kontaktinformationen ihrer Sekretärin gegeben. Lady Gilpin schien nicht besonders interessiert."

Claire zog eine Grimasse. „Lord und Lady von und zu Misthaufen. Ich nehme an, sie meinen es nicht so, aber sie haben so eine Art, dass man sich vorkommt wie ein Stück Dreck."

„Obwohl er eigentlich freundlich wirkte, hatte ich auch diesen Eindruck. Ich hatte das Gefühl, ich müsste zum Abschied einen Knicks machen."

Sie lachte. „Er spielt gerne den Gutsherrn. Sie will einfach nur wie eine Aristokratin leben, ohne die Pflichten, die das mit sich bringt."

Ich lächelte vor mich hin. Irgendwie hatte ich mir vorgestellt, Rafe wäre hier der Gutsherr, aber das war wohl nicht der Fall. Rafes Herrenhaus, in dem ich gerade wohnte, war der beeindruckendste Ort, den ich in dieser

Gegend gesehen hatte, aber ich hatte ja kaum etwas gesehen.

„Wo wohnen sie denn?"

„Carenna House. Es ist ein sehr vornehmes Haus, etwas außerhalb der Stadt, auf einem Hügel gelegen."

„Nun, sie haben mich bestimmt nicht als neue Nachbarin zum Kaffee eingeladen."

Darüber lachte sie. „Wenn du im Carenna House Kaffee willst, meine Liebe, musst du ihn dir dort kaufen. Ihr Haus ist für zahlende Besucher geöffnet. Sie treten zwar sehr hochtrabend auf, aber Lord und Lady vom Misthaufen verdienen auf diese Weise ihr Geld. Und sie haben auch nichts mit der staatlichen Denkmalpflege von National Trust oder English Heritage zu tun. Es ist alles privat. Sie sind immer auf der Suche nach Möglichkeiten, Geld zu verdienen. Viele Fernsehsendungen und Filme werden dort gedreht. Du hast das Carenna House wahrscheinlich schon mal im Fernsehen gesehen."

„Wirklich?" Dann sagte ich: „Ich habe gehört, dass es ein Vermögen kostet, diese alten Besitztümer zu verwalten. Und habt ihr hier in England nicht verheerend hohe Erbschaftssteuern?"

„Oh ja. Es ist schwierig für die alten Familien. Aber obwohl man Eintritt zahlen muss, lohnt sich ein Besuch dort, falls du mal die Gelegenheit hast."

Das wollte ich mir merken. Ich war mir ziemlich sicher, dass ich in nächster Zeit viel zu beschäftigt sein würde, um hier an meinem Wohnort die Touristin zu spielen. Immerhin hatte ich einen Strickladen zu eröffnen.

Dann fragte ich sie: „Glaubst du, dass hier jemand an Strickkursen Interesse haben könnte?"

„Bestimmt. Da würde auch ich kommen." Sie blickte sich um. „Viel Platz hast du allerdings nicht. Du müsstest die Gruppen klein halten."

„Ich habe oben noch Zimmer", sagte ich ihr.

Wir stiegen die klapprige Treppe hinauf, und sie meinte auch, dass wir mit dem oberen Stockwerk etwas anfangen könnten. Aber wir waren uns einig, dass wir uns zuerst um das Erdgeschoss kümmern sollten, außerdem musste ich die Treppe reparieren lassen. „Einen Handwerker finden", war nun ein weiterer Punkt auf meiner To-Do-Liste.

Claire arbeitete mit Elan, was mich ebenfalls anspornte.

In einer Pause, während wir frisches Wasser in unsere Eimer füllten, sagte sie: „Ich habe mir angeschaut, wie das Tageslicht hier hereinfällt. So langsam kommen mir ein paar Ideen, was die Farben angeht. Ich meine, du hast natürlich mit deiner Wolle schon viele Farben. Du brauchst also nur eine einladende Hintergrundfarbe, die die Leute hereinlockt."

Da hat jemand im Unterricht aufgepasst, dachte ich.

Dann sagte sie: „Ich würde zu gern den ganzen Abend bleiben, aber um sechs muss ich zum Abendessen nach Hause. Meine Cousine Hattie kommt." Ihr Tonfall klang nicht sehr begeistert.

„Magst du Hattie nicht besonders?"

„Doch, sie ist sehr nett, aber sie ist jünger als ich. Sie ist erst neunzehn und gerade in dem Stadium, in dem alles im Leben dramatisch ist. Es gibt immer irgendeinen Typen und irgendeine Geschichte, und ich muss mir alles anhören. Sie ist hier aufgewachsen, aber sie hat ihr erstes Jahr an der Uni hinter sich und ist nun zu Besuch." Sie zog eine Grimasse. „Wenn sie nicht so hübsch wäre, würde es mich wahrscheinlich nicht so sehr stören. Ständig wird sie von Jungs umschwärmt. Das kann einem wirklich zum Hals heraushängen."

„Du bist auch sehr hübsch", sagte ich. Und das war sie. Claire war schlank und etwa 1,60 groß, mit zarten Gesichtszügen und braunen Haaren, die sie sich mit Klämmerchen zurückgesteckt hatte.

„Nicht wie Hattie", sagte sie, ohne besonders eifersüchtig zu klingen. „Sie hat lange, blonde Haare, große blaue Augen und eine Wahnsinnsfigur."

„Das macht sie mir schon gleich unsympathisch."

In Claires Gesellschaft fühlte ich mich sehr wohl. Sie war nicht nur fleißig, sondern kannte das Dorf auch so gut, wie es nur jemand konnte, der hier aufgewachsen war.

„Ich habe überlegt, ob man die Wände nicht blau streichen könnte", sagte ich zu ihr, „einfach, weil wir am Meer sind und ich die Leute anlocken möchte." Ich merkte sofort, dass sie Blau für eine schreckliche Idee hielt, aber sie war zu höflich, um das zu sagen.

„Vergiss nicht", sagte sie, „dass deine bunte Wolle der Blickfang sein muss. Mein Vorschlag – nur ein Vorschlag – wäre, es schlicht zu halten. Überlass es der Wolle, die Leute anzulocken."

Daran hatte ich nicht gedacht. Jetzt war ich erst recht froh, dass ich sie eingestellt hatte. „Okay", sagte ich. „Bring mir ein paar Ideen und eine Farbpalette mit. Ich denke, das wird uns Spaß machen."

Sie sagte: „Ich will ja nicht drängen, aber hast du denn schon die Lieferanten für Wolle und so weiter gefunden?"

Überrascht sah ich sie an. Ich legte den Schwamm zurück in meinen Eimer und war froh über die Pause. Ich stemmt meine Hand mit dem nassen Gummihandschuh in die Hüfte.

„Ich wollte eigentlich die gleichen Lieferanten verwenden wie meine Freundin in Oxford."

Sie nickte. „Okay."

Aber in dem *Okay* schwang etwas mit, das mich nachhaken ließ. „Wieso? Hast du eine bessere Idee?"

„Nein, aber meine Mutter bezieht einen Teil ihrer Wolle aus lokalen Spinnereien. Ich dachte, du möchtest hier vielleicht einheimische Wolle verkaufen."

Von dieser Idee war ich sofort begeistert. „Ja. Das ist genau das, was ich möchte." Natürlich wollte ich ein anderes Sortiment als das in Oxford. Genau dasselbe zu machen wie Lucy war unsere erste Idee gewesen, aber wenn ich mir stattdessen vornehmen würde, so viel einheimische Wolle wie möglich zu verkaufen? Der Gedanke begeisterte mich. „Ich werde mit deiner Mutter sprechen", sagte ich. „Und dann werde ich die Spinnereien aufsuchen. Wie viel Wolle könnten die mir liefern?"

Sie schüttelte den Kopf. „Das weiß ich ehrlich gesagt nicht. Es war nur so ein Gedanke."

„Ich finde das super. Halt dich nicht zurück, falls dir noch mehr Ideen kommen. Ich habe noch nie einen Strickladen geführt, und Cornwall kenne ich überhaupt nicht. Ich könnte nicht offener sein für Vorschläge."

Sie sagte: „Das Einzige, was ich vorschlagen kann, ist, noch andere Dinge wie Nähen oder Sticken hinzuzunehmen. Ich weiß nämlich nicht, ob du mit Stricksachen allein hier genug Umsatz machen könntest."

Nun, hier wusste ich etwas, was sie nicht wusste. Ich hatte einen bestehenden Kundenstamm von Vampiren. Aber was wäre, wenn die örtlichen Vampire nicht so begeisterte Stricker wären wie die in Oxford? Dann wäre ich in ernsthaften Schwierigkeiten.

Als es sechs Uhr war, war ich zwar erschöpft, aber zufrieden mit unseren Fortschritten. Ich bedankte mich bei Claire, zahlte ihr ihren Lohn direkt in bar aus meinem Portemonnaie, um ihr meine Aufrichtigkeit zu beweisen und fragte sie, wann sie wieder arbeiten könnte.

Sie sagte: „Ich könnte mich heute Abend ein bisschen mit dem Design für deinen Laden beschäftigen und morgen nach meiner Schicht im The Cornish Teapot noch einmal vorbeikommen. Dann können wir die Farben durchgehen, und ich glaube, ich kann dir über meine Schule sogar einen Preisnachlass auf Wandfarbe und andere Materialien verschaffen."

Dieses zwanglose Treffen wurde immer besser.

KAPITEL 3

Erschöpft kehrte ich nach Shadowbrook zurück. Jeder Muskel schmerzte, Dreck und Staub saß unter meinen Fingernägeln und hing in meinen Haaren. Ich entdeckte ein Spinnennetz, das am Ellbogen meines Pullovers hing. Noch nie hatte ich so dringend eine Dusche gebraucht. Die Haushälterin sah noch bedrohlicher aus als sonst, als sie mich sah.

„Ab durch den Kücheneingang", rief sie, als sie mich durch die Vordertür kommen sah.

Im Ernst? Sie schickte mich zum Dienstboteneingang? War nicht eigentlich sie die Dienstbotin? Aber ich hatte viel zu viel Angst, mich mit ihr anzulegen. Also trottete ich kleinlaut seitlich um das Herrenhaus herum. Dann war ich froh, dass sie mich rund ums Haus hatte gehen lassen. Als ich an der Rückseite des Hauses ankam, sah ich die Aussicht und hielt kurz inne, um die spektakuläre Umgebung zu genießen, in der ich mich befand.

Felsvorsprünge blickten auf ein blaues, rauschendes

Meer, und am Horizont stand ein Leuchtturm auf einer zerklüfteten Felsspitze. Ich atmete die salzhaltige Luft tief ein und streckte meine schmerzenden Schultern. Dann zog ich vorsichtig meine Stiefel aus, ließ sie vor der Hintertür stehen und ging in die Küche. Natürlich hatte sich die Haushälterin auf den Weg in die Küche gemacht, um mich anzustarren.

Wenn ich mich nicht bald einmal durchsetzen würde, wäre sie hier eindeutig der Boss. Also schaute ich ihr direkt ins Gesicht und sagte: „Was soll ich ihrer Meinung nach tun? Mich gleich hier ausziehen?"

Es hätte sein können, dass ihr Gesichtsausdruck ein kleines bisschen weicher wurde, als sie sagte: „Ich nehme an, Sie werden oben ein Bad nehmen?"

„Nein, das werde ich nicht. Ich gehe nach oben, um zu duschen." Jetzt weißt du Bescheid, du neugierige alte Schachtel.

Sie stieß einen gereizten Seufzer aus, murmelte etwas, das sicher für Amerikaner wenig schmeichelhaft war und ich bat sie nicht, es zu wiederholen. Sie ließ mich jedoch vorbei, und mit einem leichten Triumphgefühl ging ich nach oben und genoss eine sehr lange, sehr heiße, sehr ausgiebige Dusche, wobei ich mein Haar erst zweimal mit Shampoo wusch und dann mit Conditioner spülte. Nachdem ich meinen Körper gründlich abgerubbelt hatte, trug ich eine wunderbare Körperlotion auf und zog einen der weichen, weißen Bademäntel an, die noch aus der Zeit stammten, als das Haus ein B&B gewesen war. Dann schenkte ich mir aus dem Krug, der in dem kleinen Kühlschrank meines Zimmers stand, ein Glas Wasser ein und setzte mich auf den Balkon.

Ich nahm mein Handy und begann, eine Liste zu erstellen. Gerade diktierte ich ein paar Ideen in mein Telefon, als es an meiner Zimmertür klopfte. Ich hoffte, es wäre die Haushälterin mit einer Kanne Tee und einem Scone, auch wenn ich es ernsthaft bezweifelte. Und tatsächlich kamen auf mein „Herein" Agnes und ihre Freundin Sylvia ins Zimmer.

Agnes fragte: „Was hast du denn gemacht, Jennifer?" Mrs Biddle sagt, du bist schmutzig nach Hause gekommen."

Vielen Dank, Mrs Biddle. „Ich habe den Laden geputzt. Wie ihr gesehen habt, muss er schon seit Jahren völlig heruntergekommen sein. Es war furchtbar schmutzig."

Sie schauten überrascht.

„Nun, dafür könnten wir Leute einstellen", sagte Agnes.

„Du bist als Geschäftsführerin hier, nicht als Dienstmagd", fügte Sylvia hinzu und klang dabei unbeeindruckt von meiner Arbeit.

„Aber dieser Laden soll etwas sein, dem ich meinen Stempel aufdrücke. Ich möchte jede Ecke und jede Wand kennen und wissen, wie das Licht einfällt, in welchen Farben ich die Wände streichen soll und ob die Beleuchtung repariert werden muss. Das kann man nur herausfinden, wenn man dort ist. Außerdem haben wir noch keinen einzigen Penny verdient. Ich möchte nicht viel Geld ausgeben, das wir nicht haben."

Sie sahen einander an.

Sylvia warf mir einen vielsagenden Blick zu, der zu sagen schien: *Wir sprechen uns später.*

Ich hatte keine Zeit für geheimnisvolle Blicke. „Für eine Tasse Tee und einen Scone würde ich über Leichen gehen."

Sie seufzten beide und Sylvia sagte: „Ich auch."

Oje. Autsch. Ich vergaß immer wieder, dass sie nicht

dieselben Speisen und Getränke genießen konnten wie ich. Ich lernte viel über Vampire und musste mir einige falsche Vorstellungen abgewöhnen. Ich fand heraus, dass sie so waren, wie in ihrem früheren Leben als Menschen, – nur weiser, reicher, gebildeter und sehr, sehr gelangweilt. Aber den Geschmack der Lebensmittel, die sie zu Lebzeiten gern gegessen hatten, hatten sie nicht vergessen.

Agnes sagte: „Ich kann dir Tee und Scones holen gehen. Mrs Biddle ist sehr nett zu mir."

„Agnes, du bist die Großmutter, die ich gerne gehabt hätte."

Nachdem Agnes meine Zimmertür hinter sich geschlossen hatte und außer Hörweite war – und das dauerte eine Weile, weil Vampire extrem gute Ohren hatten –, kam Sylvia näher zu mir.

Sie sagte: „Ich wollte das vor Agnes nicht sagen, aber du weißt ja, dass Lucy und Rafe diesen Laden nur eröffnen, um Agnes von Oxford fernzuhalten. Niemand erwartet von dir, dass du Gewinn machst, Liebes. Rafe hat offen gestanden mehr Geld, als er jemals wird ausgeben können, und wenn er jedes Jahr ein wenig davon ausgibt, um Agnes außerhalb von Oxfort glücklich und beschäftigt zu halten, ist es ihm das wert."

Ich verstand zwar, dass das stimmte, aber ich hatte auch meinen Stolz. „Sylvia, ich will keine Almosen. Wenn ich diese Aufgabe übernehme, möchte ich, dass der Laden gut läuft."

Zu meinem Schrecken und zu Sylvias Entsetzen steckte Agnes ihren Kopf wieder zur Tür herein. „Ich hatte so eine Ahnung, dass ihr hinter meinem Rücken über mich redet."

Sylvia setzte an, zu widersprechen und gab dann auf.

Agnes sagte: „Ich weiß ganz genau, was hier läuft. Und ich liebe Rafe und Lucy dafür, dass sie versuchen, außerhalb von Oxford ein anderes Leben für mich zu finden. Ich wusste schon seit einiger Zeit, dass ich weggehen musste, aber die Umstände waren nicht ganz richtig. Ich habe mir Sorgen um Lucy gemacht, aber jetzt, wo Rafe auf sie aufpasst, weiß ich, dass es ihr gut gehen wird." Sie seufzte. „Sie sind ein so schönes Paar. Ich glaube, sie werden miteinander sehr glücklich werden."

Ich behielt mein Grinsen für mich. Ich konnte mir nämlich genau vorstellen, wie Lucy reagieren würde, wenn sie jemanden sagen hörte, dass sie einen männlichen Beschützer brauchte. Agnes war vielleicht nicht so altmodisch wie einige der anderen Vampire, aber sie stammte trotzdem aus einer Zeit, in der man so etwas sagte, auch wenn man es nicht glaubte. Sie hatte ihr Leben als alleinstehende Geschäftsfrau erfolgreich gemeistert, und Lucy war auf dem besten Weg, dasselbe zu tun. Aber was auch immer Agnes hier hielt, war mir recht. Und solange Lucy diese Art von Kommentaren nicht mitbekam, schadeten sie ja auch niemandem.

Dann begannen Agnes' Augen zu funkeln. „Aber, Sylvia, ich sehe das genau wie Jennifer. Seit wir hier draußen im Exil sind, bin ich Feuer und Flamme. Ich denke, dass wir das Ganze gemeinsam wirklich zum Erfolg führen können. Ich behaupte nicht, dass wir ein besseres Geschäft aufbauen können als Lucy, aber wir können sicherlich mindestens genauso gut abschneiden."

Mein Lächeln wurde so breit, dass meine Wangen

schmerzten. „Agnes, auch wenn du mir keinen Scone und keinen Tee gebracht hast, bist du im Moment mein Lieblingsmensch auf der Welt."

Sylvia schüttelte den Kopf. „Es liegt mir fern, mich euch in den Weg zu stellen. Ich werde alles in meiner Macht Stehende tun, um dieses Unternehmen rentabel zu machen.

Ich sagte: „Erzählt mir von dem Vampir-Strickclub hier. Ist er so aktiv wie der in Oxford? Wir wissen schließlich alle, dass der in hohem Maße zu Lucys Umsatz beiträgt. Ich habe auf einen guten Stamm untoter Kunden in Tregrebi gehofft, aber gibt es den überhaupt?"

Sie sahen einander an. „Hier unten ist es nicht ganz dasselbe. Du wirst es selbst sehen. Wir haben für morgen Abend ein Treffen einberufen."

„Morgen Abend?" Das schien mir verfrüht.

„Das ist eine schöne Suite, nicht wahr?", sagte Sylvia und sah sich um. „Es ist das schönste der Gästezimmer."

Ich stimmte zu. „Wo wohnt ihr eigentlich?" Ich hatte die Vorstellung, dass es in der Nähe war, aber nicht im Herrenhaus. Vielleicht gab es, wie in Oxford, Tunnel unter dem Dorf.

„Natürlich musst du das absolut vertraulich behandeln, aber wir wohnen in der alten Zinnmine auf dem Grundstück von Shadowbrook", sagte Sylvia.

„Eine alte Zinnmine?" Das war eigentlich logisch. In dieser Gegend gab es überall verlassene Minen, und wie ich die Vampire kannte, hatten sie die Wohnräume luxuriös eingerichtet.

„Es ist recht komfortabel dort", versicherte sie mir. „Und Nyx wohnt vorerst bei uns, obwohl sie gerne umherstreift. Vielleicht bekommst du sie ab und zu zu sehen."

„Aber, wie ...?"

Ich wurde durch ein weiteres Klopfen an meiner Schlafzimmertür unterbrochen, und Mrs Biddle, die aussah, als würde es ihr missfallen, dass ich den Bademantel trug, dass ich Besuch hatte, dass ich mich in ihrem Bereich aufhielt oder alles zusammen, verkündete, dass das Abendessen um sieben Uhr serviert würde.

Erstens wollte ich mir von dieser Frau nichts vorschreiben lassen, und zweitens war ich in der Lage, für mich selbst zu sorgen. Ich sagte: „Ich kann mir meine Mahlzeiten selbst kochen, wissen Sie."

Sie sah aus, als hätte sie große Zweifel an meinen Kochkünsten. „Schon möglich, aber ich bin für diesen Job eingestellt worden."

Nicht von mir. Ich hätte ihren Lebenslauf fünf Minuten nach unserer ersten Begegnung ganz unten unter den Stapel gelegt. William – der Butler, Hausverwalter und fabelhafte Koch von Rafe – dürfte sich jederzeit um mich kümmern. Wieso musste ich die griesgrämige Mrs Biddle abbekommen?

„Was gibt es denn zum Abendessen?", fragte ich und überlegte, ob ich wohl den Mut haben würde, ihr zu sagen, dass ich das, was sie mir auf den Speiseplan gesetzt hatte, nicht wollte.

Ihr Gesichtsausdruck wurde noch griesgrämiger. „Eine Mischung von einheimischen Blattsalaten, die heute Nachmittag in unserem eigenen Garten gepflückt wurden, gefolgt von heute Morgen gefangenem Petersfisch mit neuen Kartoffeln und frischem Spargel."

Okay, ich konnte unmöglich sagen, dass ich das nicht wollte.

„Zum Nachtisch haben Sie die Wahl zwischen Sticky

Toffee Pudding oder Flan mit frischen Erdbeeren aus der Region."

Wie sollte ich da widerstehen? Insgeheim wollte ich beide Desserts, aber ich sagte ihr, Erdbeeren seien okay. Sie nickte kurz und ging wieder.

Vielleicht könnte ich mit Rafe darüber reden, dass sie nicht für mich kochen sollte, aber schon bei dem Gedanken daran fragte ich mich, ob ich mir damit nicht ins eigene Fleisch schneiden würde.

Ich würde es nach dem Abendessen entscheiden. Wenn sie gut genug kochte, könnte ich ihr ihre mürrische Art vielleicht nachsehen.

WIE MIR BEREITS GESCHWANT HATTE, war Mrs Biddle eine hervorragende Köchin. Sie mochte ein schwieriger Mensch sein, aber als ich in ihren Erdbeerkuchen biss, verzieh ich ihr alles. Im Kerzenschein und an Leinentischwäsche aß ich in einsamer Pracht im Esszimmer und las dabei die neueste Teddy Lamont-Strickzeitschrift. Entschlossen, mich nicht wie ein Hotelgast zu benehmen, trug ich mein Dessertgeschirr selbst in die Küche.

Sie lehnte an ihrem makellos sauberen Tresen und blätterte in einem langen ausgedruckten Formular. Sie schaute so ärgerlich drein, als wäre ich mit Schlamm an den Schuhen ins Haus gelaufen.

„Ist alles in Ordnung?" Ich stellte mein Geschirr neben ihr auf den Tresen.

Sie schien zu überlegen, ob sie mich ausschimpfen oder

mir ihr Vertrauen schenken sollte. Ich spürte ihre Unentschlossenheit, doch dann sagte sie: „ Mr Biddle wurde hereingelegt."

„Oh, nein." Ich dachte an alle Betrügereien der Welt und fragte mich, auf welche der arme Mr B. wohl hereingefallen war.

„Er hat das hier in einer Zeitschrift gesehen und für uns gekauft, ohne mir ein Wort davon zu sagen. Es nennt sich *Meine DNA und ich*."

„Davon habe ich schon gehört, Mrs Biddle. Ich glaube nicht, dass es Betrug ist. Damit kann man etwas über seine Familiengeschichte, Krankheiten und so weiter erfahren." Ich kannte alle möglichen Leute, die das gemacht hatten. Sie hatten interessante Informationen über ihre Abstammung bekommen.

Sie starrte mich an, als ob ich in den Betrug verwickelt wäre. „ Mr Biddle und ich, wir mussten beide einer Mundabstrich machen und ihn einschicken, und hier ist das Ergebnis." Sie schleuderte mir das Formular entgegen.

Ich konnte das Logo oben sehen, dann eine lange, kleingedruckte Liste.

Sie tippte mit dem Finger auf das Logo, das unten auf einem Streifen blauer Tinte wiederholt wurde. „Das sagt uns beiden dasselbe. Dass wir aus Cornwall stammen, dass unsere Vorfahren seit Hunderten von Jahren in Cornwall geboren und aufgewachsen sind, so weit, wie man es zurückverfolgen kann. Nun, das wussten wir bereits. Absolute Geldverschwendung, wenn Sie mich fragen." Dann steckte sie die Testergebnisse zurück in den Umschlag. „Wenn Sie mich brauchen, im Esszimmer ist eine Klingel."

Eine Klingel, mit der zu läuten ich mir nicht vorstellen konnte. Aber man hatte mir zu verstehen gegeben, dass es ihre Aufgabe war, das Haus und die Küche zu führen und mich zu ernähren. Ich hätte mich ausklinken können. Vielleicht hatte Sylvia recht, und das Beste, was ich tun konnte, war, mich damit abzufinden, dass meine Mahlzeiten für mich gekocht und im Speisesaal serviert wurden. Ich durfte mich nur nicht daran gewöhnen, denn wenn ich von Shadowbrook wegginge, würde ich wieder für mich selbst sorgen müssen.

Nach dem Abendessen hatte ich das Gefühl, dass ich etwas Luft und Bewegung brauchte, und beschloss, im Laden eine Reinigungszeremonie durchzuführen. Es genügte nicht, den Schmutz von den Wänden zu schrubben und die Spinnweben aus den Ecken zu fegen. Ich musste die ehemalige Bäckerei auch von den übrig gebliebenen Emotionen und Energien befreien. Ich steckte meine Räucherstäbchen ein, um damit die Atmosphäre zu reinigen. Das Cottage würde psychisch wieder wie neu erstrahlen.

Rafes Geschäftsführer Trevor Morton hatte uns erzählt, dass das Haus mindestens zweihundertfünfzig Jahre alt war. Mit Sicherheit war also eine Menge alter Energie darin gefangen. Ich selbst war schon immer viel zu energieempfindlich gewesen und ich konnte mir vorstellen, dass das auch für Kunden zutreffen könnte. Menschen ohne Magie reagierten oft auf die Atmosphäre eines Ortes, ohne wirklich zu verstehen, warum. Ich wollte nicht, dass das hier passierte. Lucy hatte es geschafft, den Strickladen *Cardinal Woolsey's* in Oxford zu einem Erfolg zu machen, und auch wenn wir die besten Freundinnen waren, hatte ich doch so viel Ehrgeiz im Bauch, dass ich entschlossen war, meinen Laden mindestens so erfolgreich zu machen, wie ihrer es war.

Mit Agnes hatte ich viel über den Laden gesprochen, und wir hatten beschlossen, dass wir für diejenigen Kunden, die selbst nicht zu den Nadeln greifen wollten, ein Sortiment dieser herrlichen kornischen Fischerpullover und auch andere in der Region gestrickte Teile anbieten würden. Konnte es ein besseres Souvenir aus Cornwall geben als einen handgestrickten Pullover oder ein Paar gestrickte Fäustlinge oder Socken? Auf dem Etikett würde ich stolz vermerken können, dass sie vor Ort gestrickt worden waren. Meine Strickerinnen und Stricker waren alle aus dieser Gegend. Dass sie untot waren, würde ich ja nicht auf dem Etikett vermerken. Dumm bin ich schließlich nicht.

Bevor ich in den Laden ging, wollte ich noch einen Blick in die Zinnmine werfen. Ich wanderte auf dem Gelände von Shadowbrook herum, bis ich einen alten Ziegelschornstein und einige verfallene Gebäude entdeckte. An einer dicken Holztür hing ein Schild mit der Aufschrift *Betreten verboten* und *Gefahr*. Ein dickes Vorhängeschloss schien die Worte zu betonen. Ich wette, dass viele der alten Bergwerke als Drehorte für *Poldark* und andere Fernsehsendungen aus Cornwall verwendet wurden, aber die Zinnmine auf Rafes Grundstück war weder für Filmstudios noch für Touristen zugänglich.

Es war kein Lebenszeichen zu erkennen. Ich fragte mich, ob es in der Zinnmine so war, wie wenn man unter Lucys Laden in Oxford durch einen stillgelegten unterirdischen Tunnel ging. Dort sah man von außen gar nichts, aber man konnte durch eine alte Holztür gehen, die völlig unbenutzt aussah, und war plötzlich von ganz erstaunlichen unterirdischen Eigentumswohnungen umgeben. Ich hatte erfahren, dass jemand, der ein paar hundert Jahre lang untot gewesen war, es normalerweise geschafft hatte, ein Vermögen anzuhäufen. Dort unten gab es Schätze und Kunstwerke, hochwertige Möbel, Teppiche und Wandteppiche, wie man sie sonst nur in berühmten Museen finden würde. Ehrlich gesagt, wenn man sich nicht daran störte, dass es dort keinerlei natürliches Licht gab, waren die Eigentumswohnungen unter Lucys Laden einfach fantastisch.

Ich hoffte, dass sich hinter der alten Tür, die ich vor mir hatte, etwas ebenso Schönes befand. Dass Agnes traurig war, von Oxford, wo sie so lange gelebt hatte, und von ihrer geliebten Enkelin Lucy getrennt zu sein, wusste ich. Aber nach Cornwall zu kommen, war für alle eine gute Lösung gewesen. Agnes brauchte sich nicht mehr zu sorgen, wenn sie tagsüber ins Freie ging, da niemand hier sie kannte. Und im Grunde ihres Herzens war sie eine Geschäftsfrau.

Sie war begeistert von der Herausforderung, von null an ein Strickwarengeschäft aufzubauen.

Ehrlich gesagt, denke ich, dass sie mir in dieser Hinsicht sehr ähnlich war. Auch sie war ehrgeizig. Sie wollte, dass dieser Laden genauso gut oder sogar besser lief als der in Oxford. Mit einem listigen Funkeln in den Augen hatte sie mir gesagt: „Ich denke, wir sollten uns auf die Cornwall-Aspekte dieses Strickladens konzentrieren. Wir müssen uns vom Original absetzen."

Ich war von ganzem Herzen einverstanden, aber keine von uns hatte je gesagt: *Und wäre es nicht witzig, wenn dieser neue Laden so richtig durchstarten würde?*

Ich war versucht, einige Geschenkartikel ins Sortiment aufzunehmen, aber ich bremste mich. Man sollte sich als Einzelhändler nie zu sehr verzetteln. In einem Wollgeschäft sollte sich alles um das Stricken und Häkeln drehen. Und natürlich war es in Ordnung, auch Seidenfäden für Stickerinnen und Näherinnen anzubieten, aber sobald man anfangen würde, auch noch Töpferwaren und Seifen zu verkaufen, hätte man sich verzettelt. Alles, was nicht mit Wolle, Garn oder Nadeln zu tun hatte, würde wahrscheinlich nie in unseren Laden kommen. Handgestrickte Waren könnten wir gegebenenfalls zusätzlich anbieten. Aber damit wäre es dann auch genug.

Ich ließ die Zinnmine hinter mir und schlug den Weg zu meinem Laden ein. In den Straßen war es ruhig, aber ich konnte sehen, dass in der Kneipe Licht brannte und in einem der Restaurants noch ein paar Gäste saßen.

Der Blick in andere Geschäfte inspirierte mich zu neuen Ideen für die Schaufensterauslage meines eigenen Ladens. Das Schaufenster war einer der schönsten Bereiche am Cottage. Offensichtlich war es immer ein Einzelhandelsladen gewesen, obwohl es im Obergeschoss die Wohnung gab, in der vermutlich einmal die Familie des Besitzers gewohnt hatte. Trevor Morton hatte gesagt, es sei früher eine Bäckerei gewesen. Die Vorstellung, dass hier einmal etwas so Gesundes und Nahrhaftes wie Brot gebacken worden war, gefiel mir. Ich hatte fast den Eindruck, ich könnte beim Hereinkommen einen Hauch von Hefe wahrnehmen, aber das war sicher nur Einbildung.

Ich stecke meinen Schlüssel ins Türschloss. Alter Schlüssel, altes Schloss. Mir gefiel der schwere Schlüssel und auch das klappernde Geräusch, das das Schloss beim Aufschließen machte. Ich ging hinein und schloss die Tür hinter mir. Noch machte ich kein Licht. Ich wollte die Atmosphäre mit all meinen Sinnen genießen, während sich meine Augen an die Dunkelheit gewöhnten, meine Ohren für das Knarren und die nächtlichen Geräusche im alten Cottage offen waren und meine Haut alles wahrnahm, was es zu spüren gab.

Hatte die Vergangenheit ein Aroma?

Ich schloss die Augen und atmete tief ein. Der Zitronenduft der Reinigungsmittel, die wir verwendet hatten, stieg mir in die Nase, aber ich versuchte, tiefer hineinzugehen. Ich hatte zwar meine Räucherstäbchen und Kerzen bei mir, aber zuerst wollte ich all die alte Energie heraufbeschwören. Der Duft von Kerzenwachs lag noch in der Luft und auch ein Hauch von Backstube. Und dann roch es seltsamerweise nach Fisch.

Auf einmal hörte ich ein Geräusch, das mich regelrecht zusammenfahren ließ. Es war wie der Schrei eines Babys. Was zum Teufel war das? Dann verwandelte sich der Schrei des Babys in ein leises Knurren. Ich hatte genug von der Dunkelheit. Auf der verzweifelten Suche nach einem Lichtschalter schlug ich mit der flachen Hand an der nächstgelegenen Wand entlang. Während ich das tat, versuchte ich mich an die Worte eines Schutzzaubers zu erinnern. Das leise Knurren ging weiter, und endlich gelang es mir, den Schalter zu finden und das Licht einzuschalten. Dadurch war der Laden zwar nicht gerade taghell erleuchtet, aber immerhin konnte ich jetzt etwas sehen.

Und mir entfuhr ein Seufzer der Erleichterung.

Auf der alten Vitrine, die wir behalten und für die Ausstellung einiger Waren verwenden wollten, hockte eine Katze. Ich war mir ziemlich sicher, dass es dieselbe war, die mich von draußen angestarrt hatte, als ich das Haus zum ersten Mal besichtigt hatte. So wie sie mich wütend und mit gesträubtem Fell anstarrte, hatte ich das Gefühl, sie hielte sich für die Hauseigentümerin. Ich sah mir das Tier genauer an. Es trug kein Halsband und wirkte irgendwie verwildert. Super, genau das, was ich brauchte. Ich war gekommen, um den Ort von alter, abgestandener Energie zu befreien. Zuerst musste ich eine sichtlich verärgert aussehende Katze loswerden, die, so wie ihr die Haare zu Berge standen, nicht die Absicht hatte, sich unauffällig aus dem Staub zu machen.

Ich spürte, dass es eine weibliche Katze war. Sie war weder schwarz noch braun, sondern etwas dazwischen. Und während ich sie ansah, schien ihr Fell noch dicker zu werden. Plötzlich musste ich lachen, als ich mir einfiel, woran sie mich erinnerte. „Du siehst aus wie eine Pelzmütze. Weißt du, so eine hohe, wie sie die Wachen am Buckingham Palace tragen. Sind die nicht aus Bärenfell? Also, da bin ich mir nicht ganz sicher."

Wenn ich glaubte, meine Beobachtung würde die Atmosphäre aufhellen, dann täuschte ich mich. Der grünäugige Blick wurde noch ärgerlicher. Die Augen wurden zu Schlitzen.

Ich starrte zurück. „Ich sollte dich warnen", sagte ich laut. „Falls du vorhast, dich auf mich zu stürzen, solltest du wissen, dass ich eine Hexe bin. Ich habe mehr Macht in meinem kleinen Finger als du in deinem schönen Bärenfellhut. Vielleicht tue ich uns beiden am besten den Gefallen und öffne diese Tür, damit du in aller Ruhe hinausgehen kannst?" Ich fand, dass ich ziemlich selbstsicher klang, auch wenn mich die Art, wie diese Katze mich fortwährend anstarrte, ein wenig nervös machte. Ohne den Blickkontakt abzubrechen, ging ich langsam rückwärts zur Tür und öffnete sie.

Die Katze gähnte.

„Komm schon, lass mich nicht zu härteren Maßnahmen

greifen. Es ist schön draußen. Ich wette, auf den Straßen wimmelt es nur so von Mäusen. Du könntest dich doch auch an der Hintertür des Restaurants aufhalten. Machen das nicht alle Streuner?"

Sie hob ihre Pfote und begann, sie mit langsamen, langen Zungenstrichen abzulecken. Auf die Art würde es sicher lange dauern, eine Pfote sauber zu bekommen. Und sie hatte vier. Dann nahm sie die frisch angefeuchtete Pfote und rieb sich damit hinter dem Ohr. Na großartig, das wurde offensichtlich eine sehr ausgiebige Katzenwäsche. Für sowas hatte ich keine Zeit.

„Hör zu, Bärchen, ich kann verstehen, dass du verärgert bist. Zweifellos steht dieser Laden schon seit einiger Zeit leer und du hast ihn ganz für dich allein gehabt. Aber jetzt gehört er mir. Und ich habe einen Mietvertrag, falls du ihn sehen willst. Ich nehme mal an, dass du keinen hast."

Sie schrubbte sich fester hinter ihrem Ohr, so als ob sich dort etwas besonders Hartnäckiges befände. Wahrscheinlich ein Floh. Jetzt würde ich die Wohnung nicht nur einer zeremoniellen Reinigung unterziehen, sondern sie auch von Flöhen befreien müssen. Meine abendliche To-Do-Liste wurde länger und länger.

Zuerst jedoch war das größte Ungeziefer, das ich loswerden musste, diese Katze. Ich ließ die Tür weit offen und zählte leise bis fünf. Ich weiß nicht, warum ich das tat. Ich glaube, ich wollte mir etwas Zeit lassen, um zu entscheiden, wie ich es angehen sollte. Etwas in mir wollte die Tür schließen, weggehen und hoffen, dass Bärchen sich rar gemacht hätte, wenn ich am nächsten Morgen wiederkam. Sie musste ja schließlich irgendwie hereingekommen sein. Vermutlich konnte sie auch den Weg hinaus wieder finden.

Ich musste herausfinden, wie sie hineingelangt war, und den Eingang blockieren.

Ich versuchte, etwas Positives an der Sache zu sehen: Solange Bärchen hier war, gab es wahrscheinlich keine Mäuse auf dem Gelände.

Unser stummer Zweikampf ging weiter.

Schließlich sagte ich: „Gut, jetzt reicht es. Du musst wirklich gehen." Ich war froh, dass ich eine Jeansjacke trug, denn ich ahnte, dass sie nach mir schlagen würde, falls ich versuchen würde, sie wegzubefördern. Aber wenn ich ein Geschäft führen wollte, musste ich mich an schwierige Kundinnen gewöhnen. Und Bärchen war eindeutig meine erste. Ich fragte mich, ob sie, möglichst ohne Gewalt, den Wink mit dem Zaunpfahl verstehen würde, wenn ich ihr von hinten einen Klaps auf den Hintern gäbe. Ich ging also hinter sie und kündigte an, was ich vorhatte, damit es keine Überraschungen gab.

Nicht, dass ich mir eine Sekunde lang eingebildet hätte, die Katze hätte meine Worte verstanden, aber ich hatte das Gefühl, dass Katzen einen ähnlichen Instinkt hatten wie einige von unserer Sorte. Sie verstand vielleicht meine Worte nicht, aber meine Absicht schon. Hier war eine weit geöffnete Tür, ein Mensch, der offensichtlich nicht vorhatte zu gehen und der sich hinter sie stellte.

Ich zog meinen Jackenärmel so weit wie möglich über meine Hand, schob die Katze leicht von hinten an und sprang dann zurück, falls sie mich anzugreifen versuchte. Doch mein Sprung verwandelte sich in einen Schreckensschrei, und dann stolperte ich tatsächlich über meine eigenen Füße und fiel hin. Denn als ich sie berührt hatte, hatte sie sich sehr wohl bewegt, ja, sie war praktisch vom

Tisch geschossen und quer durch den Laden auf ein durch-
gehendes Ablagebrett geflogen, das im ganzen Lokal ringsum
an der Wand montiert war. Von dort aus starrte sie jetzt auf
mich herab und fauchte.

Auf dem Steinboden liegend starrte ich zu ihr hinauf.
Und ich hatte tatsächlich das komische Gefühl, dass sie mich
in der Katzensprache auslachte. „Oh nein, das tust du nicht",
sagte ich.

Sie machte wieder dasselbe Geräusch, aber es klang nicht
mehr wie ein Fauchen. Sie lachte mich eindeutig aus.

So etwas konnte auch nur mir passieren. Ich hatte schon
lange keine Vertraute mehr gehabt. Auf jeden Fall hatte ich
mir aus den USA keine im Reisegepäck mitgebracht. Ich
hatte mir vorgenommen, die drei Monate in Cornwall zu
verbringen, um zu sehen, wie es lief, bevor ich mich zu sehr
in die Hexerei verstrickte.

Aber wie jede Hexe weiß, richteten sich Vertraute nicht
nach dem Zeitplan ihres Frauchens. Wenn sie einem über
den Weg liefen, musste man es manchmal einfach akzeptie-
ren, dass man irgendwie nicht voneinander loskam: so, wie
man mit einem Typen, von dem man weiß, dass er einem
nicht guttut, immer wieder zusammenkommt und ihn am
Ende heiratet. Ich hatte das Gefühl, dass Bärchen von der
Situation genauso wenig begeistert war wie ich, aber wenn
sie nicht ganz unerfahren war, und je nachdem, in welchem
ihrer neun Leben sie sich jetzt befand, wusste sie wahrscheinlich auch, dass wir vermutlich füreinander bestimmt
waren.

Trotzdem hielt ich mich zurück. Ich blieb noch ein Weil-
chen, wo ich war, und überlegte, ob ich nicht doch lieber den

nächsten Flug zurück nach Boston buchen sollte, als ich eine weitere Überraschung erlebte.

Nicht weit von der Stelle, an der ich immer noch auf dem Boden lag, hörte ich ein Kratzgeräusch, wie von Stein auf Stein. Vor meinen entsetzten Augen begann sich eine der Steinplatten vom Boden zu heben.

KAPITEL 4

*I*ch war so verblüfft, dass ich stumm zusah, wie sich der Stein in die Höhe hob.

Und dann kletterte ein Mann hervor, der aussah, als wäre er direkt dem Film *Fluch der Karibik* entsprungen, hielt eine Laterne und einen Fisch in der Hand und sagte mit dröhnender Stimme und britischem Akzent: „Und wie geht es meinem Liebling?"

Einen Moment lang herrschte völlige Stille. Ich starrte den Mann an, der ehrlich gesagt aussah, als gehöre er nach Disneyland. Aber er war zu authentisch. Das war keiner, der sich mit einem falschen Degen und aufgemalten Dreckspuren als Jack Sparrow verkleidet hatte. Dieser Typ war echt. Das spürte ich bis in die Knochen.

Wahrscheinlich hatte er mein unvermitteltes Aufkeuchen gehört, denn er starrte mich an und ich starrte zurück. Es war ein bisschen wie mit Bärchen, nur noch peinlicher, weil dieser Mann sprechen konnte und mich außerdem mit dem gleichen Blick ansah wie Bärchen den Fisch in seiner Hand. Als würde er mich am liebsten auffressen.

Schließlich schien er seine Sinne wieder beisammenzuhaben. Ich sah, dass er mit einem Mal anfing zu überlegen, ob er in dem Loch verschwinden und die Steinplatte wieder an ihren Platz schieben oder weiter auf mich zukommen sollte. Dann grinste er wieder wie ein verwegener Held und beschloss achselzuckend, das Schicksal noch einmal herauszufordern. Er kam weiter auf mich zu.

Offensichtlich befand sich unter der Steinplatte eine Art Treppe. Er stieg ganz heraus und schob dann den Stein wieder an seinen Platz. Bärchen sprang von ihrem Brett herunter und rannte auf ihn zu wie eine altmodische Jungfrau, die sich in die Arme ihres Geliebten wirft. Er kicherte und beugte sich hinunter, um sie zu streicheln. Ich bemerkte, dass er von ihr nicht die knurrende, fauchende Begrüßung bekam, die sie mir beschert hatte.

„Und wie geht es dir, mein Liebchen?", fragte er und hielt der Katze den Fisch hin.

Sie ließ sich von ihm streicheln und rieb sich an seinen Beinen, bevor sie ihm sanft den Fisch abnahm und sich in eine Ecke des Ladens verzog, um dort ihre Abendmahlzeit zu verzehren. Jetzt verstand ich, warum ich, als ich diese Ecke geschrubbt hatte, Fischgestank gerochen hatte. Dann zog der Mann ein Taschentuch – ich schwöre, es war aus Leinen – aus seiner Hosentasche und rieb sich die Hände ab, bevor er auf mich zukam.

Er hatte wohl nicht bemerkt, dass im Laden Licht brannte, denn er hielt die Laterne hoch, um mich besser betrachten zu können. Und ich kam zu der Erkenntnis, dass ich mich, flach auf dem Boden ausgestreckt, nicht von meiner besten Seite zeigte. Als er mir die Hand reichte, um mir aufzuhelfen, ergriff ich sie also. Sofort funkte es zwischen uns. Ich blickte auf und begegnete seinem Blick, mit dem er mich nachdenklich musterte. Dann zog er mich ganz auf die Beine und ließ los. Gott sei Dank, denn ich hatte kurzzeitig den irrsinnigen Drang verspürt, es der Katze gleichzutun und mich an seine breite Brust zu werfen. Er war wirklich ein scharfer Typ.

„Wer sind denn Sie?", fragte er.

Ich konnte einfach nicht anders. Ich musste lachen. „Ich denke, diese Frage sollte ich eher Ihnen stellen. Dies ist mein Laden. Und Sie sind hier eingedrungen. Und falls Sie vorhaben, etwas zu stehlen, muss ich Ihnen sagen, dass es hier nichts gibt außer der Katze. Und die können Sie gerne mitnehmen."

Er schüttelte den Kopf. „Sie irren sich. Dieser Laden gehört mir. Ich denke, Sie sind der Eindringling."

Jetzt war ich völlig durcheinander. „Ich habe dieses Ladenlokal gemietet. Ich eröffne hier ein Handarbeitsgeschäft."

Diese Nachricht schien ihn sehr zu verunsichern. „Da liegt definitiv ein Irrtum vor."

Aber dumm war ich nicht. Zu meiner Zeit hatte ich sehr viele Verträge in der Hand gehabt. Ich würde nie etwas unterschreiben, wenn ich den Namen der anderen Vertragspartei nicht kannte. Also sagte ich: „Dieser Laden gehört Land's End Holdings. Und ich bin die rechtmäßige Mieterin."

Jetzt begannen seine Augen richtig zu funkeln. „Ich bin Land's End Holdings." Er hatte dunkelbraunes Haar, das ihm in Locken bis auf die Schultern fiel, Augen wie dunkle Schokolade, eine gerade Nase, mehrere Tage alte Bartstoppeln, und wenn er lachte, was er jetzt tat, zeigte er seine wunderschönen weißen Zähne und rings um seine Augen herum breiteten sich Lachfältchen aus. Ich ahnte, dass dieser Mann mehr als einmal der Gefahr ins Gesicht gelacht hatte. „Das heißt, ich bin Gryffyn Penrose. Land's End Holdings ist meine Firma."

„Nun, Mr Penrose, dann hat jemand aus Ihrer Firma in Ihrem Namen dieses Grundstück an mich verpachtet", sagte ich. Ich hatte eine Kopie des Mietvertrags hier im Laden liegen, für alle Fälle. Diese holte ich und zeigte sie ihm.

Er prüfte die Unterschriften und schüttelte dann den Kopf. „Ich habe die Verantwortung dem falschen Mann übertragen. Mein Makler ist ein Idiot. Ein Handarbeitsladen? Ich kann hier keinen Handarbeitsladen haben." Er sah mich wieder an. „Hören Sie, ich fürchte, da liegt ein Irrtum vor. Sie werden gehen müssen. Ich habe sehr genau festgelegt, wofür dieses Ladenlokal genutzt werden kann. Ich hätte nichts gegen ein Beerdigungsinstitut. Auch ein Steuerberater oder ein Anwalt, der nicht allzu viel zu tun hat, wäre in Ordnung. Aber ich kann nicht zulassen, dass hier den ganzen Tag lang Leute ein- und ausgehen. Das ist unmöglich. Ich erstatte Ihnen Ihr Geld zurück und lege noch etwas drauf, für Ihre Mühe."

Irgendetwas an seinem Auftreten ärgerte mich. Ich hatte das Gefühl, er meinte, weil er es mit einer Frau zu tun hatte, die gerade mal dreißig war, müsste ich mir von ihm alles bieten lassen. Ich war entschlossen, ihm zu zeigen, dass er im Unrecht war, und zwar gleich.

Ich straffte die Schultern und sagte: „Nein. Das ist ein rechtsgültiges Dokument, und Sie haben sich daran zu halten. Ich habe überall nach dem perfekten Standort gesucht, und der ist hier. Ich bin die Küste von Cornwall rauf und runter gefahren und habe kein Lokal gefunden, das besser passen würde als dieses." Okay, *die Küste rauf und runter* war etwas übertrieben, aber wir hatten uns drei Lokale angesehen, die unter allen anderen in die engere Wahl gekommen waren, und Agnes, Sylvia und ich waren uns einig gewesen, dass dieses hier perfekt war.

Ich wies auf den Raum um mich herum. „Ich habe den ganzen Tag mit Reinemachen verbracht. Dafür musste ich auch noch eine Aushilfe bezahlen. *So* schlimm sah es hier aus. Ich habe auch mit anderen Ladenbesitzern in der Hauptstraße gesprochen, und sie freuen sich sehr, dass der Laden wieder vermietet ist."

Er sagte nichts. Wir schienen in einer Sackgasse angelangt zu sein.

Also fügte ich hinzu: „Ich habe bereits angefangen, Waren zu bestellen, und mein Schild wird in diesem Augenblick gemalt." Das stimmte nicht, denn ich war immer noch dabei, genau herauszufinden, was für Ware ich brauchte. Und das Schild konnte nicht gemalt werden, bevor wir nicht einen Namen für den Laden gefunden hatten, obwohl ich schon einen Schildermaler hatte, einen künstlerisch begabten Vampir namens Theodore, der seine Dienste angeboten hatte. Ich hatte also nicht direkt gelogen, nur die Wahrheit ein bisschen gedehnt. Vielleicht ein bisschen sehr. Diesen Gedanken verdrängte ich und winkte ab. „Wie auch immer, es ist viel zu spät, um jetzt noch einen Rückzieher zu machen."

Die Katze in der Ecke ließ ein Geräusch vernehmen, vielleicht genoss sie aber auch einfach nur ihren Fisch.

Er drehte sich zu ihr und dann wieder zu mir. „Lassen Sie mich mit meinen Leuten reden. Wie kann ich Sie kontaktieren?" Er warf einen Blick auf den Vertrag. „Jennifer."

Ich wollte eigentlich nicht, dass er erfuhr, wo ich wohnte. Andererseits wohnten dort aber auch die Biddles, ganz abgesehen von den Vampiren auf demselben Grundstück. Wenn ich einen Schrei ausstoßen würde, konnte ich ziemlich sicher sein, dass sie herbeigeeilt kämen. Ich sagte: „Ich wohne vorübergehend in Shadowbrook."

Seine Augen weiteten sich, und er trat näher. „Aber Sie sind keine von uns."

Da ging mir ein Licht auf. Ich weiß nicht, wie ich so schwer von Begriff sein konnte und nicht gleich eins und eins zusammengezählt hatte. Ein Typ, der um neun Uhr abends aus dem Untergrund auftauchte und ein zweihundert Jahre altes Leinenhemd trug, war wahrscheinlich kein normaler Mensch. Ich war so überrascht und von ihm geblendet gewesen, dass ich nicht gemerkt hatte, dass er wahrscheinlich einer der Bewohner der Zinnmine auf Rafes Grundstück war.

Dennoch wollte ich das Wort *Vampir* nicht verwenden, falls ich mich doch irren sollte. Also sagte ich einfach: „Ich glaube nicht."

Dann tat er etwas Seltsames. Er kam näher, beugte sich vor und atmete tief ein. „Nein, sind Sie nicht. Das dachte ich mir, als ich Ihre Hand berührt habe, um Ihnen aufzuhelfen. Ich habe gespürt, wie das Blut durch ihre Adern pumpte. In Ihnen steckt eine Menge Lebenskraft. Blutgruppe A."

Ich wich einen Schritt zurück. Ich hatte mich so sehr an Rafe, Agnes und Sylvia gewöhnt, dass ich vergessen hatte, dass nicht alle Vampire ihre Freizeit mit Stricken verbrachten. Mit Sicherheit gab es einige, die – anstatt Blutkonserven aus einem Kristallkelch oder einem dieser Thermoskaffeebecher zu trinken – immer noch die alten Methoden der Nahrungsbeschaffung bevorzugten. Ich wich

61

weiter zurück und hielt die Hand auf meine Halsschlagader.

Da wich er selbst einen Schritt zurück und schüttelte den Kopf. „Nein, mein Fräulein. Ich habe kein Interesse daran, Sie zu verzehren, so schmackhaft Sie zweifellos auch sein mögen. Aber wenn Sie im Haus von Rafe Crosyer wohnen, stehen Sie irgendwie mit meiner Art in Verbindung."

„Rafe hat meine beste Freundin geheiratet."

Daraufhin nickte er. „Rafe ist ein Meister der Überredungskunst."

Da hatte er recht. Rafe hatte meine sehr lebendige Freundin dazu überredet, ihn zu heiraten. Trotzdem hatte ich sie noch nie so glücklich gesehen. Hätte ich mir also anmaßen sollen zu behaupten, dass es zwischen Toten und Untoten nicht klappen könnte?

Er fragte: „Sie wollen also einen Strickladen betreiben?"

„Ja, das habe ich vor." Und dann wurde ich ein wenig übermütig, weil ich mich unterlegen fühlte. „Sie stricken nicht zufällig?"

Er sah ziemlich beleidigt aus. „Natürlich stricke ich. Und ich häkle. Ich habe sogar schon geklöppelt, aber das ist zu fein für meine großen Finger."

Ehrlich gesagt fiel mir fast die Kinnlade herunter. „Sie stricken?" Das war schwer vorstellbar. Dann wechselte ich das Thema. „Darf ich fragen, was Sie hier machen? In diesem Laden und vorhin darunter?"

Daraufhin wurde sein Gesichtsausdruck sehr ernst. „Nein, das dürfen Sie nicht, junge Dame. Und Sie werden dies auch niemandem gegenüber erwähnen. Schon gar nicht Rafe Crosyer."

Das klang gar nicht gut. „Und warum nicht? Tun Sie da

unten etwas Illegales?" Gar nicht auszudenken, was sich ein Vampir, der zu viel Zeit hatte und die ganze Nacht wach war, alles einfallen lassen könnte.

Einen Moment lang herrschte Schweigen. Ich spürte, wie er überlegte, was er sagen sollte.

Schließlich sagte er: „Ich tue nichts Illegales, aber ich bin ein Mann, der seine Privatsphäre sehr schätzt. Sie können Ihren Strickladen betreiben, aber ich verlange bestimmte Zusicherungen und vor allem Ihre absolute Diskretion. Ist das klar?"

Ich ahnte, dass er – Vertrag hin oder her – die Vereinbarung auflösen würde, falls ich auch nur eine weitere Frage stellte. Also tat ich das Klügste. Ich nickte.

„Also gut", sagte er, blies die Laterne aus und stellte sie neben die Tür. „Ich lasse Sie weiter ..." – er sah sich um, aber ich hatte die Räucherstäbchen noch nicht aus meiner Tasche genommen – „... das tun, was auch immer Sie gerade gemacht haben."

„Ich messe den Laden aus. Ich muss Regale bauen lassen."

„Dann will ich Sie nicht weiter stören."

Er ging durch die Vordertür hinaus. Eigentlich schlich er hinaus, denn nachdem er sie geöffnet hatte, schaute er erst, ob die Luft rein war, bevor er hinausging. Was in aller Welt war hier los?

Nachdem er weg war, vergewisserte ich mich, dass die Tür verschlossen war. Die Katze, von der ich gehofft hatte, sie würde sich mit ihrem Fischlieferanten davonmachen, starrte mich stattdessen an. Es war sehr nervenaufreibend.

„Schau mal", sagte ich. „Wenn du und ich miteinander auskommen wollen, musst du mit mir kooperieren." Ich dachte daran, wie sie durch den Raum geflogen war. „Du hast offensichtlich eine gewisse Macht, also lass uns sehen, ob wir zusammenarbeiten können." Ich schaute auf die Stelle in der Ecke, wo sie ihren Fisch gegessen hatte.

Nichts davon war übrig. Er musste ihn für sie entgrätet haben.

Sie brauchte Wasser und richtiges Katzenfutter. Ich hatte das vage Gefühl, dass man Katzen nicht zu oft mit Fisch füttern sollte. Aber eigentlich wirkte sie schlank und gesund, wenn auch schlecht gelaunt. Zumindest mir gegenüber.

Ich fragte mich, ob man Vampirenergie wohl vertreiben konnte. Irgendwie hatte ich da meine Zweifel, zumal der betreffende Vampir das Cottage offensichtlich als sein persönliches Depot nutzte. In der Tat war ich nach der Begegnung erst mit Bärchen und dann mit Gryffyn Penrose viel zu aufgewühlt, um mich auf die Reinigungszeremonie zu konzentrieren. Ich würde es an einem anderen Tag versuchen.

Als ich das Licht ausschalten wollte, fiel mir etwas Glitzerndes auf dem Boden ins Auge. Ich ging näher heran und sah eine Goldmünze in der Nähe der Stelle, wo sich die Steinplatte gehoben hatte. Ich hob sie auf und drehte sie in der Hand um. Es war kein Kunststück, darauf zu kommen, wer sie wohl fallengelassen hatte.

Er war sicher schon weit weg. Ich steckte die Münze in meine Tasche. Ich würde sie meinem untoten Vermieter zurückgeben, wenn ich ihn das nächste Mal sah, und mein Instinkt sagte mir, dass es bis dahin nicht lange dauern würde.

Leider.

Ich nahm meine Tasche und machte mich auf den Weg

zur Tür. Ich öffnete sie und zögerte. Ein schwarzer Strich raste an mir vorbei auf die Straße, wie ich es halb befürchtet, aber auch erwartet hatte – denn der Strich war nun meine Vertraute.

„Ich hoffe, du bist stubenrein", sagte ich zu Bärchen. „Sonst bringt Mrs Biddle uns beide um."

Bärchen sah mich an, als wolle sie sagen, Mrs Biddle solle es nur versuchen. Mit dieser demonstrativen Tapferkeit konnte sie mich nicht beeindrucken. Sie kannte Mrs Biddle nicht.

Als wir in Shadowbrook anlangten, ging ich hinein und folgte den Schritten meiner kleinen Begleiterin. Ich hatte das Gefühl, dass ich den Ort mit neuen Augen sah. Nicht, dass ich schon lange dort gewesen wäre. Ich sah jedoch, wie Bärchen innehielt und sich im größten Raum auf der Vorderseite umsah. Zweifellos suchte sie nach verirrten Mäusen, aber ich blieb auch jedes Mal stehen, wenn ich diesen Raum betrat, um die Aussicht zu genießen. Wie ich es fast immer tat, wenn ich von draußen hereinkam, ging ich zuerst zu den großen Flügeltüren, die auf die Veranda mit Meerblick führten. Heute Nacht waren der Mond und die meisten Sterne hinter ziehenden Wolken verborgen. Ebenso unruhig war das Meer, das gegen die Felsen schlug und unterhalb der Veranda unter meinen Füßen brandete.

Ich war in Gedanken meilenweit entfernt, als mich eine Stimme so hoch springen ließ, dass ich fast von der Veranda geflogen wäre.

„Herrlicher Abend, nicht wahr?"

Ich drehte mich um und sah Agnes und Sylvia in Abendkleidung.

Ich legte eine Hand auf meine Brust, wo mein Herz pochte. „Habt ihr mich erschreckt!"

„Es tut mir so leid, Liebes", sagte Agnes. „Ich vergesse immer, wie lautlos wir sind."

Ich holte tief Luft. „Selbst ein Elefant hätte mich erschreckt. Die Wellen da draußen sind ganz schön laut."

Ich ging wieder hinein und die beiden baten mich, mich zu ihnen zu setzen. Bärchen unterbrach ihre Suchexpedition nach Mäusen und sprang neben mir auf die Chintzcouch, auf der ich Platz genommen hatte. An den Möbeln war zu erkennen, dass es sich um eine ehemalige Frühstückspension handelte. Komfortabel, nicht überladen, aber ein wenig unpersönlich. Kein Schnickschnack, keine persönlichen Bilder, nur sehr geschmackvolle Gemälde von der Umgebung.

Agnes und Sylvia saßen mir gegenüber, und Agnes sagte: „Wir würden gern etwas mit dir besprechen, Liebes."

Die Katze krabbelte auf meinen Schoß. Sie war überraschend warm und fühlte sich an, als gehöre sie dorthin. Ohne nachzudenken, begann ich sie zu streicheln.

Agnes sah mich etwas wehmütig an. „Ich vermisse es, eine Vertraute zu haben. Man hat nämlich keine, wenn man untot wird. Das ist eine der Tragödien, wenn eine Hexe zur Vampirin wird."

Sylvia, die etwas bissiger war als Agnes, runzelte die Stirn und schimpfte: „Noch schlimmer ist es, wenn man als Filmstar nicht im Film gesehen werden kann. Was hätte ich doch für eine Karriere machen können. Heute versteht keiner mehr etwas von der Schauspielerei, nicht so wie früher." Sie schüttelte den Kopf. „Ich kann beim Schminken nicht einmal mein Spiegelbild sehen. Agnes muss das übernehmen. Und ich bin nie wirklich sicher, ob sie sehr geschickt ist."

Ich hätte ihren Verdacht bestätigen können, zog es aber vor, meine Meinung für mich zu behalten. Stattdessen sagte ich: „Ich finde, ihr seht beide sehr schön aus."

Agnes, die offensichtlich ein unangenehmes Gespräch über ihr Talent als Maskenbildnerin vermeiden wollte, sagte: „Wir wollten mit dir über die Gründung eines Strickclubs hier in Cornwall sprechen."

Ich war ziemlich überrascht. „Habt ihr nicht schon einen?"

Sylvia sagte: „Wir haben es ein paar Mal erfolglos probiert, aber ohne einen richtigen Strickladen vor Ort war es sehr schwierig. Aber jetzt bist du ja hier und wir werden diesen wunderbaren Laden eröffnen." Agnes sah recht selbstzufrieden aus. „Und Vampire sind sehr gute Kunden. Sie sind nicht nur extrem schnelle Stricker, sondern offen gestanden auch sehr ehrgeizig."

Sylvia meldete sich zu Wort: „Naja, wir beide nicht."

Sowohl Agnes als auch ich drehten uns um und starrten sie an. Ich hatte die Geschichten gehört.

Und Agnes hatte sie offensichtlich miterlebt, denn sie sagte mit leiser Stimme: „Nein, natürlich nicht, Liebes." Dann wandte sie sich erneut mir zu. „Wie auch immer, wir haben hier im Moment alle nichts zu tun und ehrlich gesagt, glaube ich, es wäre sehr gut, dich den anderen, die hier leben, in einer positiven Umgebung vorzustellen."

Ich war mir nicht sicher, was das bedeuten sollte, oder was eine negative Umgebung wäre, aber ich wollte es auch gar nicht wissen.

„Okay", sagte ich. „Aber ich habe noch gar keine Waren bestellt. Es ist noch zu früh."

Agnes sah sehr selbstzufrieden aus. „Ich habe mir erlaubt, einige Waren hierher mitzubringen. Genug für einen ganz einfachen Schal." Sie hielt inne. „Das ist eines der Projekte, das wir Lucy am Anfang haben stricken lassen, obwohl ich nicht weiß, ob sie es schon fertiggestellt hat."

„Lucy ist erstens ein Mensch und hat zweitens keine natürliche Begabung zum Stricken", rief Sylvia ihrer Freundin in Erinnerung. „Nichts für ungut. Sie ist deine Enkelin, und sie ist ein liebes Mädchen mit vielen anderen Talenten, aber Stricken gehört einfach nicht dazu."

„Nein, und Häkeln auch nicht", sagte Agnes traurig.

Am liebsten hätte ich mich eingeschaltet, um meine Freundin zu verteidigen, aber wenn selbst ihre Großmutter zugab, dass sie in Handarbeit ein hoffnungsloser Fall war, wie sollte ich da widersprechen? Außerdem hatten sie recht. Und fairerweise musste man sagen, dass Lucy selbst als Erste zugeben würde, dass ihre Talente anderswo lagen als zwischen zwei Stricknadeln. Sie entwickelte sich stattdessen zu einer ziemlich guten Hexe, obwohl sie ihre Kräfte erst spät entdeckt hatte.

Sowohl im Stricken als auch in der Hexerei hatte ich ihr einiges voraus. Doch Lucy hatte ihren Weg im Leben gefunden, während ich immer noch darum kämpfte, meinen zu finden. Würde ich wirklich in einem Küstenstädtchen in Cornwall enden, wo ich Garn an die Einheimischen und handgestrickte Fischerpullover an die Touristen verkaufte? Im Moment hatte ich keine Ahnung. Und es war auf jeden Fall nichts Besseres in Sicht. Ich konnte nicht mehr zurück, sagte ich mir. Ich konnte nur vorwärts gehen.

„Und wo werden wir diesen Strickclub abhalten?", fragte ich. Der Laden war noch nicht fertig und der Platz dort war begrenzt, und ich war mir nicht sicher, ob ich regelmäßig in eine alte Zinnmine gehen wollte. Zumal sie ausschließlich von Kreaturen bewohnt war, die sich von Menschenblut ernährten. Aber im Strickclub ging es ja nicht nur um mich.

„Wir dachten natürlich, dass wir ihn hier im Shadowbrook Manor abhalten würden", sagte Sylvia. „Der Frühstücksraum ist immer noch für fünfundzwanzig Personen eingerichtet, die zusammen speisen können – so viele sind es sicher nie gewesen. Warum fangen wir nicht dort an und sehen, wie es läuft?"

„Du willst, dass ich Vampire dorthin einlade, wo ich wohne?" Von den Biddles einmal ganz abgesehen.

Ich muss wohl sehr skeptisch geklungen haben, denn Agnes seufzte missbilligend. „Bist du nicht lange genug mit Lucy und Rafe und all unseren Freunden zusammen gewesen, um zu erkennen, dass keiner der örtlichen Vampire eine Gefahr für dich darstellt?" Sie hielt einen Moment inne. „Es sei denn, vielleicht, wenn sie sehr hungrig sind."

Nun, das war ja beruhigend. Ich dachte an Gryffyn Penrose, wie er sich zu mir beugte und tief einatmete. Ich schwieg einen Moment lang und überlegte, was er wohl wirklich von mir gedacht hatte. „Könnt Ihr dann bitte dafür sorgen, dass die Vampire etwas gegessen haben, bevor sie zum Strickclub kommen?"

Sie sah mich an, als würde ich Schwierigkeiten machen. „Aber natürlich."

Das erinnerte mich an etwas. „Ich habe heute Abend einen Vampir kennengelernt, der sagt, er sei ein Stricker. Tritt der wohl auch in den Club ein?"

„Ich bräuchte mehr Informationen, meine Liebe."

„Er heißt Gryffyn Penrose." Ich spürte, wie die kühle Luft, die dadurch entstand, dass ich zwei Vampirinnen gegenübersaß, noch ein wenig kühler wurde.

„Wie hast du Sir Gryffyn Penrose kennengelernt?", fragte Sylvia und es hörte sich an, als hätte ich eine Art Kavaliersdelikt begangen.

Sir? Irgendwie hatte ich ihn nicht für einen Sir gehalten.

Dann fiel mir ein, dass er mich gebeten hatte, niemandem von der Falltür aus Steinplatten zu erzählen, die zu wer weiß was unter dem Laden führte. Und ich hatte zugestimmt. Ich schuldete ihm keine Loyalität, aber er war immerhin der Eigentümer des Ladens, den ich gemietet hatte.

Bis ich mehr über die Situation wüsste, beschloss ich, meinen Mund zu halten. Ich sagte einfach: „Ich war dabei, den Laden aufzuräumen, und da kam er herein." Das stimmte schließlich. Sollten sie ruhig annehmen, dass er durch die Vordertür hereingekommen war.

„Bei dem musst du vorsichtig sein", sagte Sylvia.

Aber ich erinnerte mich daran, wie lieb er zu der Katze gewesen war und wie fröhlich er mit mir über das Geschäft verhandelt hatte. Mein Gespür für Menschen ist ziemlich gut. Vielleicht nicht ganz so gut, wenn es sich um Untote handelt, aber ich wollte Gryffyn Penrose nicht verurteilen, ohne ihn besser kennenzulernen.

„Was stimmt denn mit ihm nicht?"

Die beiden Vampirinnen sahen sich an.

Sylvia sprach als Erste. „Er ist ein Mann mit vielen Geheimnissen. Ich bin nicht sicher, ob man ihm trauen kann."

„Ich werde es mir merken", sagte ich. Dabei hatte ich ihm gerade in Bezug auf einen mündlich neu ausgehandelten Mietvertrag mein Vertrauen geschenkt. Ich würde sicher bald sehen, ob er zu seinem Wort stand oder nicht. Neugierig, was sie sagen würden, zeigte ich ihnen die Goldmünze, von der ich ziemlich sicher war, dass sie Gryffyn gehörte. „Ich glaube, er hat die hier fallen lassen. Wisst ihr, was das ist?"

Sylvia nahm die Münze und beide untersuchten sie. Es war seltsam, denn ich erinnerte mich daran, dass Agnes früher immer erst ihre Lesebrille hatte aufsetzen müssen, bevor sie etwas aus der Nähe betrachten konnte. Jetzt waren ihre Augen wahrscheinlich besser als meine.

Sylvia sagte: „Ich bin keine Expertin, aber ich würde sagen, das ist eine spanische Dublone." „Einmal Schmuggler, immer Schmuggler", murmelte sie.

Sie gab sie mir zurück, und ich steckte die Münze wieder ein. Ich war nicht überrascht zu erfahren, dass der Mann, der mich an Jack Sparrow erinnerte, ein Schmuggler sein könnte. Könnte er auch ein Pirat sein?

Nach wie vor ergab das keinen Sinn. Wenn jemand heutzutage etwas schmuggelte, dann keine spanischen Dublonen. Außerdem sagte Lucy, alle Vampire, die älter als hundert Jahre alt waren, hätten viel Zeit gehabt, Reichtümer anzuhäufen. Ich glaubte nicht, dass Gryffyn als Schmuggler tätig war. Aber ich war mir ziemlich sicher, dass er etwas im Schilde führte.

Ich fragte mich, ob ich jemals herausfinden würde, was es war.

„Wir haben beschlossen, das Treffen des Strickclubs um zehn Uhr abzuhalten", sagte Sylvia. „Dann sind alle ausgeschlafen und satt. Wir werden dann alle frisch und munter sein."

„Und für dich, Liebes", fügte Agnes hinzu, „ist es dann noch nicht zu spät."

„Ok", sagte ich. „Wann soll es losgehen?"

„Also, heute Abend gehen wir aus, um andere Vampire zu sehen und die Sache bekannt zu machen", sagte Agnes. „Deshalb dachten wir, dass morgen Abend ein guter Zeitpunkt für die erste Sitzung wäre."

„*Morgen Abend?* So früh?"

„Hattest du andere Pläne?", fragte Sylvia leicht gereizt.

„Nein. Morgen passt." Darauf musste einfach vertrauen.

„Gut. Das wäre also geklärt. Und wir wünschen dir eine gute Nacht. Wir sind auf dem Weg zu ein paar alten Freunden, die ich mit Agnes bekanntmachen möchte."

Die beiden gingen wieder, und ich ging auf mein Zimmer.

Ich wusch mich und putzte mir die Zähne im Bad, und als ich in mein Schlafzimmer zurückkehrte, fand ich Bärchen vor, die sich quer auf meinem Bett ausgestreckt hatte.

Ich setzte sie auf den Boden.

Sie sprang zurück auf das Bett.

Wir verhandelten. Ich bekam die Bettseite in Türnähe. Sie bekam die Seite, die der Wand am nächsten war. Nachdem sie das Kissen mit ihren Pfoten so lange bearbeitet hatte, bis es für sie richtig war, ließ sich darauf nieder.

Zu meiner Überraschung war es mir angenehm, sie bei mir zu haben und ich schlief fast unverzüglich ein.

Ich fragte mich, was der morgige Tag wohl bringen würde.

KAPITEL 5

*D*er nächste Tag begann mit dichten Wolken und stürmischem Wind. Dennoch verspürte ich den unwiderstehlichen Drang, auf Erkundung zu gehen, bevor ich mich wieder auf mein Projekt stürzen würde, ein verfallenes Cottage in ein verlockendes Strickgeschäft zu verwandeln. Cornwall ist schließlich ein international beliebtes Reiseziel. Und von Rafes Herrenhaus auf der Klippe aus konnte ich einen Teil des Küstenwegs sehen, der sich an der gesamten Küste Cornwalls entlangschlängelte.

Ich dachte, ich könnte versuchen, die Strecke in Etappen zurückzulegen. Erstens, um in Form zu kommen, aber auch, um einfach nur die Landschaft zu genießen. Dieser Ort stand anderen Orten, an die ich gereist war, in nichts nach. Tatsächlich konnte ich mir keinen besseren Zeitpunkt als jetzt vorstellen, um den Küstenweg zu erkunden, der meinem Wohn- und Arbeitsort am nächsten lag. Wenn Leute in den Laden kämen und mich nach der Gegend fragten, hätte ich ihnen wenigstens etwas zu erzählen.

Ich hatte keine Wanderschuhe dabei, aber ich hatte die

Laufschuhe, die ich anlässlich eines meiner vielen Fitness-pläne gekauft hatte. Sie waren kaum getragen, aber ich dachte, sie wären perfekt für den Küstenpfad. Ich zog eine schwarze Leggings und ein T-Shirt an und band mir eine Fleecejacke um die Taille. Ich hatte einen Tagesrucksack, in den ich mein Handy und eine Wasserflasche steckte. Auf dem Tisch neben der Eingangstür stand immer eine Schale mit Äpfeln, eine weitere Erinnerung an die Zeit, als dieser Ort noch ein B&B war. Davon nahm ich mir einen und steckte ihn ebenfalls in meinen Rucksack. Ich war startklar. Ich glaubte nicht, dass ich eine Karte benötigen würde. Ich würde den Weg nur so lange entlangwandern, bis ich müde war, dann würde ich kehrtmachen und wieder zurückgehen.

Es kostete mich etwas Zeit und einige Fehlstarts, den Weg hinunter zum Küstenweg zu finden. Ich hatte das Gefühl, dass Rafe und der geheimnisvolle, gärtnernde Mr Biddle wahrscheinlich alles taten, um Wanderer und Touristen davon abzuhalten, sich dem Haus auf einem anderen Weg als durch die Haupteinfahrt zu nähern. Als ich jedoch die Land-straße entlangging, konnte ich einen Weg nach unten finden. Und tatsächlich bahnte ich mir durch einige überwucherte Büsche einen Weg bis zum Küstenpfad. Ich war unheimlich stolz auf mich. War ich etwa zur Bergsteigerin geboren?

Ich bemerkte, dass Bärchen mir gefolgt war und fröhlich im Gebüsch herumhüpfte, irgendwie hinter mir her und irgendwie auch nicht. Ich dachte mir, dass sie nach Shadow-brook zurückkehren würde, wenn sie so weit wäre. Sie wirkte auf mich nicht wie eine Katze, die Schwierigkeiten hatte, nach Hause zu finden. Und ich fühlte mich in ihrer Gesell-schaft wohl. Ich sprach unterwegs sogar mit ihr, und sagte, ich sei nicht sicher, wie lange ich bleiben würde, und dass sie sich vielleicht bald nach einer neuen Hexe umsehen müsste.

Nun, da ich richtig in meiner neuen Realität angekommen war, gewöhnte ich mich langsam ein: Ich hatte mit einem verwegenen Vampir Vereinbarungen zum Mietvertrag ausgehandelt und würde bald mit Untoten stricken. Ich lebte im Herrenhaus von Lucy und Rafe, ohne dass Lucy hier war. Plötzlich erschien mir das ganze Unterfangen weniger wie ein Spaß und mehr wie ein Lebensweg, auf den ich zufällig gestoßen war. Das war in Ordnung so. Mir gefiel die Idee, meinen Weg manchmal zu mir kommen zu lassen. Allerdings wollte ich auch nicht in ein Leben abdriften, das nicht das Richtige für mich war. Aber – das rief ich mir und Bärchen in Erinnerung, die sich gerade unter einem Busch an etwas heranpirschte – ich hatte mich nur für drei Monate verpflichtet. Ein Vierteljahr, das war nicht mehr als ein verlängerter Urlaub. Ein Mini-Sabbatical. Das würde mir Zeit geben, darüber nachzudenken, was ich wirklich tun wollte.

Mit meinem früheren Leben hatte ich abgeschlossen. Wenn ich nur an die letzten Monate in Boston dachte, erschauderte ich und knallte im Geiste die Tür hinter diesen Erinnerungen zu. Ich konnte nicht zurück. Sicher, in vielerlei Hinsicht versteckte ich mich hier, aber das brauchte ja niemand zu wissen. Und fürs Erste hatte ich etwas zu tun. Wer würde schon auf die Idee kommen, in einem obskuren Strickwarengeschäft in Cornwall nach mir zu suchen?

Also atmete ich die frische Morgenluft ein und blickte hinaus auf den wunder-wunderschönen Ozean um mich herum. Cornwall ist wie ein kleiner Finger, der in den Ozean ragt. Okay, ein sehr knorriger kleiner Hexenfinger. Und das

Erstaunliche am *Cornish Coast Path* ist, dass Cornwall selbst zwar nicht besonders groß ist, der Küstenweg aber wegen seiner zerklüfteten Buchten und der vielen Hin- und Rückwege eine Gesamtlänge von 300 Meilen erreicht. Das hatte ich in einem Reiseführer aus der B&B-Zeit gelesen, der zusammen mit den Möbeln in Shadowbrook zurückgelassen worden war.

Ich dachte mir, ich könnte diesen Weg stückchenweise entlanggehen, um irgendwann die ganze Strecke zurückgelegt zu haben – oder auch nicht. Das war egal. Ein Spaziergang auf einer landschaftlich reizvollen Strecke machte viel mehr Spaß als eine Stunde im Fitnessstudio.

Ich rief mir in Erinnerung, dass ich nicht nur zur Besichtigung hier war, sondern auch um der sportlichen Betätigung willen, und legte einen Zahn zu. Da es noch früh am Tag war, schien ich allein zu sein – abgesehen von Bärchen, versteht sich. Das Meer rauschte und brandete weit unter mir, und ich konnte das Geräusch meiner Füße auf dem Weg hören. Vögel zwitscherten, und zu meiner Freude flog bei meinem Ausflug immer ein Schmetterling vor mir her. Nachdem ich vor meiner Vergangenheit geflohen war und mir Sorgen um meine Zukunft gemacht hatte, spürte ich plötzlich, wie sich meine Stimmung verbesserte. Ich würde mich an die Gegenwart halten. Das war der sicherste Ort.

So wanderten Bärchen und ich eine Weile, und zu meiner Überraschung blieb sie im Allgemeinen bei mir. Ich ging an einem Mann mit einem schwarzen Labrador vorbei. Glücklicherweise war Bärchen in diesem Moment außer Sichtweite, sodass die beiden mit einem gemurmelten Guten Morgen und einem Schwanzwedeln an mir vorbeigingen.

Ich setzte meinen Weg fort und genoss die Bewegung und

die Aussicht. Der Himmel hellte sich auf und mit ihm meine Stimmung, als ich eine junge Frau auf mich zukommen sah. Sie ging zusammengekauert, als wäre ihr kalt. Ihr langes blondes Haar, das nur von ihren schwarzen Kopfhörern zusammengehalten wurde, wurde von der Brise zerzaust.

Ich spürte ihren Kummer, bevor ich nahe genug war, um zu sehen, dass sie weinte. Sie schaute nach unten und bemerkte mich erst, als wir fast auf gleicher Höhe waren. Als wir aneinander vorbeigingen, warf sie mir einen kurzen Blick zu, dann senkte sie den Blick wieder zu Boden. Sie ging weiter, ohne zu grüßen oder meine Anwesenheit mit etwas anderem als einem raschen Blick zu würdigen. Vielleicht hörte sie gerade ein trauriges Hörbuch.

Ich kam zu einem Aussichtspunkt, und unter mir war eine Bucht, die wie geschaffen dafür schien, am Meer zu sitzen. Vielleicht würde ich es wagen, meine Schuhe auszuziehen und meine Zehen entscheiden lassen, wie kalt das Wasser wirklich war. Ich würde ein paar Fotos machen, meinen Apfel essen, mein Wasser trinken und mich dann wieder auf den Heimweg machen. Ich brauchte ja noch Energie für einen weiteren Tag körperlicher Arbeit im Cottage. Mit dieser Absicht im Hinterkopf stieg ich vorsichtig über den ziemlich steilen Pfad, der aus Kieselsteinen und Platten des örtlichen Gesteins bestand, hinunter zur Bucht.

Bärchen folgte, trittsicherer als ich. Als wir unten ankamen, öffnete ich meine Arme weit, als würde ich das Meer umarmen. Ich atmete die frische Luft ein und füllte meine Lungen.

Das war mein Neuanfang, sagte ich mir. Alles würde gut werden.

Hier konnte er mich nicht finden.

Ich drehte mich um und suchte meine kleine Bucht ab, in der Hoffnung, einen geschützten Platz zu finden, um meinen Apfel zu essen. Dann bemerkte ich ein Paar Schuhe. Zuerst dachte ich, jemand hätte sie am Strand vergessen. Dann bemerkte ich, dass die Schuhe mit einer Person verbunden waren, die scheinbar fest schlief. Ich war mir nicht sicher, ob ich weggehen oder näher herantreten sollte, um mich zu vergewissern, dass es demjenigen gut ging, als Bärchen einen Schritt nach vorne machte und dann stehen blieb, ihren Rücken krümmte und fauchte.

Und dann traf es auch mich, dieses schwere Gefühl der Dunkelheit.

Ich wusste jetzt, dass der Mensch, der mit dem Gesicht nach unten auf dem schwarzen Felsstrand lag, nicht schlief. Ich war mir nicht sicher, was ich tun sollte. Ich gebe zu, dass ich anfangs den feigen Impuls hatte, den Pfad wieder hinaufzuklettern und so zu tun, als hätte ich nichts gesehen. Ich war Amerikanerin. Ich war gerade in Cornwall angekommen. Ich hatte es nicht nötig, mich auf so etwas einzulassen, was auch immer es war. Aber ich tat einen tiefen Atemzug und danach noch einen. Ich wusste, dass ich diesen Menschen nicht einfach liegen lassen konnte, bis ihn jemand anderes fand.

Ich schnappte mir mein Handy und machte hastig ein paar Fotos, bevor ich näherkam. Ich konnte keine Fußabdrücke oder ähnliches entdecken, aber ich hatte genug Krimis gesehen, um zu wissen, dass man an einem Tatort nichts verändern sollte.

Dann schaute ich auf die Spitze der Klippe, von wo der Küstenweg die Bucht überblickte, und vermutete, dass es sich nicht um einen Tatort, sondern um die Stelle eines schrecklichen Unfalls handelte.

Ich ging näher heran und sah, dass das Opfer ein junger Mann war, wahrscheinlich nicht einmal zwanzig. Sein Kopf war mir zugewandt, als ob er auf dem Bauch schlafen würde. Seine Augen waren geschlossen, darüber hob sich ein Büschel schmutzig-blonder Haare in der Brise. Er hatte ein schmales Gesicht, eine im Vergleich zum Rest des Gesichts große Nase und einen Mund mit vollen Lippen. Er trug Jeans, einen schwarzen Kapuzenpulli, und ich konnte einen karierten Hemdkragen erkennen. Neben ihm stand ein marineblauer Rucksack.

Ich trat näher heran. Instinktiv hatte ich gespürt, dass er tot war, aber ich hatte das Gefühl, dass ich mich vergewissern sollte. Meine Hände zitterten so sehr, dass ich nicht einmal daran denken konnte, einen Puls zu fühlen, aber als ich seinen Arm berührte, war er so kalt, dass ich wusste, dass es sowieso keinen Sinn gehabt hätte. In diesem Körper schlug kein Puls mehr.

Was sollte ich tun?

Ich holte nochmals mein Handy hervor. Und fluchte. Hier unten gab es keinen Handyempfang. Und wenn ich Empfang hätte, wüsste ich nicht, welche Nummer ich im Vereinigten Königreich wählen müsste. 911 war es nicht. Verflixt nochmal, welche Nummer hatte der Notruf hier?

Bärchen sah mich an, als wäre sie wirklich enttäuscht von mir.

Ich sagte zu ihr: „Was? Meinst du, ich könnte ihn wieder zum Leben erwecken? Ich habe Hexenkräfte, aber so stark bin ich nicht. Und du?“

Sie setzte sich und starrte mich einfach an. Richtig, reiß dich zusammen.

„Ich gehe Hilfe holen“, sagte ich.

Ich suchte die Gegend um mich herum mit Blicken ab und entdeckte ein düster aussehendes Haus an der Steilküste. Es war das einzige Gebäude, das ich sehen konnte. Wie aus einem viktorianischen Melodram ragte es über mir auf – aus dunklem Naturstein, mit unbeleuchteten Fenstern und spitzen Dachgauben.

Ich würde denselben steilen Pfad wieder hinaufsteigen, und wenn ich kein Handysignal bekäme, würde ich zu diesem Haus gehen und Hilfe holen. Es war kein besonders guter Plan, aber es war alles, was ich hatte.

Noch bevor ich den Fuß des Seilpfades erreicht hatte, sagte eine Stimme: „So sieht man sich wieder."

Ich drehte mich um und erblickte Gryffyn Penrose. Er trug dieselbe Kleidung wie gestern Abend, dazu einen breitkrempigen Hut. Ich war so froh, ihn zu sehen, dass es mir egal war, ob er untot war.

Ich lief auf ihn zu und zeigte hinter mich. „Da ist ein Mann. Er ist tot. Ich weiß nicht, was ich tun soll."

Er sah mich ziemlich überrascht an. Aber nur eine Sekunde lang. „Ein toter Mann, sagen Sie. Das ist ungewöhnlich."

Fast hätte ich hysterisch aufgelacht. *Ungewöhnlich* war ein sehr seltsames Wort in dieser Situation. Ich hoffte, dass so etwas hier ungewöhnlich war, sonst würde ich den nächsten Bus nehmen und die Flucht ergreifen.

Dann sah Gryffyn mir ins Gesicht, er sah mich wirklich an. Er legte mir seine Hände auf die Schultern. „Es ist alles in Ordnung, Mädchen. Ich bin hier. Atmen Sie einfach tief durch. Vielleicht setzen Sie sich hin und benutzen Sie Ihr Riechsalz, wenn Sie sich schwach fühlen. Ich sehe ihn mir mal an."

Ich wollte ihm entgegenhalten, dass ich keine Jungfrau in Nöten war, die in Ohnmacht fallen könnte, aber tatsächlich hatte ich das Gefühl, ich könnte jeden Moment umkippen. Ich besaß natürlich kein Riechsalz, aber ich konnte den Kopf zwischen die Beine stecken. Ich setzte mich auf den nächstgelegenen Felsen, und auch wenn ich meinen Kopf nicht zwischen die Beine steckte, stützte ich jedenfalls die Stirn auf meine Hände. Bärchen rieb sich an meinen Beinen, und irgendwie half das.

Als ich mich wieder etwas stärker fühlte, hob ich den Kopf und blickte zu dem toten Mann. Zu meinem Schock und Entsetzen schien Gryffyn Penrose die Leiche zu durchsuchen. Ich hätte mich am liebsten übergeben. Sylvia hatte gesagt, er sei ein Schmuggler, aber er würde doch wohl keine Leiche plündern.

Nach ein oder zwei Minuten kam Gryffyn zu mir zurück, wo ich immer noch auf dem Felsen saß, mit Bärchen an meiner Seite.

„Sein Schädel ist eingeschlagen", sagte er.

Ich nickte und senkte den Blick auf meine Füße „Oh, wie furchtbar. Glauben Sie, er war wie ich auf einem Morgenspaziergang und ist ausgerutscht?"

Er sagte recht sanft: ´"Er ist nicht heute Morgen gestorben. Er liegt schon fast die ganze Nacht dort."

Ich blickte auf und starrte ihm in die Augen. Sie waren so dunkel wie die tiefsten Geheimnisse. „Woher wissen Sie das?", fragte ich.

„Ich habe einen extrem empfindlichen Geruchssinn. Seine Blutgruppe ist O, falls das für Sie von Interesse ist, und das Blut in seinem Körper fließt nicht mehr, und zwar schon eine ganze Weile. Es riecht abgestanden."

Er beschrieb es so, wie ich einen Liter Milch beschreiben würde, die ich mir auf mein Müsli schütten wollte, aber am Abend zuvor vergessen hatte, in den Kühlschrank zu stellen.

„Ich fühle mich so dumm", sagte ich. „Ich weiß nicht einmal, wen ich anrufen soll."

Er rieb sich die Nase. „Mir wäre es lieber, wir würden überhaupt niemanden anrufen. Ich kann ihn beseitigen. Keiner wird je erfahren, dass er hier war."

Ich war entsetzt. „Und was ist mit seiner Familie, den Menschen, die ihn lieben? Nein. Wir müssen das den Behörden melden."

„Wenn es Ihnen nichts ausmacht, möchte ich, dass Sie mich da raushalten. Und rufen Sie die 999."

Ich konnte verstehen, dass er sich nicht einmischen wollte, aber es machte mich nervös, ganz allein für eine Leiche verantwortlich zu sein. Dennoch hatte er mir angeboten, das ganze Problem für mich zu beseitigen. Ich wusste einfach, dass ich das nicht zulassen konnte. Irgendjemand, irgendwo, muss diesen Menschen geliebt haben und musste erfahren, was mit ihm geschehen war.

Ich sagte, ich würde mich darum kümmern, und er sagte: „Geben Sie mir zehn Minuten, bevor Sie telefonieren."

Er wollte gerade weggehen, als ich ihn aufhielt. „ Mr Penrose ..."

Er schenkte mir dasselbe freche Grinsen, das ich noch vom Vorabend kannte. „Ich denke, Sie können mich Gryff nennen. So nennen mich meine Freunde."

Ich bezweifelte, dass wir jemals Freunde werden würden. „Gryff", sagte ich, „was haben Sie der Leiche abgenommen?"

Er schüttelte den Kopf. „Nichts. Ich habe nach einem Ausweis gesucht, aber da ist nichts."

Ich warf einen Blick auf die Leiche, die noch immer dort lag. „Aber es muss doch etwas da sein. Eine Brieftasche? Ein Handy?"

„Schauen Sie selbst. Aber wie gesagt, da ist nichts."

Ich hatte nicht vor, eine Leiche zu durchsuchen, aber ich stellte mir Fragen. War nichts da, weil es nichts zu finden gab? Oder weil Gryffyn Penrose bereits alles Wertvolle an sich genommen hatte?

Er hatte mich gebeten, zehn Minuten zu warten. Es würden zehn sehr lange Minuten werden.

KAPITEL 6

Ich lugte noch einmal zu der Leiche hinüber und registrierte etwas, das ich vorher nicht gesehen hatte. Dieser Rucksack, der neben ihm im Sand stand. Es sah nicht so aus, als hätte er ihn bei seinem Sturz auf dem Rücken getragen, denn er lag auf dem Bauch und der Rucksack stand mit geöffnetem Reißverschluss neben ihm. Ich war keine Detektivin, aber es schien mir, als müsse er hier heruntergekommen sein und den Rucksack abgestellt haben, bevor es passierte. Daher erschien ein Sturz aus großer Höhe äußerst unwahrscheinlich.

Nach neun Minuten kletterte ich zurück zum Aussichtspunkt auf dem Küstenweg und suchte eine Stelle, wo mein Handy Empfang hatte. Ich rief die Notrufnummer 999 an. Die Verbindung war nicht besonders gut, aber ich konnte mich verständlich machen und erklärte, so gut ich konnte, wo ich war. Mir wurde gesagt, ich solle an Ort und Stelle bleiben.

Ich wusste nicht, wie lange es dauern würde, bis jemand käme. Ich wusste nicht einmal, von woher die Leute kommen würden. Ich versuchte, mir in Erinnerung zu rufen, ob ich schon einmal die Polizei gerufen hatte. Mir fiel nichts ein. Auf dem College hatte es ein paar wilde Partys gegeben, bei denen ich versucht gewesen war, die Campus-Polizei zu rufen, aber ich dachte nicht, dass das zählte – und außerdem hatte ich sie nicht gerufen.

Ich lebte gern in Frieden. Und hier war ich in etwas verwickelt, das alles andere als friedlich war. Zugegebenermaßen waren die letzten vierundzwanzig Stunden ziemlich haarsträubend gewesen. Zuerst hatte ich versucht, den Laden in Ordnung zu bringen, und von unter dem Steinboden war ein Vampir aufgetaucht. Das war ein großartiger Start für mein Geschäft. Dann hieß es, ich sollte mich darauf vorbereiten, die Sitzungen eines Vampir-Strickclubs mit Vampiren aus Cornwall dort zu veranstalten, wo ich im Moment wohnte. Das hatte nicht einmal Lucy getan. Sie hatte die Treffen in Oxford immer in ihrem Laden veranstaltet.

Was erwarteten sie denn von mir? Dass ich sie alle zu mir einlud? An den ganzen Vampirgeschichten in Büchern und Filmen war doch sicher etwas Wahres dran. Das Einzige, was man mit einem Vampir niemals tun sollte, war, ihn in seine Wohnung einzuladen.

Und heute Morgen hatte ich eigentlich nur einen schönen Spaziergang machen wollen. Mich ein bisschen bewegen. Die Landschaft genießen. Und dabei wäre ich fast über eine Leiche gestolpert. Was ich bei meinem letzten Blick auf die Leiche entdeckt hatte, hatte mir auch nicht gefallen. Der Rucksack konnte unmöglich nach dem Aufprall von ihm heruntergefallen sein, also war die Theorie, dass er von dem Steilpfad gestürzt sei, nicht besonders stichhaltig.

Bärchen wartete eine Weile bei mir und machte sich dann auf zu ihren eigenen Zielen. Ich war völlig allein.

Ein Pärchen in meinem Alter schlenderte händchenhaltend vorbei. Ich machte mich bereit, sie notfalls davon abzuhalten, den Steilpfad hinunter zur Bucht zu nehmen, aber sie wünschten mir nur fröhlich einen guten Morgen und setzten ihren Weg auf dem Küstenweg fort. Ich wünschte, ich könnte mich ihnen anschließen.

Stattdessen stand ich auf dem Weg und dachte nach.

Woher war Gryffyn gekommen? Okay, beim Rauschen der Brandung konnte man kaum etwas hören, und ich stand definitiv durch meine Entdeckung ziemlich unter Schock, aber war es nicht verdächtig, dass ein Vampir, dem man, wenn es nach Sylvia ging, nicht trauen sollte, sich so nah bei einer Leiche aufhielt?

Nein, dachte ich mir, er hatte doch gesagt, die Leiche sei nicht mehr ganz frisch. Aber wenn er den Mann getötet hätte, hätte er das vielleicht gesagt, um mich davon zu überzeugen, dass er nicht der Mörder war. Ich konnte mir nicht vorstellen, dass er einem Opfer das Blut ausgesaugt und es dann einfach am Strand liegen gelassen hätte. Zumal er angedeutet hatte, er könne die Leiche für mich einfach beseitigen. Das hätte er offensichtlich auch getan, wenn ich nicht protestiert hätte. War ich dazwischengekommen, bevor er sich seines Opfers hatte entledigen können?

Oder hatte er oder einer seiner Kumpel den armen Jungen gestern Abend erledigt und er war heute Morgen gekommen, um die Beweise zu vernichten? Ich erschauderte. Mir gefiel nicht, in welche Richtung mich dieser Gedankengang führte. Das Problem war, dass ich mit Vampiren nicht vertraut war. Die einzigen, die ich kannte, waren die drei, die mich nach Cornwall begleitet hatten, und Lucys Freunde in Oxford.

Ich hatte das Gefühl, dass ich niemanden hatte, den ich um Rat fragen und dem ich vertrauen konnte. Eine frische Brise kam auf, und ich fröstelte. Am liebsten wollte ich nach Shadowbrook zurückkehren und mich wieder ins Bett verkriechen, aber ich wusste, dass ich das nicht konnte. Ich hatte eine staatsbürgerliche und moralische Pflicht zu erfüllen. Nicht, dass das hier schon mein Zuhause wäre. Ich wusste ja gar nicht, wie lange ich bleiben würde, auch angesichts dessen, was in den ersten – ich warf einen Blick auf mein Handy – siebenundzwanzig Stunden alles passiert war.

Am Ende einer gefühlten Ewigkeit, die wahrscheinlich nicht länger als vierzig Minuten gedauert hatte, kam eine kleine Gruppe Uniformierter auf mich zu. Sie waren jung, trugen Wanderschuhe und Rucksäcke und hatten eine Trage dabei. Ich nahm einmal an, dass es sich um das Rettungsteam handelte, das bei Notfällen an der Küste zum Einsatz kam. Ich winkte, und ehe ich mich versah, waren sie neben mir. Sie waren zu viert.

Die Jüngste, die nicht älter als dreißig sein konnte, blieb bei mir und erklärte mir, was jetzt am Strand unter uns vor sich ging. Sie stellte sich als Sergeant Frances Draycott vor und ich glaube, ich hätte mich gut mit ihr verstanden, wenn wir uns in einem Pub bei einem Glas Bier kennengelernt hätten. Aber sie war auch professionell. Sie erzählte mir, dass sie nicht dem Küstenrettungsdienst angehörte, sondern Kommissaranwärterin war.

Ich beschrieb ihr genau, was ich gesehen hatte. Als sie mich fragte, ob ich jemanden in der Gegend gesehen hätte, erwähnte ich den Spaziergänger mit dem Hund und die junge Frau mit den Kopfhörern.

Gryffyn erwähnte ich nicht. Ich hatte ein fürchterlich schlechtes Gewissen, weil ich etwas verschwieg, konnte aber auch schlecht sagen: *Ach ja, und da war auch noch so ein Vampir in der Nähe.* Aus welchem Grund auch immer hatte ich versprochen, niemandem zu sagen, dass er dort gewesen war. Und so verrückt es auch war, mein Versprechen würde ich halten. Aber falls er den Jungen getötet hatte, würde er nicht ungeschoren davonkommen. Er würde es büßen müssen.

Die Polizei war vielleicht nicht in der Lage, gegen ihn zu ermitteln, aber ich kannte Vampire, die gerne Kriminalfälle aufklärten. Ich hatte Agnes Bartlett und Sylvia Strand bei mir, zwei der klügsten Köpfe, die mir je untergekommen waren. Und wenn sie die Vampire aus Cornwall nicht zur Hilfe holen konnten, dann würde sicher bald ein Bentley voller untoter Hobbydetektive aus Oxford eintreffen, die nur zu gerne bei der Aufklärung des Verbrechens helfen würden. Immer mehr kam ich nämlich zu dem Schluss, dass es sich definitiv um ein Verbrechen handelte.

Frances sagte mir, dass ihr Team gerade ein Zelt über der Leiche aufbaute. Ich fragte mich, wie viel Zeit ihnen blieb, bevor die Flut kam. Vielleicht lag er aber auch zu weit oben am Strand, als dass die Flut ihn erreichen würde. Es musste Letzteres sein, denn wenn Gryffyn recht hatte und der Mann in der Nacht zuvor gestorben war, wäre er dann nicht von der Flut ins Meer hinausgezogen worden?

Frances fragte nach meinem Namen, meiner Telefonnummer und meiner Adresse. Als ich ihr erklärte, wo ich wohnte und was ich beruflich machte, nickte sie nur und notierte sich meine Personalien. Dann sagte sie, ich könne jetzt gehen, aber sie müssten mich vielleicht noch einmal befragen. Ich nickte nur und war dankbar, nicht länger hierbleiben zu müssen.

Als ich mit viel schwererem Herzen als bei meinem Aufbruch zum Herrenhaus zurückkehrte, folgte Bärchen wieder meiner Spur.

Ich kam durch den Hintereingang herein und ging direkt in die Küche, weil ich vorhatte, mir einen Kaffee zu kochen. Ich weiß, dass die Engländer immer meinen, Tee sei für alles die Lösung, aber – sorry – ich bin nun einmal zu amerikanisch. Ich glaubte nicht einmal, Kaffee könne alle meine Probleme lösen. Aber allein ihn aufzusetzen, gäbe mir etwas zu tun. Eine anspruchslose Aufgabe, die mein Gehirn von den Schreckensbildern ablenken könnte.

Mrs Biddle backte gerade Kuchen. im Fernsehen lief *Cornwall Today!* und die Moderatorin der Sendung, Jodie Rymer, informierte sich gerade über die neuesten Sommerbademodentrends, was mich ein wenig beruhigte.

Als Mrs Biddle sich umdrehte, um mich zurechtzuweisen, musste sie bemerkt haben, in welchem Zustand ich war, denn sie fragte: „Möchten Sie Kaffee?"

„Ja." Und am liebsten ein Valium dazu.

„Ich bringe ihn Ihnen ins Wohnzimmer."

Ich war ein solches Nervenbündel, dass ich Bärchen an meiner Seite gar nicht bemerkt hatte. Sie sah Mrs Biddle an. Diese erwiderte ihren prüfenden Blick. Meine Hände zitterten, und ich fühlte mich immer noch ein wenig schwach. Ich hatte nicht die Energie für eine Auseinandersetzung.

Ich war völlig baff, als Mrs Biddle sagte: „Ich stelle etwas Milch für die Katze raus."

Ich konnte nur nicken.

Im Aufenthaltsraum angekommen, kam der nächste Schock. Ich wäre vor Schreck fast gestorben. Gryffyn Penrose stand an der Glastür zur Veranda, und starrte auf den Ozean.

„Was machen Sie denn hier?" Das sagte ich wohl ziemlich oft.

Er drehte sich zu mir um. Er schien sich unbehaglich zu fühlen. „Ich wollte mich vergewissern, dass es Ihnen gut geht. Ich hatte ein schlechtes Gewissen, dass ich es Ihnen allein überlassen habe, sich mit den Ordnungshütern herumzuschlagen."

„Ich habe es geschafft."

Er schien sich immer noch unbehaglich zu fühlen. „Und ich möchte klarstellen, dass ich mit dem Tod dieses jungen Mannes nichts zu tun hatte. Ich habe den Eindruck, unsere Bekanntschaft hat etwas holprig begonnen."

„Meinen Sie?"

Er sah mich unsicher an. „Soll das ein Scherz sein?"

Ich schüttelte den Kopf. „Eher blanker Sarkasmus."

„Aha", sagte er.

Im 18. Jahrhundert oder wann auch immer er geboren war, hatte es doch bestimmt schon Sarkasmus gegeben. Aber darauf wollte ich jetzt wirklich nicht eingehen.

Also sagte ich: „Die Polizei ist jetzt da. Man hat mich gefragt, ob ich jemanden in der Gegend gesehen habe, und ich habe gelogen und Sie nicht erwähnt."

Er nickte. „Das haben Sie richtig gemacht. Ich kann verstehen, dass es Ihnen schwergefallen ist, nicht die absolute Wahrheit zu sagen, aber die Wahrheit ist für die meisten Tagwandler viel zu kompliziert."

„Für mich ist sie nicht gerade unkompliziert."

„Nein, aber Sie sind eben auch eine Tagwandlerin. Auch

wenn Sie ein paar magische Kräfte haben." Das hatte er also gemerkt.

„Kannten Sie den Toten?" Ich sah ihn an, und zwar richtig. „Und bitte belügen Sie mich nicht."

„Ich habe ihn nicht gekannt." Er schüttelte den Kopf. „Es schnüffeln allerdings Tagwandler herum, und zwar in letzter Zeit immer öfter. Junge Dummköpfe, die anscheinend nach einem vergrabenen Schatz oder so etwas suchen." Er machte ein abschätziges Geräusch, als ob nur Dummköpfe an der Küste Cornwalls nach Schätzen suchen würden.

Ich griff in meine Tasche und holte die goldene Dublone heraus. „So etwas meinen Sie?"

Er hatte Hunderte von Jahren Zeit gehabt, um an seinem Pokerface zu arbeiten, aber er sah dennoch leicht geschockt aus. „Wo haben Sie die gefunden?"

„Die haben Sie im Cottage verloren."

Seine Augen begannen zu funkeln. „Unvorsichtig von mir. Die schenke ich Ihnen."

„Was soll ich mit so einer alten Goldmünze anfangen?"

Er zuckte die Achseln. „Ein Loch durchstechen und sie sich um den Hals hängen? Sie könnten sie für ein schönes Sümmchen verkaufen. Sie müssten sich allerdings eine Geschichte ausdenken, wo sie sie gefunden haben. Oder Sie könnten sie in Ihre Spardose legen, für schlechte Zeiten."

Nichts von alledem wollte ich tun. Ich hatte keine Ahnung, woher diese wertvolle alte Münze stammte, aber ich bezweifelte sehr, dass sie auf legalem Wege erworben worden war. Ich gab sie ihm zurück. „Ich würde mich viel wohler fühlen, wenn Sie sie einfach wieder mitnähmen."

Er sah überrascht aus, zuckte aber mit den Schultern.

„Ganz wie Sie wollen." Er zog einen Lederbeutel heraus, in dem es klirrte.

Ich musste annehmen, dass die Dublone wieder mit ihresgleichen herumgeschüttelt werden würde. Ich konnte es mir einfach nicht verkneifen, ihn zu fragen: „Wie kommen Sie eigentlich durchs Leben?"

„Wie bitte?"

„Sie laufen in Kleidern herum, die aussehen, als kämen sie aus einem Kostümmuseum, und Sie tragen einen Lederbeutel mit Dublonen mit sich herum. Gehen Sie damit bei Tesco einen Liter Milch kaufen?"

Sein Blick wurde etwas traurig. „Bei Tesco gibt es nicht viel, was ich gebrauchen kann. Und außerdem habe ich für solche Dinge Bankkonten. Niemand scheint hier mehr echtes Geld benutzen zu wollen. Man benutzt nur noch Karten und tippt auf kleinen Geräten rum. Ich haben gern klirrende Münzen um mich. Das gibt mir immer das Gefühl, dass ich schnell verschwinden kann, wenn es nötig ist."

Ich wusste, dass Vampire, die schon lange auf der Welt waren, in der Regel große Besitztümer hatten. „Wollen Sie damit sagen, dass Sie den Banken nicht trauen?"

Er verzog angeekelt das Gesicht. „Die Anzahl der Banken, die ich habe Bankrott gehen sehen, junge Dame, würde Ihnen die Haare zu Berge stehen lassen. Ich habe mein Geld gern dort, wo ich es sehen kann. Bewegliche Vermögenswerte."

„Das ist also Ihr ganzer Besitz, da in dem Beutel?" So groß war der gar nicht. Jetzt war ich sehr froh, dass ich ihm seine Goldmünze zurückgegeben hatte.

Er lachte. „Ich glaube auch an Ländereien und Immobilien. Und an Schmuck. Rafe hat mir geholfen, eine schöne

Sammlung alter Bücher anzulegen, aber ich bin mir nicht sicher, ob das mein Ding ist. Ich bevorzuge Kunst."

„Ihr Banktresor ist also ein Haus mit ein paar Gemälden an der Wand?"

Er lachte in sich hinein. „So ähnlich."

„Und das alles schaffen Sie ohne ein Bankkonto?"

„Das ist für mich alles zu kompliziert. Ich habe Konten. Und Leute, die sie für mich verwalten, aber den Großteil meines Vermögens kann ich anfassen. So mag ich es."

Ich sagte ihm, dass die Polizei mich befragt hatte und vielleicht noch einmal mit mir sprechen wolle.

Das schien ihn nicht sehr zu überraschen. „Werden Sie meinen Namen da raushalten?"

„Nun, bis jetzt habe ich es getan. Ich würde als Lügnerin dastehen, wenn ich mich jetzt plötzlich daran erinnerte, einen blassen Herrn in Kleidern aus dem achtzehnten Jahrhundert am Strand gesehen zu haben, nicht wahr?"

„Da haben Sie recht."

Mrs Biddle kam mit meinem Kaffee herein. Sie sah nicht sehr überrascht aus, Gryffyn zu sehen. „Guten Tag, Mr Penrose."

„Guten Tag, wie geht es Ihnen, Mrs Biddle? Was macht Ihr Ellbogen?"

„Ich kann mich nicht beschweren. Es ist nur Arthritis. So ist das nun einmal, wenn man sein Leben lang hart gearbeitet hat."

Ihr leises Stöhnen ärgerte mich, denn ursprünglich hatte ich gesagt, ich würde mir meinen Kaffee selbst kochen, und jetzt gab sie mir das Gefühl, eine faule, verwöhnte Göre zu sein, die sich von einer Frau, die ihre Großmutter hätte sein können, rundum bedienen ließ. Doch bevor ich mich wehren konnte, hatte sie ihr Tablett vor mir abgestellt. Darauf standen eine weiße Porzellankanne mit Kaffee, ein Kaffeebecher aus weißem Porzellan, Milch und Zucker – obwohl ich gesagt hatte, ich wolle keinen Zucker – und ein Teller mit Keksen. Ich aß nicht oft Kekse, aber diese sahen gut aus und dufteten lecker. Es war eine Art Zuckerplätzchen mit Rosinen, die mit Zucker bestreut waren. Man sah, dass sie selbst gemacht waren.

Nachdem die Haushälterin das Tablett abgestellt hatte, ging sie wieder.

Es war nur der eine Kaffeebecher da, aber ich sagte trotzdem zu meinem Gast: „Ich nehme an, Sie wollen weder eine Tasse Kaffee noch einen Keks?"

„Leider nein. Aber den Duft genieße ich."

„Richtig." Ich mochte den Duft auch, um ehrlich zu sein. „Es macht Ihnen doch nichts aus, wenn ich mich bediene?"

„Aber nein. Vielleicht hilft es Ihnen, sich zu beruhigen. Aber ich würde Ihnen raten, einen Tropfen Brandy hineinzugeben."

Ich war mir sicher, dass zu seiner Zeit ein Tropfen Brandy alles Mögliche in Ordnung bringen konnte, aber ich wollte nicht wirrer im Kopf werden, als ich es ohnehin schon war, wenn die Polizei käme. Es war eine so einfache Geschichte. Es gab nur eine Menge Dinge, die ich weglassen musste.

„Was haben Sie heute Morgen eigentlich dort gemacht?"

„Nichts, was mit dem Tod dieses jungen Mannes zu tun hätte, das versichere ich Ihnen." Und das war alles, was er mir sagte.

KAPITEL 7

So gern ich auch in meinem Zimmer bleiben und mir die Decke über den Kopf ziehen wollte, um den Anblick der Leiche zu verdrängen, es ging nicht. Vielleicht hätte ich dem Bedürfnis nachgegeben, wenn nicht Claire heute Nachmittag ihre Design- und Farbmuster in den Laden hätte bringen wollen.

Die Reise nach Cornwall sollte ein Neuanfang sein. Das Schlimmste daran war, dass die üble Sache, die sich davor ereignet hatte, so traumatisch gewesen war, dass ich nicht einmal Lucy davon erzählen konnte. Ich hatte wirklich geglaubt, ich könnte die schlechten Erfahrungen und teilweise auch meine eigenen Fehlentscheidungen in Boston zurücklassen. Und es dann einfach genießen, an einem völlig anderen Ort zu leben. Was wusste ich schon von Cornwall? Das meiste, was ich darüber wusste, stammte aus der Fernsehserie *Doc Martin*.

Die Menschen hier waren nett. Der Lebensrhythmus war langsamer. Die Probleme der Leute schienen sich darauf zu beschränken, dass sich jemand um ihre kleinen Wehwehchen kümmerte, dass man überlegte, welchen Fisch man zum Abendessen essen sollte, und vielleicht noch auf ein paar Liebesprobleme. All das kam mir perfekt vor. In meinen kühnsten Träumen hätte ich mir nicht vorstellen können, dass ich in einen Mordfall verwickelt werden würde. Das war definitiv nicht das, was ich mir vorgestellt hatte, als ich mich zu diesem dreimonatigen Aufenthalt bereiterklärte.

Ich könnte zurückfahren. Nur konnte ich das nicht. Es gibt Fehler, von denen man sich einfach nicht erholt. Und leider hatte ich so einen Fehler begangen.

Charmante, charismatische Wesen schienen mein Schwachpunkt zu sein. Ich hatte große Angst, dass sich Gryffyn Penrose ebenfalls als ein solches Wesen erweisen könnte. Ich würde einen möglichst großen Bogen um diesen Vampir machen. Ich bildete mir immer ein, aus meinen Fehlern lernen zu können, aber bisher schien das nie der Fall gewesen zu sein.

Also riss ich mich zusammen, so gut ich konnte, und machte mich auf den Weg zum Cottage. Ich hatte noch gut eine Stunde Zeit, bevor Claire mit den Farbmustern käme, also könnte ich mit der Reinigung fortfahren.

Als ich mich dem Haus näherte und bereits den Schlüssel aus der Tasche holte, bemerkte ich einen Mann, der in das Schaufenster starrte.

Ich war froh, dass ich auf die Idee gekommen war, ein kleines Schild ins Schaufenster zu stellen, um dem Dorf mitzuteilen, dass hier bald ein Strickgeschäft eröffnet würde. Alles, was ich brauchte, war ein Name für den Laden. Aber ein Strickladen war ein Strickladen, und ich hoffte, dass die lokalen Handarbeitsfans die Neuigkeit verbreiten würden. Wenn sie mich bei der Arbeit sähen, kämen sie vielleicht sogar mit Vorschlägen für Produkte, die ich für sie bestellen sollte. Ich war entschlossen, den Strickladen zu einem wertvollen Teil dieser Gemeinschaft zu machen.

In der Hoffnung, dass der Mann vielleicht ein Stricker war, der wissen wollte, wann wir die Geschäftseröffnung feiern würden, grüßte ich ihn. „Guten Morgen."

Er drehte sich zu mir um, und ich schloss sofort aus, dass er ein Kunde sein könnte. Er war untersetzt und hatte breite Schultern und kräftige Beine. Das stellte ich fest, weil unter seinen zerlumpten Shorts seine muskulösen Waden zum Vorschein kamen. An den Füßen hatte er Wanderschuhe, die aussahen, als wären sie schon ein paar Mal den Everest hinauf- und hinuntergestiegen. Er trug eine Segeltuchjacke und darunter ein T-Shirt mit einem Loch. Das auffälligste an ihm war jedoch eine große Jakobsmuschel, die er an einer Schnur um den Hals trug.

Die Jakobsmuschel ließ mich an Pilger denken. Ich hatte schon oft daran gedacht, den Jakobsweg entlangzuwandern, und in allen Filmen und Artikeln, die ich darüber gesehen hatte, sah man diese Muschel entweder an einem Rucksack oder um einen Hals hängen.

Das Haar des Mannes war lang und struppig, ebenso wie sein Bart, und sein Gesicht war wettergegerbt und irgendwie traurig. Er hatte blassblaue Augen. Um zu betonen, dass er Pilger war, hatte er sogar einen Holzstab in der Hand.

„Morgen", antwortete er. „Sie machen hier also einen Laden auf."

„Ja, das habe ich vor."

„Dieses Haus steht seit einiger Zeit leer."

„Sind Sie von hier?" Ich hatte angenommen, dass er mit

seinem Stab, seinen Stiefeln und seiner Muschel nur auf Durchreise war.

Irgendetwas an meinen Worten schien ihn zu amüsieren. Ein paar Lachfältchen erschienen um seine Augen. „Ja. Ich bin von hier."

Seinen Akzent konnte ich nicht einordnen. Für meine amerikanischen Ohren klang es ein bisschen nach Englisch, ein bisschen nach Irisch und ein bisschen nach Schottisch. Vielleicht war es einfach nur der Akzent von Cornwall. Ich war noch nicht lange genug hier, um das erkennen zu können. Wir sahen uns noch ein oder zwei Augenblicke lang an, und es schien unhöflich, einfach in den Laden zu gehen und ihn hier stehen zu lassen.

Also fragte ich ohne große Hoffnung: „Stricken Sie?"

Daraufhin schüttelte er den Kopf. „Ich male gern."

Und dann fiel der Groschen, beziehungsweise der Penny, wie man hierzulande sagte. War das vielleicht der fahrende Maler Tre? In der Hoffnung, dass er es tatsächlich war, fragte ich ihn: „Haben Sie Bilder dabei?"

Er nickte, holte aber nicht sofort seine Waren heraus. Stattdessen sagte er etwas Merkwürdiges. „Sind Sie kunstinteressiert?"

Darüber musste ich nachdenken. War ich das? Schließlich antwortete ich so wahrheitsgetreu wie möglich.

„Ich habe das Fach nicht studiert und verstehe auch nicht viel davon, aber manchmal schaue ich mir ein Bild an und es zieht mich einfach in seinen Bann. Ich könnte Ihnen nicht sagen, warum. Ich könnte die Pinselstriche nicht erklären. Ich kann einen Van Gogh von einem Monet unterscheiden, aber einen Monet nicht von einem Manet." Okay, jetzt wurde ich spitzfindig. Ich musste mich zur Ordnung rufen. „Also, meine Antwort lautet nein."

Als der Wind sich leicht drehte, wurde mir klar, dass dieser Mann schon eine Weile nicht mehr geduscht hatte. Das passte zu dem, was Henrietta, die Inhaberin des Textilgeschäfts auf der anderen Straßenseite, mir über den Maler erzählt hatte.

Er sagte: „Das ist eine akzeptable Antwort und sie ist ehrlich." Und dann nahm er den Rucksack von seinen Schultern. Wie alles andere von ihm war er abgenutzt und ein wenig schäbig. Er öffnete ihn oben und zog ein Stück Treibholz heraus, auf das eine Möwe gemalt war. Die Möwe hatte es geschafft, die Schale einer Auster zu öffnen und war gerade dabei, ihre Beute zu fressen.

Ich fühlte mich sofort, als wäre ich die Möwe, die eine leckere Mahlzeit genießt, und gleichzeitig die Zuschauerin, die einen Augenblick in der Natur genießt, und ich spürte sogar die Wachsamkeit des Vogels, so als sei er von anderen Möwen umgeben, die ihm seine Leckerei wegschnappen könnten. Wie auf dem Bild an der Seitenwand des Gebäudes von Henriettas Laden war hier jedes noch so kleine Detail dargestellt.

Die Worte sprudelten nur so aus mir heraus. „Das ist wunderschön."

Er lächelte nicht einmal, sondern hielt es mir einfach hin. „Dann ist es für Sie bestimmt."

Ich hatte nicht viel Geld bei mir, aber ich griff nach meinem Portemonnaie.

Er hob die Hand. „Nein. Ich schenke es Ihnen. Ich male nicht für Geld. Es macht mir Freude, und wenn es jemand anderem Freude macht, dann weiß ich, dass ich gehört wurde."

Ich blickte zu ihm auf. „Sie sagten gehört, nicht gesehen?"

Er kratzte sich mit einem abgebrochenen Fingernagel an der Wange. Im Nagelbett sah ich eine Spur getrockneter gelber Farbe. „Sehen Sie, ein Maler hat eine Stimme. Nicht jeder kann sie hören."

Ich nahm das Geschenk an und sagte dann: „Aber ich möchte mich gern erkenntlich zeigen."

Diesmal kratzte er sich weiter unten an der Wange, am Bartansatz, und schien tief nachzudenken. „Also", sagte er, „ich mag sehr gern Süßes."

Wahrscheinlich sollte ich mit diesem Mann in den Supermarkt gehen und ihm ein paar gesunde Lebensmittel kaufen, aber es war nicht meine Sache, darüber zu entscheiden, wie er sein Leben lebte. „Ich habe eine großartige Idee. Können Sie in etwa zwanzig Minuten wiederkommen? Und eine Frage hätte ich, mögen Sie lieber Kaffee oder Tee?"

Ich konnte sehen, dass der Tag für ihn mit jeder Sekunde besser wurde. „Gern eine gute Tasse Tee, wenn es Ihnen nichts ausmacht. Milch und Zucker."

„In zwanzig Minuten bin ich wieder hier", sagte ich.

Mit meinem Gemälde in der Hand rannte ich fast zum The Cornish Teapot. Ehrlich gesagt wäre ich heute sowieso irgendwann dort gelandet. Ich konnte mir nicht vorstellen, ein paar Stunden Arbeit in der Werkstatt zu beginnen, ohne etwas zu haben, das mich antrieb. Als ich dort ankam, wartete ich in der Schlange, während die beiden Kunden vor mir bestellten und bezahlten. Es war hier übrigens nicht wie in meinem früheren Stammcafé. Die Auswahl war hier sehr viel geringer. Sicher, man konnte Soja- oder

Mandelmilch bekommen, aber keinen *Macchiato* oder *Pumpkin Spice Latte*. Zur Auswahl standen Espresso-Getränke wie Milchkaffee oder Cappuccino, oder ein Americano. Es gab auch *Flat White*, und ich war mir immer noch nicht ganz sicher, was das war. Und dann gab es noch die Tees.

Aufgrund der geringeren Auswahl bewegte sich die Schlange schnell. Als ich an der Reihe war, verlangte ich einen Americano – denn schließlich war ich Amerikanerin – und einen Tee zum Mitnehmen. Und dann sah ich mir die Angebote des Tages an. Ich kaufte eine Cornish Pasty, weil ich wollte, dass Tre etwas Herzhaftes und Nahrhaftes und nicht nur Süßes bekam, aber dann räumte ich richtig ab. Von allem in der Vitrine nahm ich zwei Stück. Auch falls er keinen Kühlschrank hätte, war ich mir ziemlich sicher, dass sich alles ein paar Tage halten würde, und er war kräftig genug, dass er das Essen wahrscheinlich in dieser Zeit verzehren würde. Da ich nicht wusste, ob er Fleischesser war, nahm ich die Cornish Pasty mit Gemüse. Genauer gesagt, zwei auch davon. Und dann, aus reinem Übermut, auch noch eine für mich selbst. Cornish Pasty hatte ich noch nie probiert.

Die Frau hinter der Theke sah fröhlich aus und gehörte zu den Menschen, die im Leben das Richtige tun. Sie hatte volle Wangen, die, wenn sie nicht gerade lächelten, kurz davor zu stehen schienen. Sie war in den Vierzigern und mollig, so als ob sie ihre eigenen Waren sehr genießen würde. Sie warf mir einen leicht amüsierten Blick zu, als sie die große Bestellung für mich einpackte, sagte aber nichts.

Aus irgendeinem Grund verspürte ich den Drang, es ihr zu erklären. „Die sind hauptsächlich für einen Freund", sagte ich. „Aber eine von diesen Cornish Pasties ist für mich. Ich habe noch nie eine probiert."

Sie sagte: „Dann werden Sie eine Überraschung erleben." Sie zog die Cornish Pasty – die für mich war – mit dem kleinen Wachspapier-Blatt heraus und legte sie auf einen ihrer Teller. Dann warf sie einen Blick hinter mich, und da keine weiteren Kunden bedient werden mussten, nahm ich an, dass sie sich Zeit für ein Gespräch nehmen wollte. „Sie kennen doch die Geschichte der kornischen Pastete, oder?"

„Es gibt eine Geschichte?"

Ich schaute mir die Pastete an. Sie sah für mich aus wie ein einfaches rundes Teigstück, das mit irgendetwas gefüllt und dann zusammengeklappt und gerändelt worden war. Hatte sie wirklich Geschichte?

Sie sagte: „Die Pastete gibt es schon seit Jahrhunderten, aber populär wurde sie hier in der Zeit des Zinnbergbaus. Die Ehefrauen machten ihren Männern morgens eine Pastete, die mit den Resten der Mahlzeit vom Vorabend gefüllt war. Also vielleicht ein bisschen Fleisch, ein paar Kartoffeln, Zwiebeln, Kohlrüben. Dann klappte sie die Ränder des Teigs zusammen, wie Sie hier sehen. Da die Hände der Bergleute sehr schmutzig waren, hielten sie sie genau hier fest." Sie zeigte auf den Rand des Gebäcks, sozusagen auf die Spitze des Halbmondes. „Und wenn sie mit dem Essen fertig waren, war das Stück so schwarz, dass sie es wegwarfen. Außerdem war in dem Staub Arsen enthalten, sodass sie das Stück wirklich nicht essen konnten. Einige der Pasteten bestanden zu zwei Dritteln aus etwas Herzhaftem und zu einem Drittel aus Marmelade oder Obst, also war das Dessert bereits in der Mahlzeit enthalten."

„Das ist ja faszinierend. Vielen Dank."

„Gern geschehen. Mein Name ist Agatha. Ich bin Claires Mutter." Dann streckte sie ihre Hand aus. „Sind Sie zufällig Jennifer?"

Aus irgendeinem Grund vermutete ich, dass sie bereits gewusst hatte, wer ich war. Aber ich nickte und schüttelte ihr freudig die Hand. „Ich bin so dankbar, dass Ihre Tochter mir hilft. Claire ist unglaublich."

„Und sie hat sich auch sehr gefreut, Sie kennengelernt zu haben. Sie ist begeistert, dass sie Ihren Laden als Projekt für ihr Studium nutzen kann."

„Und ich bin begeistert von ihrer Hilfe. Sie hat wirklich einen guten Blick."

„Nett, dass Sie das sagen", sagte sie.

Dann sagte ich: „Sie müssen Tre, den Maler, kennen?"

„Ja. Und ich sehe, dass das eine seiner Kreationen ist, die Sie da in Ihren Händen halten."

Mir gefiel ihre britische Zurückhaltung. Sie hatte das Gemälde erkannt und es bis jetzt nicht erwähnt. Wäre ich an Ihrer Stelle gewesen, hätte ich sie sofort danach gefragt. Ich drehte das Treibholzbild mit meinem ganzen Besitzerstolz um, sodass sie es ganz sehen konnte. „Ich wollte es kaufen, aber Tre sagte mir, dass es für mich bestimmt war. Anstatt ihm Geld zu geben, bringe ich ihm jetzt ein paar süße Leckereien. Mehr wollte er nicht."

„Er mag Sie also." Sie lächelte mich an. „Tre nimmt Geld von den Leuten, wenn er sie nicht so sehr mag, aber wenn er beschließt, dass er jemanden mag, nimmt er nur noch Geschenke an."

Irgendetwas daran ließ mir das Herz übergehen. Nach all den schlimmen Dingen, die heute Morgen passiert waren, hätte ich nicht geglaubt, dass ich ein solches Glücksgefühl in meiner Brust spüren könnte. Als Hexe wusste ich, dass Licht und Dunkelheit sich gegenseitig reflektierten und beeinflussten.

Sie sagte: „Und gib Tre das hier und richte ihm einen schönen Gruß von mir aus." Sie nahm eine Schachtel Kekse aus dem Regal und fügte sie zu der ziemlich dicken Tüte hinzu, die ich bereits hatte. Dann sah sie mich an. „Brauchst du Hilfe beim Tragen?"

Ich schüttelte den Kopf. „Ich trinke meinen Kaffee hier und esse die Pastete, und dann ist es einfacher, alles andere zu tragen."

Ich konnte Agatha bestätigen, dass ich soeben Cornish-Pasty-Fan geworden war, was ihr ein Lächeln entlockte. Sie kochte den Tee für Tre und füllte ihn in einen Becher zum Mitnehmen, den sie unter einem Regal hervorgekramt hatte.

Ich hielt Wort und war noch vor Ablauf der geplanten zwanzig Minuten wieder in meinem Ladenlokal. Tre wartete mit der ganzen Geduld von jemandem, der so etwas oft erlebte. Ich reichte ihm die Tüte und den Tee im Wegwerfbecher. Mir fiel gerade noch rechtzeitig ein, ihm auszurichten, dass die Kekse von Agatha waren.

Er bedankte sich und sagte dann: „Ich wünsche dir viel Glück."

„Und ich dir auch", sagte ich und mit diesem Du war unsere Freundschaft besiegelt. Und als er wegging, und die Tasche, die mir den Arm heruntergezogen hatte, scheinbar schwerelos an seinem hing, flüsterte ich: „Sei gesegnet."

Agatha Trevellen hatte den Todesfall an diesem Morgen nicht erwähnt. Ich war nicht sicher, ob sie es nicht wusste, oder ob sie es einfach vorzog, schlimme Themen nicht bei süßem Gebäck zu besprechen, aber als Claire später an diesem Tag eintraf, konnte sie es kaum erwarten, die Neuigkeit zu verkünden.

Sie ließ eine Tasche auf den Boden knallen, deren Scheppern erkennen ließ, dass sie mehrere Farbdosen enthalten musste, und dann platzte sie heraus: „Hast du schon gehört?"

In der Zeit, die zwischen meinem Cafébesuch und Claires Eintreffen im Laden vergangen war, musste die Nachricht vom Fund der Leiche die Runde gemacht haben.

Aber ich wollte nicht in diese Falle tappen, also fragte ich: „Was denn?"

„Heute Morgen wurde jemand gefunden. Am Strand. Und er war tot!"

Ich wollte keine Überraschung vortäuschen, die ich nicht spürte, also fragte ich: „Weiß man, wer es war?" Das hatte mir wirklich zu schaffen gemacht. Wenn der Mann weder Brieftasche noch Telefon und somit auch keinen Identitätsbeweis dabeihatte, wie konnte man dann seine Angehörigen verständigen?

Sie hatte offensichtlich nicht bemerkt, dass ich nicht so überrascht und entsetzt war wie sie. „Nein. Die Polizei hält sich sehr bedeckt. Wahrscheinlich, weil man zuerst die Angehörigen verständigen muss. Aber ich habe gehört, dass es ein Mann war, und er war jung. Meine Freundin Marie hat die Polizisten gesehen und ist ihnen gefolgt, um zu sehen, was passiert war. Sie hatten ein Zelt und alles aufgebaut. Und sehr viele Polizisten haben den Strand abgesucht. Ich frage mich, wonach sie gesucht haben? Meinst du, er könnte ermordet worden sein? Könnte es sein, dass sie nach der Mordwaffe gesucht haben?"

Ich zuckte die Achseln. Ich hatte ja auch nicht mehr Ahnung als sie. Nun, okay, ich hatte etwas mehr Ahnung als sie, da ich als Erste am Tatort eingetroffen war. Ich hatte versucht, an der Möglichkeit festzuhalten, dass sein Tod ein Unfall war, aber wie hatte dann sein Rucksack von seinem Rücken fallen und neben ihm stehen können, so als hätte er ihn geöffnet, um etwas herauszuholen?

Es sei denn, es war gar nicht sein Rucksack und ich hatte eine Geschichte erfunden, die nur auf Indizien beruhte. Ich würde tun müssen, was der Rest dieses Ortes tat: auf die Abendnachrichten warten.

Dann schien Claire sich selbst aufzurütteln und sagte: „Also. Ich habe ein paar Ideen für dich." Sie zog Zeichnungen hervor und begann, mir ihre Ideen zu erläutern. Regale hier, Körbe dort und dann ihr Farbschema.

Ich war sehr erfreut zu sehen, dass ihre Leidenschaft für dieses Dekorationsprojekt durch die Mordnachricht nicht getrübt worden war.

Sie hatte vor, mit drei Farben zu arbeiten, mit einer Haupt-, einer Akzent- und einer Zierfarbe, und sie hatte mit Ideen für Regale gespielt. Sie zeigte mir einen Entwurf mit schlichten weißen Kuben und einen anderen mit offenen Regalen aus dunklem Holz. Sie hatte sich wirklich viel Mühe gegeben.

Ich war überzeugt, dass Claire eines Tages eine berühmte Designerin werden würde, also war ich klug genug, sie die Entscheidungen treffen zu lassen. Ich konnte sehen, dass sie bereits eine genaue Vorstellung davon hatte, was am besten aussehen würde. Mir gefiel das dunkle Holz besser, und als sie „Ja" sagte, wusste ich, dass sie gewollt hatte, dass ich dieses wähle. Als wir die Kosten kalkulierten, lagen sie durchaus im Rahmen meines Budgets, und so sagte ich zu allem Ja und Amen, auch zu ein paar zusätzlichen Tischen und Leitern. Und ich wünschte mir, dass alle meine Geschäfte in Cornwall so einfach ablaufen könnten.

Kaum hatte ich diesen Gedanken zu Ende gedacht, war es mit der Einfachheit schon wieder vorbei. „Die Herstellung und Lieferung der Regale wird sechs Wochen dauern", sagte sie.

„Sechs Wochen?" Ich war entsetzt. „Aber dann verpassen wir ja den größten Teil des Sommergeschäfts. Nein, ich will in zwei Wochen eröffnen."

Meine Erklärung versetzte sie nicht in Panik, aber sie wirkte ein bisschen besorgt. Und da kamen mir meine zusätzlichen zehn Jahre Lebenserfahrung sehr gelegen. Ich sagte: „Könnten wir vielleicht so ähnliches Holz finden und jemanden in Tregrebi beauftragen, die Regale zu bauen?"

Sie schüttelte den Kopf. „Ich weiß nicht. Ich kenne hier keine Schreiner."

Ich hatte so eine Ahnung, dass ich einige untote Schreiner würde finden können. Ich sagte: „Wenn du das Holz besorgen kannst, finde ich den Schreiner."

Das schien sie nicht zu überzeugen. „Der wird Tag und Nacht arbeiten müssen, um in zwei Wochen fertig zu werden."

Ich verbarg mein Lächeln. Ich dachte nicht, dass Nachtarbeit ein Problem sein würde.

Und dann machten wir uns an die Arbeit, sie und ich. Sie malte Farbe aus den Mustertöpfen auf die Wand, erst die Hauptfarbe und dann einen kleineren Bereich mit einer zweiten Farbe und dann eine Linie in der Zierfarbe, in mehreren Variationen. Wir einigten uns auf eine Kombination aus einem cremefarbenen Hintergrund und den Akzentfarben Blaugrün und Himbeerrot. Ich wäre nicht selbst auf diese Kombination gekommen, aber als ich ihr Moodboard sah, war sie perfekt.

Ich bat sie, mir ein paar Muster von dem Holz dazulassen, das wir für die Regale in Betracht zogen, und sagte, ich würde versuchen, jemanden zu finden, der sie bauen könnte. Es hätte mich sehr gewundert, wenn Gryffyn keine Zimmerleute aus dem Schiffbau kennen würde.

Danach gab es nicht mehr viel zu tun. Ich wollte gerade abschließen und gehen, als ich durch mein Schaufenster eine junge, blonde Frau auf der anderen Straßenseite bei Tres Wandgemälde an Henriettas Laden bemerkte, die sich sehr intensiv mit einem dunkelhaarigen, jungen Mann unterhielt. Ich war mir fast sicher, dass es genau die war, die ich an diesem Morgen auf dem Küstenweg gesehen hatte. Die mit den Kopfhörern, die geweint hatte.

Da Claire alle Einheimischen zu kennen schien, fragte ich: „Weißt du, wer das ist?"

Sie war gerade mit dem Packen ihrer Tasche beschäftigt, dann folgte sie meinem Blick und sagte: „Das ist Hattie."

„Deine Cousine?"

„Ja. Sie war gestern zum Abendessen bei uns, aber sie war ganz komisch. Meine Mutter dachte, sie hätte vielleicht Drogen genommen, aber sie schickte mich trotzdem mit ihr ins Pub. Ich glaube, Mum wollte, dass ich auf sie aufpasse."

Ich beobachtete, wie die beiden draußen miteinander sprachen. Da lief eine sehr hitzige Diskussion ab. Ich wünschte, ich wäre nah genug dran, um zu hören, was sie sagten.

Ich fragte: „Weißt du, wer der Typ ist?"

Sie sagte: „Sicher. Das ist Nick. Er war gestern Abend auch im Pub. Und Nicks bester Freund Daniel war auch da.

Die Jungs sind nicht von hier, und es ist kein Wunder, dass Hattie sich komisch benommen hat, wo doch beide so verrückt nach ihr sind. Wie ich schon sagte, bei ihr geht immer ein Männerdrama ab."

In meinem Bauch machte sich ein kaltes Gefühl breit. Meiner Erfahrung nach fing dort oft die Wahrheit an.

„Wie sieht dieser Daniel aus?"

Sie warf mir einen seltsamen Blick zu. „Warum?"

Eine durchaus verständliche Frage. Ich hatte nur keine gute Antwort parat. Also sagte ich: „Nur so. Ich dachte, ich hätte sie vorhin mit jemandem gesehen."

Der, mit dem sie sich gerade unterhielt, hatte einen intensiv angespannten Gesichtsausdruck. Ich hatte den Eindruck, dass er immer angespannt war, aber ich hätte nicht erklären können, warum ich das dachte. Und dann versuchte er, während ich die beiden beobachtete, seinen Arm um Hattie zu legen, und sie stieß ihn weg.

Währenddessen kam Claire näher zu mir, und wir beobachteten gemeinsam das Drama vom Fenster aus.

„Daniel ist so alt wie die beiden. Er hat blondes Haar und ein ziemlich schmales Gesicht." Sie brauchte jetzt nur noch zu erwähnen, dass er am Tag zuvor einen dunklen Kapuzenpulli, Jeans und ein kariertes Hemd getragen hatte, und ich dachte, ich hätte unser Mordopfer identifiziert.

Das kalte Gefühl in meinem Bauch ging auf meine Brust über. Es ist schon schlimm, in der Zeitung etwas von einem Mord zu lesen oder aus den Nachrichten davon zu erfahren, aber ich hatte den leblosen Körper dieses Mannes aus der Nähe gesehen. Er war jung, sein Leben hatte gerade erst richtig angefangen und schon war es auf brutale Weise beendet worden. Ich weiß nicht, warum, aber ich hatte das

Gefühl, dass ich ihm helfen musste. Sein Leben konnte ich ihm nicht zurückgeben, aber ich konnte ihm zu Gerechtigkeit verhelfen. Wenn ich das täte, hätte ich vielleicht ein weniger schlechtes Gewissen wegen der Ereignisse in Boston. Zumindest hätte ich dann das Gefühl, meine Fehlentscheidung wiedergutmachen zu können. Das war alles, was ich tun konnte.

Als wir die beiden draußen weiter beobachteten, sagte Claire: „Um ehrlich zu sein, war mir Daniel nicht besonders sympathisch. Er nannte Nick ‚Eure Hoheit‘ und dann fingen er und Hattie an zu kichern. Nick gefiel das überhaupt nicht, das kann ich dir sagen. Er sagte ihnen, sie sollten die Klappe halten, aber das brachte sie nur noch mehr zum Lachen. Als Nick auf dem Klo war, hat Hattie gesagt, Nicks Mutter sei ‚bekloppt wie ein Besen‘.“

Ich fand diese bildhaften Redewendungen zwar sehr originell, aber was mich mehr interessierte, war, was sonst noch alles während dieses Kneipenbesuchs passiert war, der vermutlich Daniels letzter gewesen war. Ich hoffte also, dass wir Nicks Lebensgeschichte bald hinter uns lassen und zu Daniels Geschichte kommen könnten.

Claire fuhr fort: „Hattie hat mir erzählt, dass Nick zusammen mit Daniel in einer Sozialsiedlung aufgewachsen ist, aber Nicks Mutter hätte immer gesagt, sie sei etwas Besseres und Nick auch. Sie behauptete, Verwandtschaft im britischen Hochadel zu haben. Nick sprach wohl nie darüber, aber seine Mutter erzählte es jedem, der es hören wollte. Dafür wurde er ganz schön gehänselt.“

„Armer Junge.“ Kein Wunder, dass Nick ständig wütend aussah. „Und Daniel?“

„Nach allem, was ich im Pub gesehen habe, würde ich

sagen, dass er die dominante Figur unter den dreien war. Er hat ein bisschen mit seinem Fußballerfolg an der Uni angegeben. Ich hatte den Eindruck, dass er ein Starspieler war. In Hattie war er ganz vernarrt, das kann ich dir sagen. Ständig flüsterten sie miteinander. Es war so nervig, dass ich nach einem Bier nach Hause gegangen bin."

„Ist Hattie die Tochter der Schwester deines Vaters?"

„Nein. Sie ist die Tochter von Mamas Schwester."

„Hattie heißt also nicht Trevellen mit Nachnamen."

Sie sah mich merkwürdig an. „Nein. Sie heißt Moyle. Wieso?"

Warum stellte ich ihr überhaupt so viele neugierige Fragen? „Ich versuche herauszufinden, wer wer ist in meiner neuen Heimat. Da habe ich einiges zu lernen."

Sie lachte. „Ja, aber du wirst bald alle kennenlernen. Meine Mutter hat auf jeden Fall vor, dich mit jedem bekanntzumachen, der ihr über den Weg läuft. Die Leute hier sind froh, dass dieses Haus endlich für etwas genutzt wird, und viele hier stricken gern."

Ich hätte ihr gern noch mehr neugierige Fragen gestellt, zum Beispiel um wie viel Uhr Hattie den Pub verlassen hatte. Aber wenn Claire nach einem Bier gegangen war, würde sie das nicht wissen.

Ich hatte das Gefühl, dass ich von Claire nicht mehr erfahren könnte. Also öffnete ich ihr die Tür.

Als sie ging, versprach sie mir, am nächsten Morgen um neun mit den Malutensilien zurückzukommen, weil sie am nächsten Tag nicht im Café arbeiten musste. Sie sagte auch: „Wir können den Laden gemeinsam streichen. Das wird Spaß machen."

Ich glaube nicht, dass Spaß das erste Wort wäre, das mir

dazu einfiel. Aber der Laden war klein und ich ahnte, dass die Einheimischen mich mehr respektieren würden, wenn ich selbst die Wände strich, anstatt für alles jemanden zu bezahlen. Außerdem könnte ich dann Claire mehr Stunden bezahlen, und sie hatte mir gesagt, dass sie das Geld brauchte. Also erklärte ich mich damit einverstanden, das Anstreichen gemeinsam in Angriff zu nehmen. Und ich sagte ihr, ich würde mich nach Schreinern umhören.

Als sie gegangen war, blieb ich im Laden, und beobachtete jetzt sehr genau die beiden, die immer noch auf der anderen Straßenseite standen. Wer die Hauptstraße entlangging, hatte sie nicht im Blickfeld, aber durch mein Fenster hatte ich einen direkten Blick auf die Szene, so als wäre es ein Fernsehbildschirm.

Ich war mir ziemlich sicher, dass Hattie wieder weinte. Und ich war mir jetzt auch ziemlich sicher, den Grund dafür zu kennen. Ich dachte zurück an heute Morgen. Da war ich auf dem Küstenweg an ihr vorbeigegangen und sie hatte Kopfhörer aufgehabt und geweint. Ich hatte angenommen, sie würde einen Podcast oder ein Hörbuch über ein trauriges Thema hören.

Aber jetzt kam mir der Verdacht, dass sie zu dem Zeitpunkt bereits um Daniel getrauert hatte. War sie dabei gewesen, als er starb? Wusste sie, wer ihn getötet hatte? Mit einem Schaudern fragte ich mich, ob sie die Tat selbst begangen hatte.

Auf dem Küstenweg wäre es für sie bestimmt nicht schwierig gewesen, seinen Blick auf das Meer zu lenken, damit er ihr den Rücken zudrehte. Ein kräftiger Stoß, und er hätte leicht hinunterstürzen und sich den Kopf an den Felsen verletzen können.

Wieder fragte ich mich, was wohl mit dem Rucksack passiert war. Vielleicht hatte er ihn in der Hand gehalten, als er gestürzt war oder gestoßen wurde. Aber er war definitiv oben aufgeklappt gewesen, als ich ihn gefunden hatte. Wenn er ihn während des Sturzes in der Hand gehalten hätte, hätte der Inhalt nicht herausfallen müssen, als der Rucksack mit ihm den Abhang hinunterstürzte?

War sie dann den Pfad zum Strand hinuntergegangen und hatte seinen Rucksack durchsucht? Und wenn ja, wonach hatte sie so verzweifelt gesucht, dass sie ihn durchwühlt hatte?

Vielleicht sollte ich mich bemühen, das herauszufinden.

KAPITEL 8

*I*ch wollte der Polizei gern helfen herauszufinden, wer den Mann, dessen Leiche ich entdeckt hatte, getötet hatte. Ich hätte meine Informationen gerne mit den Ermittlern geteilt, aber sie hätten mir ja doch nichts gesagt. Und wenn ich ihnen zu viele Hinweise gäbe, würden sie vielleicht denken, ich sei eine dieser Verrückten, die einen Mord begingen, um ihn dann der Polizei zu melden.

Zu diesem Zeitpunkt wusste ich etwas, was die Polizei nicht wusste. Ich wusste, wer das Mädchen war, das an diesem Morgen an mir vorbeigegangen war, und ich vermutete, den Namen des Opfers zu kennen. Vielleicht war es verrückt von mir, einem Mörder gegenübertreten zu wollen, aber ich hatte ja einige recht gute Kräfte, die mich schützen würden. Um meine eigene Sicherheit machte ich mir keine großen Sorgen.

Ich beobachtete immer noch, was sich zwischen Hattie und Nick abspielte. Es sah so aus, als würde er sie anflehen oder in irgendeiner Weise an sie appellieren. Er versuchte erneut, sie zu berühren, und wieder wehrte sie ihn ab. Er sagte noch etwas, bevor er sich mit hängenden Schultern, wie nach einer Niederlage, umdrehte und ging. Hattie lehnte sich an Tres Wandgemälde und schaute Nick hinterher.

Bevor sie ebenfalls gehen würde, und während sie sich meines Erachtens immer noch in einem ziemlich aufgewühlten Zustand befinden musste, schloss ich den Laden ab und ging auf sie zu. Sie tippte gerade eine Textnachricht in ihr Handy und ich hatte sie schon fast erreicht, als sie mich bemerkte. Sie blickte auf, ohne mich wiederzuerkennen, und sah dann wieder auf ihr Telefon, so als ob nichts, was ich in ihrer nächsten Nähe tat, sie irgendetwas anginge.

Ich sagte: „Entschuldigung."

Erst als sie dieses Mal aufblickte, schien sie meine Anwesenheit zu registrieren. „Ja?" Sie klang weder freundlich noch unfreundlich, nur verwundert darüber, dass ich sie ansprach.

Okay, jetzt hatte ich also ihre Aufmerksamkeit, aber wusste nicht, was ich sagen sollte. Ich versuchte es mit: „Heute Morgen habe ich Sie auf dem Küstenwanderweg gesehen."

Sie blinzelte, und ich war mir sicher, Angst in ihrem Blick zu sehen. Sie leugnete nicht, dort gewesen zu sein, sondern fragte nur: „Und?"

Und jetzt? Sollte ich diese völlig Fremde des Mordes bezichtigen? Vielleicht war sie spazieren gegangen und hatte die Leiche unten in der Bucht gar nicht bemerkt. Wenn man nicht zum Strand hinunterging, konnte man sie nicht sehen. Aber warum hatte sie dann geweint? Das nahm ich als Gesprächsanlass.

„Ich habe gesehen, dass Sie geweint haben. Ist alles in Ordnung?"

Einen Moment lang glaubte ich, sie würde wieder

anfangen zu weinen. Ihre Augen waren vom letzten Mal noch rot und feucht. Stattdessen fragte sie: „Was wollen Sie?"

Das war eigentlich eine sehr gute Frage. Was wollte ich? Gerechtigkeit für einen jungen Mann, der zu früh gestorben war.

Ich sagte: „Ich habe heute Morgen eine Männerleiche am Strand gefunden. Irgendetwas sagt mir, dass Sie sie auch gesehen haben."

„Lassen sie mich in Ruhe." Sie drängte sich an mir vorbei.

„Hattie", sagte ich und benutzte ihren Vornamen, um sie aufzuhalten. „Sie müssen zur Polizei gehen. Sie müssen melden, was Sie gesehen haben."

Ich beschloss, davon auszugehen, dass sie nur dasselbe gesehen hatte wie ich und dass sie den Tod nicht verursacht hatte. Auf die Art würde sie mir vielleicht etwas mehr Zeit schenken. Ihr Blick wirkte ziemlich verstört.

„Woher wissen Sie, wer ich bin?" Ihre Augen wurden schmal. „Sind Sie von der Kripo?"

Darüber hätte ich lachen können. Aber ich lachte nicht. Ich gab ihr auch keine Antwort auf ihre Frage. Stattdessen sagte ich: „Ich glaube, Sie werden sich viel besser fühlen, wenn Sie mir erzählen, was passiert ist." Fast hätte ich *heute Morgen* gesagt, aber wenn Gryffyn Penrose recht hatte, war der Tod in der Nacht eingetreten und nicht heute Morgen.

Eine Sekunde lang konnte ich sehen, wie sie zögerte. Wollte sie mit mir sprechen? Oder würde sie sich an mir vorbeidrängen und davonstapfen?

„Ich möchte Ihnen nur helfen", sagte ich. Und das stimmte.

Plötzlich fuchtelte sie mit ihrer freien Hand in der Luft herum. „Ich weiß nicht, was passiert ist. Ich wusste ja noch nicht einmal, warum er da war. Er hätte auf uns warten sollen."

Ich unterbrach sie nicht. Ich hörte mir einfach alles an. Wenn ich angefangen hätte, Fragen zu stellen, wäre sie vielleicht verstummt. Und im Moment ging so eine Art Bewusstseinsstrom durch ihren Kopf, also nickte ich einfach, als ob ich eine Ahnung hätte, wovon sie sprach.

„Aber ich hatte das Gefühl, dass er vor uns hineingehen wollte. So war Daniel. Gierig. Hinterhältig. Alle anderen waren ihm egal. Das sehe ich jetzt."

Okay, das war nicht gerade eine Lobrede auf einen Freund. „Woher kannten Sie Daniel?" *Und bitte erwähne seinen Nachnamen!*

Sie zuckte die Achseln. „Wir kennen uns von der Uni." Dies bestätigte, was Claire gesagt hatte.

„Alle drei?"

Sie schaute mich wieder an und schien erstaunt zu sein, wie viel ich wusste. Dabei hatte ich sie nur zweimal beobachtet und mir angehört, was ihre Cousine wusste.

„Ja. Nick und Daniel waren schon seit ihrer Kindheit befreundet. Daniel interessierte sich für Cornwall, und als er erfuhr, dass ich von hier stamme, stellte er mir jede Menge Fragen. Er sagte, er würde gerne einmal zu Besuch kommen. Daniel und Nick haben alles zusammen gemacht und, ich weiß nicht, wir haben uns eben angefreundet. Wir waren alle gerade von zu Hause weggezogen, und es war das erste Mal, dass wir auswärts wohnten. An der Uni haben wir aufeinander aufgepasst. Und als die beiden hörten, dass ich hierherkommen wollte, beschlossen sie mitzukommen." Sie schniefte, griff in ihre Hosentasche und zog eine leere Packung Taschentücher hervor.

Ich griff in meine Tasche und reichte ihr das halbe Päckchen, das ich noch hatte.

Sie nickte, als sie es entgegennahm, zog ein Taschentuch heraus, trocknete sich die Augen und putzte sich die Nase. Sie sagte: „Ich kann nicht aufhören zu weinen. Es war ein solcher Schock. Ich war sauer auf Daniel, aber ich kann nicht glauben, dass er ..." Sie konnte den Satz nicht zu Ende bringen.

Das konnte ich mir vorstellen. Gern hätte ich sie irgendwo zu einer Tasse Tee eingeladen, aber ich befürchtet, ihr Redefluss käme vielleicht nicht wieder in Gang, wenn ich ihn auch nur kurz stoppte, also stand ich da und wartete.

Sie sagte: „Wie auch immer, wir hatten einfach nur Spaß. Es war wie ein Spiel. Aber wir – alle drei – hätten uns in der Sardinenbucht treffen sollen. Ich war früh dran und dachte, ich treffe sie dort. Und als ich dort ankam, lag Daniel einfach nur da, mit kaputtem Schädel."

Ich wusste, was sie gesehen hatte, denn genau so hätte ich es auch beschrieben. Aber was war das für ein Spiel? Was hatte Daniel ohne sie getan? Ich fragte: „Haben Sie dort noch jemanden gesehen?"

Sie schüttelte den Kopf.

„Fällt Ihnen ein Grund ein, warum jemand Daniel etwas hätte antun wollen?"

Ihr Blick war der eines gejagten Tieres, und ihre Antwort war sehr merkwürdig. „Ich weiß es nicht."

Sowohl Claire als auch ihre Mutter hatten bemerkt, dass sich Hattie während des gemeinsamen Abendessens seltsam verhalten hatte, also fragte ich: „Hatten Sie gestern Abend im Pub den Eindruck, dass es Daniel gut ging?"

Sie schaute auf einen Punkt hinter meiner Schulter und sagte: „Ich muss gehen."

„Warten Sie. Was für ein Spiel? Warum wollten Sie sich in der Bucht treffen?"

Bevor ich sie ermahnen konnte, die Polizei zu verständigen, entfernte sie sich rasch. Ich warf einen Blick über meine Schulter, um zu sehen, was sie gesehen hatte.

Es war ungefähr halb sechs. Eine Familie war auf dem Weg ins Pub zu einem frühen Abendessen, eine Frau mit einer bunten Einkaufstasche ging in den Supermarkt, und hinter ihr – dem Schaufenster des Supermarktes zugewandt – stand Tre. Nur einen kurzen Moment lang sah ich einen weiteren Mann. Ich erkannte Gryffyn Penrose, bevor er zwischen zwei Gebäuden hindurchschlüpfte. Warum wollte er von mir nicht gesehen werden?

In diesem Moment beschloss ich, dass Gryffyn und ich ein Wörtchen miteinander zu reden hätten.

Ich selbst ging schnell weiter, zwischen den Gebäuden hindurch, wo Gryffyn verschwunden war. Warum bloß wunderte es mich kein bisschen, dass er nicht mehr da war? Ich hätte wie blöd herumlaufen und nach ihm suchen oder stattdessen strategisch vorgehen können. Ich ging zurück nach Shadowbrook und um das Haus herum bis zur Küchentür. Noch bevor ich eintrat, zog ich meine Schuhe aus und fand die Haushälterin in der Küche bei der Arbeit. Köstliche Düfte erfüllten den Raum.

„Zum Abendessen gibt es für Sie ein Brathähnchen", sagte sie. „Um sechs Uhr ist es fertig."

Ich hätte sagen können, dass ich kein Hähnchen wollte. Ich hätte sagen können, sechs Uhr sei ungünstig und ich würde lieber um sieben Uhr essen. Aber es roch einfach zu gut in der Küche.

„Danke", sagte ich. Dann ging ich nach draußen, zog meine Schuhe wieder an und machte mich auf den Weg zur Zinnmine. Ich wusste, dass Agnes und Sylvia darin wohnten, aber ich wusste nicht genau, wo. An der Tür mit dem Vorhängeschloss blieb ich stehen und fragte mich, wie klug es wäre, mich einfach so in eine Vampirhöhle zu begeben. An diesem Abend würden sie in den Strickclub kommen, wo ich sie befragen könnte, aber ehrlich gesagt war ich wütend.

Und wenn ich wütend werde, verhalte ich mich nicht immer vernünftig. Dumm war ich aber auch nicht. Die Tür zur Zinnmine war verschlossen und mit einem großen Schild versehen, auf dem „Gefahr" und „Zutritt verboten" stand. Wenn ich als Vampir dort unten leben würde, hätte ich auch solche Schilder angebracht.

Aber ich wohnte nicht dort unten, also zeigte ich mit dem Finger auf das Schloss und sagte:

„Geister des Nordens, des Südens, des Ostens und des Westens,
Mit euren Kräften komm' ich hinein,
Dieses Schloss, ihr öffnet es bestens,
So will ich es, so soll es sein."

Mit einem lauten Klicken öffnete sich das große Vorhängeschloss. Ich löste es vom Türgriff, aber als ich versuchte, die Tür zu öffnen, ließ sie sich nicht bewegen. Das Holz war so alt, dass ich mich fragte, ob sie klemmte.

Im Geist durchwühlte ich meinen persönlichen Vorrat an Zaubersprüchen, als hinter mir eine Stimme knurrte: „Können Sie nicht lesen?"

Ich drehte mich um und stand einem schlanken Vampir gegenüber, der eine Lederjacke, Jeans und grüne Gummistiefel trug. Von Gryffyns Versteckspiel war ich schon genervt genug. Ich hatte keine Zeit für irgendwelche Spielchen mit einem untoten Türwächter.

„Ja, ich kann lesen. Aber ich habe in dieser Zinnmine zu tun."

Er hob die Brauen. „Und was könnten Sie dort wohl *zu tun* haben?"

Ich hätte giftig werden können, aber einem fremden Vampir eine aufmüpfige Antwort zu geben, war sicher nicht empfehlenswert, also zügelte ich meinen Ärger. „Ich würde gerne mit Agnes Bartlett und Sylvia Strand sprechen."

Der Vampir machte kein freundliches Gesicht. Und als ich Agnes und Sylvia erwähnte, sah er mich noch misstrauischer an. Dann sagte er: „Sie sind keine von uns."

Das wusste ich selbst. Mir war nicht ganz klar, was ich darauf sagen sollte, also fragte ich noch einmal nach Agnes und Sylvia.

Er sah mich an, als hielte er mich für zu mager, als dass sich das Blutsaugen gelohnt hätte, und sagte: „Warten Sie hier." Er machte Anstalten zu gehen. Dann fuhr er nochmals herum und sah mir direkt ins Gesicht. „Und ich wäre Ihnen dankbar, wenn Sie das Schloss wieder so hinhängen würden, wie Sie es vorgefunden haben."

Genau das tat ich, während er davonstapfte. Mir kam der Gedanke, dass die ganze Sache mit dem Schloss nur als Ablenkung diente. Zumal er nicht durch die Tür ging, sondern seitlich am Bergwerk vorbei.

Ich hatte erwartet, dass Agnes oder Sylvia herauskommen würden, stattdessen kam derselbe Vampir fünf Minuten später zurück.

„Folgen Sie mir", sagte er knapp.

Ich zögerte. Das kam mir vor wie ein Test. Sollte ich ein Nachmittagssnack werden? Ein frühes Abendessen? Waren Agnes und Sylvia überhaupt unten in der Mine? Ich hatte zwar meine Hexenkräfte, aber ich bezweifelte sehr, dass ich mich gegen ein Rudel hungriger Vampire wehren könnte. Und doch brannte ich darauf, zu sehen, wie ihre Unterkunft aussah. Den unterirdischen Wohnkomplex – wenn man ihn denn so nennen möchte – unter dem Cardinal Woolsey's in Oxford hatte ich gesehen. Daher fragte ich mich, wie die kornische Version wohl aussehen würde.

Der Vampir begleitete mich seitlich an der Mine vorbei in etwas, das wie ein alter Steinbruch aussah. Den Spalt zwischen den Felsen hätte ich glatt übersehen, wenn er mich nicht hineingeführt hätte. Er bog nach rechts ab, und beim Klettern über die Steine musste ich genau aufpassen, wo ich hintrat, während ich ihm folgte. Wir waren nun völlig außer Sichtweite. Wieder fragte ich mich, ob ich etwas sehr Dummes getan hatte, als ich einem Vampir, den ich noch nie zuvor gesehen hatte, in einen Steinbruch gefolgt war, in den seit mehr als einem Jahrhundert weder Bergleute noch andere Menschen gekommen zu sein schienen.

Ich warf einen Blick hinter mich, aber ich würde ihm niemals entwischen können, falls er mich packen wollte. Anstatt mich jedoch anzugreifen, ging er hinter einen Fels-vorsprung und verschwand aus meinem Blickfeld.

Ich wollte ihm gerade folgen, als ich ein Geräusch hörte, das an das Miauen einer Katze erinnerte, und wie aus dem

Nichts tauchte eine kleine schwarze Katze auf und schlich anmutig auf mich zu. Ich traute meinen Augen kaum.

„Nyx?", rief ich laut.

Und tatsächlich kam Lucys Vertraute zu mir gehuscht. Sie schien sich über unsere Begegnung genauso zu freuen wie ich.

Wir folgten beide dem Vampir, der mit dem Rücken zu mir stand. Ich konnte nicht sehen, was er tat, aber vor ihm öffnete sich eine Tür. Zuerst war da eine Felswand gewesen. Im nächsten Moment war da eine in den Felsen eingelassene Tür.

„Starren Sie nicht so", sagte er und wies mich an, ihm hineinzufolgen. „Kommen Sie rein."

Richtig. Ich folgte ihm. Und Nyx beschloss, mir zu folgen, wofür ich dankbar war. Hinter uns schob sich die Tür wieder zu.

Ich befand mich in einer sehr spärlich beleuchteten Höhle. Natürlich können Vampire im Dunkeln viel besser sehen als wir Sterblichen. Ich spürte, dass der Boden unter meinen Füßen immer noch uneben und felsig war. Wenn ich nicht etwas mehr Licht bekäme, lief ich Gefahr zu stürzen, also nahm ich mein Handy heraus und schaltete die Taschenlampenfunktion ein.

Der Vampir drehte sich um und starrte mich an, sagte aber nichts. Es war mir vermutlich erlaubt, meine Taschen-lampe anzulassen. Wir gingen auf einer wackeligen Holz-plattform weiter und ich konnte vor uns weitere Treppen sehen, die direkt nach unten führten. Die Steinwände fühlten sich feucht an.

Ob das der richtige Ort war? Wenn die Unterkunft so

wenig komfortabel war, würden Agnes und Sylvia nicht lange hierbleiben.

Ich hatte ihre Wohnräume in Oxford gesehen, und zu sagen, sie seien komfortabel, wäre eine grobe Untertreibung gewesen. Sie lebten im Luxus, umgeben von allen erdenklichen Schätzen. Von Kunst über Schmuck bis hin zu Designerkleidung. Das Einzige, was sie nicht hatten, war natürlich leckeres Essen, aber man kann ja schließlich nicht alles haben.

Beim Hinabsteigen klammerte ich mich an das hölzerne Geländer und erreichte das Ende der ersten Treppe, Nyx an meiner Seite. Die Gerippe alter Bergbaumaschinen sah ich wie riesige Schatten vor mir. Es roch muffig. Ich wollte auf die zweite Treppe zugehen, die weiter nach unten führte.

Aber der Vampir sagte: „Hierher."

Nyx sah mich an, als wolle sie sagen: *Halte durch!*

Wieder passte der Vampir genau auf, dass ich nicht sehen konnte, was er tat, und dann öffnete sich eine weitere Tür, indem sie sich geräuschlos zurückschob, und wieder gab er mir ein Zeichen, nach vorn zu gehen. Und als ich dieses Mal durch die Tür trat, war es, als hätte ich ein Zauberreich betreten.

Oh.

Der Flur war mit irgendeinem dunklen Holz getäfelt. Vielleicht Kirsche oder Mahagoni. Vor mir befand sich ein Aufzug, aber wir drehten uns um und gingen den Gang hinunter. Ich war froh, dass ich nicht auf kleinem Raum mit einem fremden Vampir eingesperrt war. Nyx blieb bei mir, als wüsste sie, dass ich ihre Unterstützung brauchte.

An den Flurwänden hingen überall Gemälde, die zweifellos aus Privatsammlungen stammten, aber es blieb keine

Zeit zum Anhalten. Wir gingen eine weitere Treppe hinunter, noch einen Korridor entlang und bogen um eine Ecke in einen weiteren Flur. Unterwegs kamen wir an geschlossenen Türen vorbei. Schließlich, als ich das Gefühl hatte, dass wir den Mittelpunkt der Erde erreicht hatten, klopfte der Vampir an eine Tür.

Agnes öffnete sie und sah sehr erfreut aus, mich zu sehen. „Komm herein, Liebes", sagte sie. „Nyx, wie war dein Auslauf?", fragte sie die Katze, die sich an ihren Beinen rieb und miaute, um ihr Abendessen zu bekommen.

Agnes und Sylvia hatten offensichtlich ein Nickerchen gemacht, denn bei meiner Ankunft sahen sie beide etwas verschlafen aus.

Ihre unterirdische Wohnung war genauso edel wie die in Oxford, wie ich zu meiner Freude feststellen konnte. Sie war im klassischen Sylvia-Stil dekoriert, überall Art Déco und Schwarz-Weiß-Fotos von ihr zu ihrer Glanzzeit. Ich wunderte mich nicht mehr über die Kunstwerke. Wenn ich irgendwann mehr Zeit hätte, würde ich mir alles genauer ansehen. Ich war mir ziemlich sicher, dass das Gemälde mit den probenden Ballerinen von Degas stammte, und die geschmolzene Uhr über dem Tischrand musste von Dali sein. Sylvias Möbel waren reine Art Déco. Eine Chaiselongue aus dunklem und hellem Holz. Schränke und Tische, die wie eine Filmkulisse aus den 20er oder 30er Jahren aussahen. In einer Ecke stand ein dick gepolsterter Chintzsessel mit passendem Fußhocker. *Etwas hier ist nicht wie die anderen Möbel,* schoss es mir durch den Kopf.

Agnes bemerkte meinen Blick und strahlte. ‚Wie ich sehe, bewunderst du gerade meinen neuen Sessel mit dem Fußbänkchen. Er ist erst heute angekommen."

„Er passt nicht gerade zur restlichen Einrichtung", sagte Sylvia, als ob das einer Erklärung bedürfte.

„Aber er ist sehr viel bequemer, meine Liebe. Die Muschelsessel sind sicherlich sehr hübsch, aber nicht gerade bequem, wenn man es sich zum Stricken eines Pullovers gemütlich machen möchte."

Sylvia ließ sich auf der Chaiselongue nieder.

Agnes sagte zu Nyx: „Ja, schon gut. Ich hole dir dein Essen." Zu mir sagte sie: „Jennifer. Ist alles in Ordnung?" Sie servierte Nyx ihr Abendessen in einer handbemalten Limoges-Schale und stellte eine dazu passende Schale mit Wasser hin.

Sie musste gewusst haben, dass ich einiges hätte auf mich nehmen müssen, um sie hier unten aufzusuchen, zumal ich noch nie hier gewesen war.

„Kannst du mich zu Gryffyn Penrose bringen?", fragte ich und wandte mich dabei vor allem an Sylvia, die sich hier besser auskannte.

Sie reagierte ziemlich überrascht auf meine Bitte. „Warum willst du ihn denn sehen?"

„Weil ich glaube, dass er Informationen haben könnte, die ich brauche. Ich habe heute Morgen eine Männerleiche am Strand gefunden, falls ihr es noch nicht gehört habt."

An der Art, wie sie sich gegenseitig und dann wieder mich ansahen, sah ich, dass sie es nicht gehört hatten. Ich hätte angenommen, dass das Kommunikationsnetz der Vampire in Cornwall so gut war wie jedes andere. Hatte Gryffyn es niemandem gesagt? Warum nicht? Vielleicht war er einfach kein Schwätzer, aber es kam mir merkwürdig vor. Ich war versucht gewesen, Lucy anzurufen. Der einzige Grund, warum ich das nicht getan hatte, war, dass sie auf

Hochzeitsreise war. Wenn etwas Schreckliches passiert, hat man doch das Bedürfnis, es jemandem zu erzählen. Ich nahm an, dass ein Leichenfund für Vampire keine große Sache war. Vor allem, falls sie den Tod nicht selbst verursacht hatten, dachte ich.

Was mir jedoch keine Ruhe ließ, war, dass Gryffyn viel Zeit in der Nähe dieser Leiche verbracht hatte, während ich dagesessen und mich schwach gefühlt hatte. Und nachdem er mich mit Hattie gesehen hatte, war er davongeschlichen. Warum?

Ich wusste, dass er die Taschen des toten Mannes durchwühlt hatte. Er hatte behauptet, es sei nichts drin gewesen, aber das glaubte ich ihm nicht. Was hatte er sich genommen?

Ich erklärte kurz, was geschehen war, und Agnes, die den Menschen immer noch näherstand als Gryffyn oder Sylvia, war sichtlich gerührt und hatte Mitleid.

„Oh, du armes Kind. Was für ein furchtbarer Schock für dich."

„Ja, das war es."

„Und du weißt nicht, wer der Tote war?", fragte sie.

„Gryffyn sagte, er hätte keinen Ausweis bei sich gehabt." Ich wusste, dass der Tote Daniel hieß, aber ich fühlte mich nicht bereit, das jemandem zu sagen.

Agnes dachte kurz nach. „Weiß die Polizei, wer es war?"

„Ich glaube nicht. Aber sie hätten keinen Grund, mir etwas zu sagen."

Sylvia sagte: „Da können wir sicher etwas unternehmen. Rafe hat mehr Kontakte in Oxford, aber Gryffyn hat viele hier."

Gryffyn, immer Gryffyn. Man musste nicht viele Vampirgeschichten kennen, um zu begreifen, dass Gryffyn in Cornwall das Alphatier war. Der oberste Boss der örtlichen Vampire. Er war in Tregrebi, was Rafe in Oxford war.

„Ich glaube, er verheimlicht mir etwas. Bringst du mich zu ihm?"

Sylvia wirkte verärgert. „Ich weiß nicht, warum er nicht hier mit uns anderen wohnen kann. Wie du sehen kannst, Jennifer, sind die Unterkünfte wirklich schön. Aber nein, er muss seinen eigenen Weg gehen, dieser Mann."

Agnes sagte: „Du hast mir doch gesagt, zu seinen Lebzeiten sei das Haus sein Zuhause gewesen. Man kann es ihm nicht verübeln, dass er es zurückhaben will."

Sylvia schien nicht überzeugt. „Meinst du nicht, dass ich gerne in meiner schönen alten Wohnung in London wohnen würde? Oder in meinem charmanten Pied-à-Terre in Paris? Aber wir müssen mit der Zeit gehen. Wir haben uns verändert und unsere Umstände haben sich geändert." Sie schüttelte den Kopf. „Gryffyn hängt viel zu sehr an den alten Sitten."

Vor Schreck machte mein Herz einen Sprung. „Wenn du alte Sitten sagst, meinst du doch nicht etwa ...?"

„Nein, nein. Er ist genauso zahm wie wir. Es ist viel bequemer, wenn wir unsere Nahrung gut gekühlt geliefert bekommen, egal welche Blutgruppe wir bevorzugen. Mit *alten Sitten* meine ich, dass sich ein großer Teil der Sensibilität von Gryffyn in dreihundert Jahren nicht verändert hat."

Irgendwie wusste ich, was sie meinte. Er kleidete sich etwas exzentrisch, und einen Lederbeutel mit Dublonen mit sich herumzutragen, war in einer Welt, wo immer mehr Plastikkarten und Kryptowährungen im Umlauf waren, nicht sehr nützlich. Während Vampire wie Lochlan Balfour sich die neuen Technologien zu eigen gemacht hatten, schien Gryffyn Penrose ein perverses Vergnügen daran zu finden, sich diesen zu verweigern. Das machte ihn zu einer schillernden Figur, und ich respektierte sein Engagement, aber es konnte nicht sehr praktisch sein, und er müsste wirklich den Geldbeutel zunähen, damit ihm nicht ständig die Dublonen herausfielen.

Sylvia sagte: „Gib uns eine halbe Stunde Zeit, dann holen wir dich mit dem Bentley ab."

„Fahren wir zu Gryffyns Haus?"

„Nun, bei Tageslicht werde ich dorthin sicher nicht zu Fuß gehen. Es ist mir egal, ob es bewölkt ist. Ich muss an meinen Teint denken."

Da die beiden meist mit Sonnenschirmen aus UV-Schutzmaterial herumliefen oder Hüte aus demselben Material trugen, vermutete ich, dass es nicht das Tageslicht war, das sie störte. Ich dachte, sie wollten Zeit haben, um sich fertig zu machen. Sylvia mochte zwar untot sein, aber sie ging nie ohne Schminke und schicke Kleidung aus dem Haus. Und seit Agnes zur Vampirin geworden war und sich Sylvia um ihr Make-up kümmerte, neigte Agnes auch eher zu eleganten Outfits. Und zweifellos würden sie den armen Alfred wecken müssen, damit der sie in Sylvias Bentley chauffierte.

Also sagte ich, dass ich in Shadowbrook auf sie warten würde. Und dann blieb ich beim Hinausgehen neben einem Gemälde stehen.

„Bist du das?", fragte ich Sylvia. Es war ein besonders schönes Bild einer jungen Frau – sehr lebendig und voller Selbstvertrauen und Sexappeal.

Sie betrachtete das Bild liebevoll. „Oh ja. Picasso hat mich gemalt, bevor er so eigenartig wurde und Menschen immer unförmiger zeichnete."

Natürlich hatte Picasso sie gemalt. Natürlich hatte er das.

Derselbe Vampir, der mich nach unten begleitet hatte, wartete vor der Wohnungstür, um mich wieder nach oben zu bringen. Als wir aus der Zinnmine herauskamen und ich über das Gelände zurück zum Herrenhaus ging, sagte er: „Sie dürfen keinesfalls irgendwelchen Tagwandlern von diesem Ort erzählen. Wir haben schon genug Probleme mit Eindringlingen."

Ich drehte mich um. „Wirklich?"

Ich war überrascht. Rafes Anwesen Shadowbrook lag zwanzig Minuten Fußweg von der Stadt entfernt und war vor neugierigen Blicken gut versteckt. Und verlassene Zinnminen gab es in Cornwall an jeder Ecke. Warum sollte jemand ohne Befugnis Privatgelände betreten, um etwas zu sehen, das von außen so verschlossen und uninteressant aussah? Ich hätte ihn gern noch mehr gefragt, aber er war bereits verschwunden.

KAPITEL 9

*I*ch kehrte nach Shadowbrook zurück und überlegte mir, wie ich an die Informationen kommen könnte, die ich von Gryffyn Penrose haben wollte. Meine Wut war zwar verflogen, aber ich war immer noch ziemlich sicher, dass er nicht ganz ehrlich zu mir gewesen war.

Nach der Arbeit im Laden und dem Abstieg in die Mine war ich nicht gerade frisch. Rasch duschte ich und zog eine saubere Jeans und eine hübsche Rüschenbluse an, die ich in Oxford im Ausverkauf erstanden hatte. Als ich mein Haar trocknete und mich schminkte, fiel mir auf, dass die Bluse aussah wie aus dem achtzehnten Jahrhundert. Hatte ich mich absichtlich dafür entschieden, sie zu tragen? Versuchte ich, Gryffyn zu beruhigen, indem ich mich auf eine Art kleidete, die ihm vertraut sein würde? Manchmal waren mir meine eigenen Beweggründe nicht klar. Hatte mir so etwas früher nicht schon so manchen Ärger eingebracht?

Eine halbe Stunde, nachdem ich Agnes und Sylvia verlassen hatte, fuhr der leidgeprüfte Alfred pünktlich im

Bentley mit den beiden Damen auf dem Rücksitz vor. Sie waren vollständig geschminkt. Beide waren in Designerhosen und langärmelige Blusen gekleidet und jede trug Hut und Sonnenschirm.

Es war keine lange Fahrt bis zu Gryffyns Haus. Wir fuhren in eine schmale Gasse mit hohen handgemauerten Steinwänden auf beiden Seiten. Alfred war ein so geübter Fahrer, dass er die Kurve mit kaum verringertem Tempo sanft nehmen konnte, wobei das Auto auf beiden Seiten nicht mehr als ein Zoll Abstand von den Steinmauern hatte. Es war eine beeindruckende fahrerische Leistung. Nachdem wir die enge Gasse durchquert hatten, lag vor uns ein Haus, das mit seinen hohen, spitzen Giebeln, dem Witwengang und dem Türmchen aussah, als käme es aus einem gotischen Roman. Ich war mir fast sicher, dass es das Haus war, das ich von der Bucht aus gesehen hatte, in der ich den toten Mann gefunden hatte.

War Gryffyn deshalb heute Morgen unten in der Bucht gewesen? Hatte er von hier oben etwas gesehen?

Es brannte kein Licht, und es wirkte alles ziemlich düster. Die Bäume hatte man so hoch und dicht wachsen lassen, dass nur wenig Tageslicht auf das Haus fiel. Ich hatte den Verdacht, dass der Eindruck von Verlassenheit durchaus beabsichtigt war. Gryffyn wollte keine Besucher.

Sie mussten vorher angerufen haben, denn als wir aus dem Bentley ausstiegen und zur Eingangstür gingen, öffnete sich diese – und da stand Gryffyn höchstpersönlich. Seine Augen wurden ein bisschen schmaler, als er mich sah.

„Guten Tag", sagte er.

Die anderen drei antworteten nicht, also sagte ich: „Guten Tag."

Fast widerwillig sagte er: „Ihr kommt besser herein."

Sogar Zeugen Jehovas wurden meiner Erfahrung nach herzlicher empfangen, wenn sie vorbeikamen. Sobald wir drinnen waren, sah sein Haus – ähnlich wie die Zinnmine – völlig verändert aus. Gryffyn waren schöne Kunstwerke und teure Teppiche nicht so wichtig. Er hatte die Vorliebe eines Abenteurers für das Ungewöhnliche. Die Zeichnung eines Schiffes auf etwas, das wie ein Zahn aussah und auf einem schweren Tisch lag, hatte es mir angetan. Gryffyn sagte: „Das ist ein Scrimshaw; ein Walfänger aus Nantucket hat es mir verkauft. Er hat das Schiff in den Zahn eines Pottwals graviert." Ich musste mich daran erinnern, dass der Walfang zu seiner Zeit noch nicht verboten war.

Es gab hier antike Statuen, von denen einige griechisch und einige ägyptisch aussahen, und einige schienen aus der Neuen Welt zu stammen. Seine Vorliebe für Gold zeigte sich in den Pokalen und Kerzenhaltern, die überall herumstanden, als ob er sie eher benutzte, als dass er sie zur Schau stellte.

Statt berühmter Gemälde hatte er alte Landkarten an den Wänden hängen. Plötzlich sah ich ihn am Bug eines Schiffes stehend vor mir, mit den Augen in die Sonne blinzelnd, während er auf der Suche nach Schätzen und Abenteuern die Weltmeere befuhr.

„Man hat mir gesagt, Sie wollten mich sprechen?", sagte er und unterbrach mich in der Betrachtung seines Hauses.

Man hätte annehmen können, er sei einfach nur schlecht gelaunt, weil er aus dem Schlaf gerissen worden war, und hätte ihn wie ein übermüdetes Kleinkind behandeln können, aber ich hatte ihn ja vor kurzer Zeit noch in der Stadt gesehen.

„Ja genau. Erinnern Sie sich an heute Morgen, als Sie nachsehen wollten, ob der Mann tot war?"

Er runzelte leicht die Stirn. „Sie glauben doch nicht immer noch, ich hätte etwas mit seinem unglückseligen Ableben zu tun?"

Das war ein interessanter Knackpunkt. Ich glaubte, dass er dem Mann nicht das Blut ausgesaugt hatte, aber er hatte sich verdächtig nahe an der Leiche aufgehalten, als ich sie entdeckt hatte. Allerdings war ich nicht hier, um ihn des Mordes zu bezichtigen.

Ich sagte: „Nein. Aber Sie sind mir gegenüber nicht ganz ehrlich gewesen, oder?"

Auf einmal blitzte Belustigung in seinem Blick auf. „Da müssen Sie schon etwas mehr ins Detail gehen."

Er spielte mit mir, das gefiel mir nicht.

„Sie haben ewig gebraucht, um die Leiche zu inspizieren. Sie sagten, es sei nichts da gewesen, aber ich habe gesehen, dass Sie etwas genommen haben." Okay, eigentlich hatte ich das nicht gesehen, aber ich bluffte, so gut ich konnte. Zu meiner Erleichterung leugnete er es nicht.

„Sie haben scharfe Augen. Ich sollte mir merken, dass Sie auch Zauberkräfte haben. Ich halte mich immer an das Prinzip, einer Hexe niemals den Rücken zuzukehren."

Wenn ich recht überlegte, hätte ich sagen können, dass ich mich an das Prinzip hielt, niemals einem Vampir den Rücken zuzukehren. Aber sich gegenseitig mit Pfeilen zu bewerfen, würde nicht viel bringen. Ich wartete nur mit hochgezogenen Augenbrauen, so als wüsste ich genau, was er sich genommen hatte. Fast hätte ich meine Hand ausgestreckt, um entgegenzunehmen, was auch immer es war, aber ich dachte, das ginge ein bisschen zu weit.

Er sagte: „Es war fast nichts an der Leiche. Kein Ausweis, nur das hier, tief in einer Tasche versteckt, die man leicht hätte übersehen können." Er griff in seine eigene Tasche und reichte mir ein zerknülltes Stück Papier.

Ich war davon ausgegangen, dass er die Brieftasche des Toten an sich genommen hatte. Aber nur das?

Das Papier sah aus wie ein Fetzen von einem offiziellen Dokument, etwa von einem Vorlesungsverzeichnis. Wenn der Tote derjenige war, für den ich ihn hielt, dann war er ein Student, und es wäre gut möglich gewesen, dass er die Unterseite eines Uni-Dokuments abgerissen und etwas darauf gekritzelt hatte. Aber was genau hatte er gekritzelt? Etwas war mit Kugelschreiber geschrieben, aber ich hatte Schwierigkeiten, die Schrift zu entziffern.

„*Parena*?", sagte ich laut. Auch eine Telefonnummer stand dabei.

Gryffyn sagte: „Nicht Parena, Carenna."

„Was heißt das?", fragte ich.

Jetzt stellte Sylvia ihr Wissen unter Beweis. „Das Carenna House ist ein großes Anwesen hier. Früher gab es dort einen wunderschönen Wildpark. Ich habe mit dem Herzog dort ab und zu ein Wochenende verbracht."

Ich hatte keine Ahnung, welchen Herzog sie meinte – und es war mir auch egal –, aber Carenna House sagte mir etwas.

Gryffyn sagte: „Und das ist die Nummer der Telefonzentrale auf dem Gut."

Ich starrte wieder auf das Papier und ärgerte mich, dass ich mich nicht erinnern konnte, wo ich den Namen schon einmal gesehen oder gehört hatte. „Sind wir daran vorbeigefahren oder so?"

Sylvia schüttelte den Kopf. „Nein. Aber du hast es wahrscheinlich auf den Fremdenverkehrsplakaten gesehen. Man kann es jetzt besichtigen. Früher war ich als Privatgast dort. Ich habe kein Interesse daran, als zahlender Tourist dorthin zu gehen."

Ich musste mir wirklich auf die Lippen beißen, um mir ein Grinsen über ihren Snobismus zu verkneifen. Jetzt fiel mir wieder ein, wo ich den Namen gehört hatte. „Das Carenna House gehört Lord und Lady Gilpin, nicht wahr?"

„Ja. Du hast ja schon einiges über die Ortsgeschichte gelernt", sagte Agnes und schien mit mir zufrieden zu sein.

„Ich bin ihnen gestern im The Cornish Teapot begegnet. Sie haben Tee und Scones bestellt, als ich dort einen Kaffee getrunken habe", sagte ich.

„Es ist schön, dass du die Einheimischen kennenlernst, Liebes", sagte Agnes.

Ich machte mir nicht die Mühe, ihr zu sagen, dass Lord und Lady Gilpin nicht ausgesehen hatten, als legten sie Wert auf meine Bekanntschaft. Stattdessen fragte ich: „Was glauben Sie, warum der Tote das in der Tasche hatte?"

„Vielleicht hatte er vor, dorthin zu fahren."

„Vielleicht wegen eines Studienprojekts?", überlegte ich laut. Ich hatte keine Ahnung, was Daniel, Nick und Hattie studierten, aber wenn es sich um die Geschichte Cornwalls handelte, würde das einen Sinn ergeben.

Gryffyn sagte: „Was ich seltsam finde, ist, dass er nur das in der Tasche hatte. Er hatte weder Portemonnaie noch Ausweis, so als hätte der Mörder nicht gewollt, dass seine Identität ans Tageslicht käme."

„Aber wer würde so etwas tun?", fragte ich.

Und würden wir die Antwort jemals herausfinden?

„Haben Sie seinen Rucksack durchsucht?", fragte ich. „Er stand neben ihm auf dem Boden."

Laut Gryffyn hatten sich in Daniels Rucksack lediglich eine Thermoskanne mit kaltem Kaffee, ein Energieriegel und ein Fleecepullover befunden.

Ich dachte an all die Studenten, die ich kannte. „Wo war sein Handy", musste ich einfach fragen.

„Es war keins da."

Ich ging zum Fenster, das, wie ich vermutet hatte, einen Blick auf die Bucht bot, aber nicht auf die Stelle, an der ich den Toten gefunden hatte. Ich drehte mich wieder zu Gryffyn um.

„Was haben Sie denn heute Morgen in der Bucht gemacht?", fragte ich.

Er sagte: „Ich war spazieren. Ich gehe oft früh am Tag, wenn noch nicht viele Menschen unterwegs sind."

Ich öffnete den Mund, um darauf hinzuweisen, dass es mir äußerst verdächtig vorkam, dass er sich zu jenem Zeitpunkt an jenem Ort aufgehalten hatte, doch dann tat er etwas Seltsames. Er trat zwischen mich und die anderen und legte schnell einen Finger an die Lippen. Okay, er wollte, dass ich den Mund halte, aber warum? Was wollte er vor den anderen Vampiren geheim halten?

Ich kannte ihn nicht sehr gut, aber die Art, wie er erwartete, dass ich das Thema fallen ließ, ließ mich vermuten, dass er mir die Antwort geben würde, die ich suchte. Nur nicht in Anwesenheit der anderen.

In dieser Annahme unterließ ich die Frage und stellte ihm eine andere: „Haben Sie eine Ahnung, wer der Tote gewesen sein könnte?"

Jetzt wirkte er ein bisschen zwielichtig. „Nein. Ich will es auch gar nicht wissen. Aber je schneller die Behörden diesen Mord aufklären können und uns in Ruhe lassen, desto besser wird es mir gehen."

„Das geht mir genauso", sagte Sylvia. „Wir sind hierhergekommen, weil es so ein verschlafenes, abgelegenes Dorf ist. Das Letzte, was wir brauchen, sind eine Menge Tagwandler, die Ärger machen und ihre Nase in Dinge stecken, die sie nichts angehen." Sie starrte mich an, als hätte ich etwas mit der Zunahme des Fremdenverkehrs in diesem Dorf zu tun. „Davon haben wir nämlich schon genug."

Ich wollte Gryffyn auch fragen, warum er sich vorhin in der Gasse der Hauptstraße geduckt und so getan hatte, als hätte er mich nicht gesehen. Außerdem fragte ich mich, ob Hattie die Flucht ergriffen hatte, nachdem sie ihn auf der Straße erblickt hatte. Fast so, als hätte sie ihn heute Morgen auch schon gesehen. Ich hatte viele Fragen, die ich diesem Vampir stellen wollte.

Sylvia sagte: „Nun, dann werden wir deine Zeit nicht länger in Anspruch nehmen, Gryffyn. Aber ich hoffe, wir sehen uns später."

Er blickte verwirrt. „Sind wir verabredet?"

„Das Treffen des Strickclubs", rief sie ihm in Erinnerung. „Wenn du kommst, kommen sie alle. Es wäre schön, wenn Agnes mehr von uns kennenlernen würde. Und sie und Jennifer werden viele Stricker und Strickerinnen brauchen, um ihren Laden am Laufen zu halten."

Er machte ein Geräusch, das sich anhörte wie „Hmpf". Ich hatte den Verdacht, dass er nur zu froh wäre, wenn mein Laden zumachen würde, damit er das Cottage wieder unter Kontrolle hätte. Und zwar je eher, desto besser.

Er sagte jedoch: „Danke, dass du mich daran erinnert

hast. Meine Männer und ich werden dort sein. Aber zuerst muss ich mit ihnen sprechen."

Es war eindeutig eine Aufforderung zum Aufbruch. Aber da ich nicht vergessen hatte, wie er seinen Finger auf die Lippen gelegt hatte, sagte ich wie beiläufig zu Agnes, Sylvia und Alfred: „Fahrt ihr schon mal ohne mich. Ich denke, ich werde nach Shadowbrook laufen. Ich hätte nichts dagegen, etwas frische Luft zu schnappen."

Sylvia warf mir einen scharfen Blick zu, sagte aber: „Ganz wie du willst."

Die drei Vampire brachen auf. Jetzt war ich also mit Gryffyn allein.

Ich verschwendete keine Zeit. „Was konnten Sie in Gegenwart der anderen nicht sagen?", fragte ich ihn.

Er starrte mich lange an, als versuchte er, mich einzuschätzen. Dann sagte er: „Erst einmal danke ich Ihnen, dass Sie mich nicht zu weiteren Lügen drängen. Ich ziehe es vor, die Wahrheit zu sagen. Ich werde Ihnen vertrauen, Jennifer, und ich werde schnell merken, ob Sie mein Vertrauen missbrauchen."

Das war das erste Mal, dass er meinen Namen sagte, abgesehen von dem Mal, als er den Mietvertrag gelesen hatte. Vielleicht lag es daran, dass ich jetzt in seinem Haus war, auf jeden Fall war das der Übergang zu einer Art Intimität, die ich nicht gewählt hätte. Ich spürte nicht nur, dass es ein Geheimnis gab, sondern auch, dass Gryffyn beschlossen hatte, mir etwas zu verraten, das die anderen Vampire in der Gegend nicht wissen sollten. Natürlich ließ die Neugier mein Herz ein wenig höherschlagen.

„Das verstehe ich und ich verspreche, nichts weiterzusagen, egal, worum es geht." Ich hatte selbst viele Geheimnisse und schaffte es, sie nicht auszuplaudern. Ich war mir ziemlich sicher, auch seine wahren zu können.

Er schwankte noch einen Moment, dann sagte er: „Folgen Sie mir!" Er führte mich einen Korridor entlang und dann eine Treppe hinunter, die anscheinend in den Keller dieses großen, faszinierenden Hauses führte.

Eines Tages würde ich gerne einmal all die Ecken und Winkel hier durchstöbern. Aber ich war nicht zu einem Höflichkeitsbesuch hier, und er hatte mir auch keine Führung angeboten.

Da wir unter die Erde gingen, fragte ich mich, ob er mich wohl zu seiner Schlafstätte bringen würde. Das wäre befremdlich. Aber als wir das untere Ende der Treppe erreichten, waren wir in einer Art Steinkeller, in dem sich nichts befand außer ein paar Kisten, ein paar kaputter Möbel und einer Seilrolle. Hier unten war es kühl und ich fröstelte.

Er ging zum Ende des Kellers, wo der Boden abfiel. Es war so dunkel, dass ich kaum etwas sehen konnte. Wir standen vor einer schweren Tür aus schwarzem Eichenholz, die mit uralten Nägeln befestigt zu sein schien. Er griff hinter einen altertümlich aussehenden Holzpfosten und musste wohl einen Knopf oder so etwas gedrückt haben, denn es öffnete sich eine Klappe, die den Blick auf ein High-Tech-Tastenfeld mit Hintergrundbeleuchtung freigab. Gleich fiel mir Lochlan Balfour, der irische Vampir, ein, dem eine der weltweit renommiertesten Technologie- und Sicherheitsfirmen gehörte. Ich fragte mich, ob das wohl sein Werk war.

Gryffyn tippte einen Code ein, und wir traten – Sesam öffne dich – in einen höhlenartigen Tunnel ein. Dort roch es nach Meer und nach etwas anderem, vielleicht Rum. Alte, rußgeschwärzte Halter stammten aus der Zeit, als hier noch

Fackeln benutzt worden waren. Aber es gab auch moderne Einbauleuchten, die in diesem alten Raum etwas grell wirkten.

Als ich Gryffyn folgte, bemerkte ich aufgehäufte Netze und Seile, die nicht besonders alt oder unbrauchbar aussahen. Außerdem sah ich weitere Türen, und hätte nur zu gern gewusst, was sich dahinter befand. Vor meinem inneren Auge sah ich Piratenschätze. Alte Truhen, aus denen Perlen und Smaragde sowie Teller aus Gold und Krüge aus Sterlingsilber hervorquollen.

Aber wenn es das war, was sich hinter diesen Türen befand, würde ich es heute nicht herausfinden. Ohne die Türen eines Blickes zu würdigen, schritt Gryffyn an ihnen vorbei, als ob sie mich nichts angingen.

Wir gingen weiter, immer weiter hinunter, bis wir eine Reihe von Steinstufen erreichten, die von den vielen Füßen, die sie betreten hatten, in der Mitte eingedellt waren. Schließlich sah ich vor mir eine Backsteinmauer am Ende. Ich konnte das Meer hören. Unterwegs hatte ich versucht, mich zu orientieren, und ich hatte das Gefühl, dass auf der anderen Seite der Mauer die Bucht lag, in der ich die Leiche gefunden hatte. Soweit ich sehen konnte, war sie die Mauer undurchdringlich.

Gryffyn bog nach rechts in einen weiteren engen Gang ein. Elektronisch öffnete er eine weitere schwere Tür, und als ich hindurchging, schloss er sie hinter uns. Ich befand mich nun in einer scheinbar abgeschlossenen Höhle. Sie sah aus, als wäre sie seit mindestens ein oder zwei Jahrhunderten von niemandem betreten worden. Sie war feucht und mit altem Seegras verkrustet. Vor uns befand sich eine weitere Backsteinmauer, und Gryffyn brachte wieder ein

Tastenfeld zum Vorschein, auf dem man sehen konnte, was eine auf die Bucht gerichtete Überwachungskamera aufnahm.

Wie ich vermutet hatte, führten die Tunnel zu derselben Bucht, in der ich den Toten gefunden hatte. Die Leiche war verschwunden, ebenso wie das Zelt, das die Polizei aufgebaut hatte. Es gab keine Anzeichen mehr dafür, dass eine Tatortuntersuchung stattgefunden hatte.

Gryffyn vergewisserte sich, dass niemand in der Nähe war, und als er sich dessen sicher war, drückte er einen Knopf, woraufhin einige Ziegelsteine aus dem Weg rutschten und eine Tür freigaben, die gerade breit genug war, um eine Person durchzulassen. Wir gingen hindurch und er schloss erneut die Tür hinter uns.

Er sagte: „So. Jetzt kennen Sie mein Geheimnis."

Ich hatte natürlich einiges über Schmuggler gelesen und in Filmen gesehen. Es war gar nicht so schwer, eins und eins zusammenzuzählen. „Als Sie hier gelebt haben, waren Sie also ein Schmuggler?"

Er lachte sein herzhaftes Lachen. „Ich ziehe es vor, den Begriff Freihändler zu verwenden. Bis vor kurzem war das in diesem Land ziemlich in Mode."

Über Freihandelsabkommen und Politik wollte ich nicht diskutieren. Nicht jetzt. Stattdessen fragte ich: „Sind Sie sicher, dass zwischen der Tatsache, dass der Tote vor Ihrer Tür gefunden wurde, und der Todesursache kein Zusammenhang besteht?"

Ich bezichtigte Gryffyn nicht des Mordes. Die Tatsache, dass er mir seinen Tunnel gezeigt hatte, sprach eher dafür, dass er nicht der Mörder war. Und es wäre für ihn von Vorteil, wenn der Fall so bald wie möglich abgeschlossen würde und die Polizei weit weg bliebe von einem Tunnel, der zu seinem Haus führte.

Er wirkte sowohl frustriert als auch verwirrt. Ich wusste, wie er sich fühlte, denn mir ging es genauso.

Er sagte: „Ich wüsste nicht welcher, aber es ist ein seltsamer Zufall. Wir benutzen den Tunnel nämlich immer noch. Meine Männer langweilen sich und werden unruhig, deshalb gehen wir oft nachts aus. Und auf diesem Weg kommen wir zurück."

Ich dachte über seine Worte nach. „Haben Sie ihn an dem Abend gesehen, als Sie nach Hause gekommen sind? Falls sie in jener Nacht auf See waren?"

„Nein, haben wir nicht."

„Um wie viel Uhr sind Sie zurückgekommen?"

„Gegen drei Uhr morgens. Es war keine Mondnacht, aber auch wenn, hätten wir einen toten Tagwandler auf unserem Weg gewittert."

Ich schaute mich um. „Wo ist Ihr Boot?"

„Es liegt hier in der Nähe vor Anker." Und mehr würde er mir wohl nicht sagen.

„Wir wissen also, dass er zwischen drei und sieben Uhr – als ich kam – umgebracht wurde."

„Ich kann Ihnen mit Sicherheit sagen, dass es näher an drei war. Sein Blut war definitiv abgestanden, als Sie ihn am Morgen gefunden haben."

Ich bezweifelte, dass die Gerichtsmedizin den Todeszeitpunkt des Mannes besser hätte eingrenzen können.

Ich fragte ihn noch einmal: „Und Sie sind sicher, ihn nicht zu kennen?"

„Ganz sicher. Und ich hatte ihn noch nie zuvor gesehen. Daran hätte ich mich erinnert. Ich behalte im Auge wer hier auftaucht." Er zögerte und sagte mir dann, was ich eigentlich schon geahnt hatte. „In diesen Tunneln habe ich viele Schätze versteckt. Sozusagen ein königliches Vermögen. Ich möchte nicht, dass irgendwelche zufällig vorbeikommenden Fremden den Weg dorthin finden."

Ich stimmte zu. Ich glaubte nicht, dass das für Gryffyn oder einen zufällig vorbeikommenden Fremden gut ausgehen würde.

KAPITEL 10

*D*a kam mir ein Gedanke. Ich drehte mich zu Gryffyn um. „Haben Sie zufällig Überwachungskameras mit Aufnahmefunktion?" Wenn er die Kamera benutzte, um zu sehen, was außerhalb seines Tunnels vor sich ging, könnte die Kamera dann nicht auch am Morgen des Mordes etwas aufgezeichnet haben? Es wäre sowohl zu seinem als auch zu meinem Vorteil, wenn diese Sache so schnell wie möglich geklärt würde. Er schaute zurück, als hätte er die Kamera noch nie gesehen.

„Ehrlich gesagt, Jennifer, benutze ich sie wie ein Guckloch. Und meiner Meinung nach wäre ein Guckloch genauso nützlich. Aber Lochlan Balfour war sehr überzeugend, und da der größte Teil meines Vermögens hinter diesen Türen verborgen ist, war ich geneigt, auf ihn zu hören. Ich weiß nicht, ob Sie Lochlan kennen, aber ich warne Sie, wenn er Ihnen begegnet, wird er Ihnen Dinge verkaufen, von denen Sie gar nicht wussten, dass Sie sie brauchen."

Ich hatte Mitleid mit ihm, wirklich. Aber ich war froh, dass Lochlan hier bekannt war. „Ich kenne ihn. Er ist sehr gut in seinem Job." Ich hatte das Gefühl, dass ich mit Lochlan reden sollte. Genau das wollte ich gerade sagen, da klingelte mein Handy. Ich wusste, dass es Lucy war. Ich nahm ihren Anruf entgegen und sagte mit meiner fröhlichsten Stimme:

„Hey, wie geht's? Wie ist die Hochzeitsreise?"

„Sehr schön", sagte sie. Und schon aus diesen wenigen Worten konnte ich heraushören, dass es so war. Sie fragte: „Aber was läuft denn bei euch?"

„Nicht viel", sagte ich leichthin. „Wir haben ein wunderhübsches Cottage für den Laden ausgesucht, direkt an der Hauptstraße, wie du weißt. Ich kann kaum erwarten, es dir zu zeigen. Innen war alles ziemlich heruntergekommen und ..." Ich hielt inne und warf Gryffyn einen Blick zu, da ich wusste, dass er zuhörte. „Also bin ich dabei, dort sauber zu machen. Ich habe auch eine Studentin von hier gefunden, die mir bei der Planung der Farben und der Einrichtung hilft. Ich werde dir ein paar Bilder schicken."

Am anderen Ende der Leitung wurde es still. Dann sagte Lucy: „Komm zur Sache, Schwester. Ich weiß doch, wann du in Schwierigkeiten steckst. Ich habe dich gespürt und darauf gewartet, dass du mich anrufst, aber das hast du nicht."

Einen Moment lang schwiegen wir beide. Ich hörte eine Welle an den Strand schlagen. „Lucy, du bist in den Flitterwochen."

„Ja, das bin ich. Und ich habe fünf wunderbare Tage erlebt. Und jetzt ist meine liebste Schwester in Schwierigkeiten. Wie kann ich meine Flitterwochen genießen, wenn ich mir Sorgen um dich mache? Also, was ist los?"

An diesem Punkt gab ich auf und erzählte ihr alles, was von meinem schicksalhaften Morgenspaziergang bis jetzt passiert war, und ließ nur Gryffyns Schatztunnel aus. Traute er Rafe und Lucy wirklich nicht? Er musste Lochlan vertraut haben, denn er hatte den untoten Technikmogul mit dem Einbau des Sicherheitssystems beauftragt. Dennoch hatte ich das Gefühl, dass Gryffyn vieles verborgen hielt.

Während meines gesamten Berichts schwieg Lucy, was ich sehr zu schätzen wusste. Es kamen auch keine Bemerkungen wie *Oh mein Gott* oder *Du Ärmste*.

Am Ende fragte sie nur: „Geht es dir gut?"

Und das war wirklich die einzige Frage, die zwischen uns zählte. Ich überlegte. Ging es mir gut?

Ich sagte: „Ehrlich gesagt, ich weiß nicht. Ich hatte noch nie eine Leiche gesehen, geschweige denn einen gerade ums Leben gekommenen jungen Menschen." Ich hatte schon viele Untote gesehen, aber ich war mir nicht sicher, ob das zählte. Ihnen zu begegnen war nicht so erschreckend wie plötzlich über ein Mordopfer zu stolpern.

Sie sagte: „Ich spreche mit Rafe. Hoffentlich können wir morgen da sein."

„Hey. Ihr solltet eure Flitterwochen genießen. Ich brauche keinen Babysitter."

„Ich weiß", sagte sie und klang verletzt. „Ich möchte einfach für dich da sein. Wie eine beste Freundin."

Jetzt hatte ich ein schlechtes Gewissen, weil ich so scharf reagiert hatte. Aber ich wollte ja wirklich, dass sie schöne Flitterwochen verbrachten.

Ich sagte: „Macht doch wenigstens eine Woche Urlaub. Die Polizei ermittelt ja in dem Mordfall. Und wir wissen nicht einmal mit Sicherheit, dass es ein Mord war." Obwohl ich mir im tiefsten Innern natürlich sicher war. „Eine Frau hat nicht jeden Tag Flitterwochen."

Lucy antwortete mit einem leisen Glucksen. „Mit Rafe

kommt es mir vor, als wären wir jeden Tag in den Flitterwochen. Ich habe das Gefühl, dass es immer so sein wird."

Musste sie mir das unter die Nase reiben? „Ich freue mich für euch." Und das stimmte wirklich.

Sie sagte: „Also, okay. Wir sehen uns in ein paar Tagen. Abgesehen davon, dass ich dir helfen wollte, weil ich wusste, dass du in Schwierigkeiten steckst, habe ich auch angerufen, um dir zu sagen, dass Lochlan auf dem Weg nach Tregrebi ist."

„Ach, wirklich?" Das passte ja zeitlich sehr gut.

„Er hat geschäftlich in Truro zu tun und hat Rafe heute Morgen angerufen, um ihm zu sagen, dass er vorbeikommt, um zu sehen, wie es Agnes und Sylvia geht." *Und dir*, klang unausgesprochen am Ende des Satzes nach.

„Großartig", antwortete ich und meinte es auch so. Ehrlich gesagt gab es niemanden, den ich im Moment lieber sehen wollte als Lochlan Balfour, weil er mir hoffentlich viel mehr über die Überwachungskamera erzählen konnte als der Vampir, dem sie gehörte.

Am anderen Ende der Leitung spürte ich, dass Lucy bei meiner Antwort hellhörig geworden war.

„Ja? Hast du Interesse an Lochlan?"

Ich prustete los. „Lucy, fang bloß nicht an mit dieser nervigen Angewohnheit, die glückliche Paare haben, dass sie einen immerzu verkuppeln wollen."

„Aber ich glaube wirklich, er mag dich."

„Ganz bestimmt. Ich mag ihn auch. Aber nicht so." Lochlan und ich hatten im Vorfeld von Lucys Hochzeit und in der Zeit danach recht viel Zeit miteinander verbracht, aber ich hatte nie das Gefühl gehabt, dass er in mir mehr sah als Lucys beste Freundin. Und ich mochte und bewunderte ihn, aber er war eben Rafes bester Freund. Ich hatte nicht den Eindruck, dass einer von uns beiden romantische Gefühle für den anderen hegte.

„Aber ich möchte wirklich, dass du etwas findest, das dich hier in England hält." Sie klang so erpicht darauf, mich hier zu behalten, dass ich ihr ihren plumpen Verkupplungsversuch sofort verzieh.

„Komm schon. Ich habe bereits versprochen, drei Monate zu bleiben und den neuen Laden zu führen."

„Aber ich will dich nicht nur für drei Monate hierhaben. Ich will dich für immer hier haben. Du bist meine beste Freundin. Wenn du hier bist, habe ich fast nie Heimweh nach den USA. Aber für mich war es etwas anderes, nach England zu kommen. Als ich umgezogen bin, hatte ich Granny in Oxford, und ich habe sie immer noch in Cornwall, nicht weit weg. Und ich habe Rafe. Aber ich bin mir nicht sicher, ob ein Strickladen ausreicht, um dich hier zu halten."

„Schau nicht zu weit in die Zukunft, Schwester." Was sie nicht wusste, war, dass es für sie hier zwar Dinge gab, die sie zum Bleiben bewegten, aber für mich gab es Dinge, die mich davon abhielten, nach Boston zurückzukehren. Das konnte ich ihr allerdings nicht sagen. Eines Tages vielleicht, aber nicht heute.

Stattdessen sagte ich: „Kannst du Lochlan ausrichten, dass wir heute Abend ein Treffen des Vampir-Strickclubs haben? Ich würde ihm gern ein paar Fragen stellen."

„Ich werde es ihm sagen", sagte sie und gab einen verärgerten Laut von sich. Ein bisschen wie Bärchen, wenn ich sie aus der Ladentür schob, weil sie im Weg war. „Ich wünschte, ich könnte auch dabei sein."

„Mach dir keine Sorgen. Wir stehen noch ganz am

Anfang der Ermittlungen zu diesem Todesfall. Ich bin mir sicher, dass es *nach* euren Flitterwochen noch viel für euch zu tun geben wird."

„Dass du mir den Fall bloß nicht löst, bevor ich da bin." Es sollte wie ein Scherz klingen, aber ich merkte, dass sie es ernst meinte.

Ich sagte: „Luce, wenn ich den Fall bis morgen lösen könnte, dann würde ich es tun, glaub mir. Aber ich glaube nicht, dass diese Möglichkeit besteht."

Dann wurde sie auf einmal ernst. „Jen, du musst auf dich aufpassen."

„Das werde ich. Bis bald. Und vergiss nicht, Lochlan wegen des Treffens heute Abend Bescheid zu sagen, okay?"

„Das werde ich." Dann sagte sie: „Sei gesegnet."

Ich erwiderte den Segen und legte auf.

Zu Gryffyn sagte ich: „Ich muss nach Hause und zur Ruhe kommen vor dem Treffen heute Abend." Vielleicht würde ich ein Nickerchen einschieben. Es war ein Tag, den ich nie vergessen würde.

Ich fragte mich, was der Abend bringen würde.

ICH WÜRDE NICHT SAGEN, dass ich der schüchternste Mensch der Welt bin, aber wie die meisten Menschen bin ich manchmal etwas ängstlich, wenn ich mich in eine neue Situation begebe. Heute Abend hatte ich allerdings das Gefühl, dass ich allen Grund hatte, misstrauisch zu sein. Stellen Sie sich vor, ich – warmblütig und ganz und gar Mensch – begebe mich mit voller Absicht in einen Raum voller Vampire. Und diese Vampire kannte ich noch nicht. Es waren nicht die freundlichen Vampire, die ich aus Oxford gewohnt war.

Sylvia hatte mich gewarnt, dass sie anders gestrickt waren. Aber wie anders? Erst als ich vor der geschlossenen Tür zum Frühstücksraum von Shadowbrook innehielt und mein Herz klopfen spürte, wurde mir klar, dass ich Angst hatte. Aber ich hatte nicht vor, mich mit Knoblauch zu wappnen und ein Kruzifix mitzunehmen oder so. Ich ahnte, dass man mich nur auslachen würde, wenn ich das täte.

Stattdessen verließ ich mich darauf, dass Agnes und Sylvia mich beschützen würden. Und Alfred, falls er dabei wäre. Und vielleicht auch Lochlan. Ob er wohl Lucys Nachricht erhalten hatte? Ich hoffte, dass er im Frühstücksraum sein würde, denn ich hatte ihn auf Lucys Hochzeit kennengelernt und glaubte, mich auf ihn als Beschützer verlassen zu können. Ich legte meine Hand auf den Türknauf und mir wurde klar, dass Rafe mich nicht nach Tregrebi hätte fahren lassen, wenn er den Vampiren hier in Cornwall nicht trauen würde.

Es war zehn nach zehn. Ich war absichtlich etwas später gekommen, damit Agnes und Sylvia den örtlichen Vampiren erklären konnten, wer ich war und dass sie mir vertrauen konnten.

Ich öffnete die Tür und trat ein. Die Gesprächskulisse verstummte. Alles Gesichter drehten sich zu mir. Einige blickten freundlich. Agnes und Sylvia lächelten mir aufmunternd zu.

Und Alfred, der Gott sei Dank auch hier war, sagte: „Jennifer, komm doch rein." Aber er hätte genauso gut sagen können: „Wir haben gerade über dich gesprochen", denn es war ziemlich offensichtlich, dass es um mich gegangen war.

Ich hielt inne und schaute mich im Raum um, denn ich war noch nicht ganz bereit, hineinzueilen.

Etwa ein Dutzend Vampire hatten ihre Arbeit unterbrochen, um die Warmblütlerin in ihrer Mitte zu begutachten. Sie saßen in Grüppchen an den Frühstückstischen von Shadowbrook. Ich lächelte und versuchte, mir mein Unbehagen nicht anmerken zu lassen.

Gryffyn Penrose stand auf, und ich sah, dass er einen dieser kornischen Fischerpullover strickte, die ich im Laden zu verkaufen hoffte. Er sah mit Stricknadeln und Wolle genau so souverän aus, wie ich ihn mir am Bug eines Schmuggelschiffs vorstellen konnte. „Jennifer", sagte er. „Danke für Ihre Gastfreundschaft."

„Keine Ursache", sagte ich, als ob mir etwas anderes übriggeblieben wäre. Für ein Treffen des Strickclubs in die Zinnmine hinabzusteigen, hätte mich noch nervöser gemacht, und der Laden war noch lange nicht fertig.

Ich betrachtete die Männer, die um den größten Tisch herum versammelt waren, und fragte mich, ob es ein kornisches Strickmuster gab, das mir unbekannt war. Sie hatten nämlich große Mengen eines weißen, schnurartigen Materials ausgebreitet, und dann wurde mir klar, dass sie Netze flickten. Das kam mir sehr altmodisch vor. Und es faszinierte mich. Aber natürlich würden diese Mitternachtsmatrosen ihr Material nicht in meinem Strickladen kaufen, oder doch? Ich würde mehr Leute in diesem Club dazu bringen müssen, Pullover, Socken und andere Sachen zu stricken.

„Männer, das ist Jennifer. Denkt dran, euch zu benehmen."

„Aye, Captain", sagten sie unisono und wippten mit den Köpfen.

„Das ist meine Mannschaft", sagte Gryffyn, und ich fragte mich, wozu er eine Mannschaft brauchte. Aber ich hielt den Mund.

Wenn ich neue Vampire kennenlernte, war mir vor allem wichtig, dass sie alle gut genährt aussahen. Zehn Uhr war spät für mich, aber früh für Vampire. Als sie aufgehört hatten, mich anzustarren, machten sie sich mit unglaublicher Geschwindigkeit wieder ans Stricken und Flicken der Netze. Und ich atmete erleichtert auf.

„Kommen Sie, setzen Sie sich hierher", sagte Gryffyn und wies auf einen Platz neben sich, an einem Vierertisch in der Nähe des Fensters.

Mir fiel auf, dass er sich mit keinem seiner Männer an einen Tisch gesetzt hatte. Er saß allein. Bis ich mich zu ihm setzte.

„Danke, dass du dich bereit erklärt hast, das Clubtreffen hier abzuhalten", sagte Agnes, die sich sichtlich freute, wieder in einer Gruppe zu stricken. „Wir werden dafür sorgen, dass morgen früh alles wieder ordentlich ist, wenn Mrs Biddle kommt."

Ich musste daran denken, wie wichtig es für Agnes war, sich hier in Cornwall akzeptiert zu fühlen. Und dass der Strickladen gut lief. Dabei ging es nicht nur um mich.

Ich setzte mich zu Gryffyn an den Tisch und öffnete meine Stricktasche. Ich hatte beschlossen, an etwas Einfachem zu arbeiten, da ich meinen Verstand so leistungsfähig wie möglich halten wollte. Ich hoffte nämlich, dass Lochlan auftauchen würde und dass wir Gelegenheit hätten, Informationen über die Leiche, die ich gefunden hatte, auszutauschen.

Ich strickte gestreifte Socken, weil ich dachte, ich könnte

sie brauchen, wenn der Sommer vorbeiging und es in Cornwall langsam Winter wurde. Ich hatte keine Ahnung, wie kalt es hier werden würde, aber so nah am Meer würde es sicher kühl und feucht sein. Wollsocken schienen mir vernünftig.

Außer Gryffyn und seiner Mannschaft waren noch Agnes, Sylvia, Alfred und drei weitere Vampire im Raum. Gryffyn stellte mir seine Männer vor. Bis ich sie besser kennengelernt hätte, waren sie relativ austauschbar. Alle nickten mir zu und murmelten eine Art Gruß.

Der mürrische Typ, der mich erst in das Bergwerk hinein- und dann wieder hinausbegleitet hatte, saß allein an einem Tisch. Er schien ein Einzelgänger zu sein. Ein einsamer Vampir. Ich fragte mich, ob er deshalb als Wachtposten eingesetzt wurde.

Als Gryffyn ihn mir vorstellte, erfuhr ich, dass er Robin hieß. Seinen Nachnamen hatte Gryffyn nicht genannt.

Robin nickte kurz und sagte „Wir kennen uns schon."

So ganz stimmte das meiner Meinung nach nicht. Kannte man jemanden, wenn er einem erst befohlen hatte, draußen zu bleiben und dann, ihm zu folgen? Wie hatten uns ja weder unterhalten noch unsere Namen genannt.

Die beiden anderen Vampire – die nicht zu Gryffyns Mannschaft gehörten – schienen viel netter zu sein. Eine von ihnen war eine Frau namens Gwendolyn Poulsen, die wie eine Lehrerin – oder eine andere Autoritätsperson – aussah und im Stil der vierziger oder fünfziger Jahre gekleidet war. Ich war mir nicht ganz sicher. Sie hatte ein strenges, scharfkantiges Gesicht, aber freundliche Augen.

Sie sagte: „Es freut mich sehr, Sie kennenzulernen", und ich hatte den Eindruck, dass ihre Stimme nach englischer Oberschicht klang.

Wie gesagt, kann ich Akzente nicht gut auseinanderhalten, aber irgendetwas an ihr vermittelte mir den Eindruck, dass sie gebildet war.

Sie sagte: „Ich habe es satt, Wolle und Strickzubehör online zu bestellen, deshalb ist es toll, dass wir einen Laden vor Ort haben werden. Ich hoffe, Sie machen auch Sonderbestellungen für das, was wir brauchen."

Ich versicherte ihr, dass ich das tun würde.

Als Letzter wurde der Mann vorgestellt, der neben Gwendolyn saß. Er war so ein Surfer-Typ. Ehrlich gesagt, wenn ich ihm in den USA begegnet wäre, hätte ich vermutet, dass er aus Kalifornien kam. Das lag an seinem gebräunten Gesicht, dem strubbeligen blonden Haar und dem durchtrainierten Körper, mit dem er sich auf seinem Stuhl lässig zurücklehnte. Er trug abgeschnittene Jeansshorts, Espadrilles und ein weißes, offenes Hemd über einem roten T-Shirt.

Gryffyn stellte ihn als Dougan vor – auch bei ihm nannte er keinen Nachnamen.

Ich war etwas enttäuscht, als ich sah, dass Dougan sich mit Makramee beschäftigte. Das sah ein bisschen aus wie die Fischernetze, aber ich glaubte nicht, dass er Teil einer nächtlichen Schiffsbesatzung war. „Woran arbeiten Sie?", fragte ich.

Er grinste. Er hatte ein tolles Lächeln. „Das wird eine Hängematte. Ich dachte, ich probiere es mal aus, darin zu schlafen." Er war kein Amerikaner, sondern Australier.

„Okay", sagte ich. „Stricken Sie manchmal auch Pullover oder Socken oder so?"

„Also, ich kann stricken und werde es wahrscheinlich auch tun, wenn wir anfangen, uns regelmäßig zu treffen.

Aber ich sitze nicht gern allein da und stricke. Das ist doch ein bisschen langweilig, nicht wahr?"

Ja, er sah ganz und gar nicht aus, wie einer, der allein herumsaß. Er musste im Freien sein und Abenteuer erleben. Ich hätte wetten können, dass er erst in den letzten dreißig Jahren verwandelt worden war. Wenn er vor dreihundert Jahren gelebt hätte, wäre er Gryffyn möglicherweise sehr ähnlich gewesen.

„Was haben Sie im Leben gemacht, Dougan?" Ich wusste nicht, warum mich das so interessierte.

„Ich war Profisurfer", sagte er, und ich war ziemlich stolz, richtig geraten zu haben. „Ich bin durch die ganze Welt gereist. Einige der besten Surfer der Welt sind hier in Cornwall, und das hat mich umgehauen. Ich war fast ertrunken, als sie mich fand." Er neigte seinen Kopf in Richtung Gwendolyn.

Lucy hatte mir erzählt, wie Sylvia Agnes, als diese bei einem schlimmen Überfall fast gestorben wäre, in einen Vampir verwandelt hatte. War Dougan etwas Ähnliches passiert?

Natürlich schaltete Gwendolyn sich in die Erzählung ein. „Ich hatte ihn beim Surfen beobachtet. Er war wirklich gut. Doch dann kam ein Sturm auf, sein Brett traf ihn am Kopf, und er ging zum dritten Mal unter. Ich sah, wie er da draußen um sein Leben kämpfte. Ich hätte mich nicht eingemischt, aber ich fand es schade, ein so junges, energiegeladenes Leben einfach so zu verschwenden."

„Nein. Ich bin froh, dass du mich erwischt hast." Er schaute sich im Raum um. „Es ist ein anderes Leben, das ist sicher. Aber jetzt surfe ich die ganze Nacht und brauche mir nie Sorgen zu machen, dass ich mich verletze." Er grinste mich an. „Es ist fantastisch."

Ich musste lachen. Noch nie hatte ich jemanden so vom Vampirdasein schwärmen hören. Ich war zwar noch nicht lange mit Vampiren bekannt, aber es war trotzdem schön, jemanden zu sehen, der sein Schicksal mit Fröhlichkeit annahm.

Als ich Gwendolyn gerade fragen wollte, wie sie zur Vampirin geworden war, öffnete sich die Tür zum Frühstücksraum und Lochlan Balfour trat herein. Ich freute mich sehr, ihn zu sehen, nicht aus dem Grund, den Lucy sich erhofft hatte, sondern weil ich wusste, dass er genial und kompetent war – und sich genauso für Amateurdetektivarbeit interessierte wie ich.

„Tut mir leid, dass ich zu spät komme", sagte er. „Ich habe mir noch die Aufnahmen der Überwachungskameras angesehen."

Jetzt, wo er da war, horchten wir alle auf. Es ging eine Energie von ihm aus. Er wirkte wie der CEO eines Fortune-500-Unternehmens, der in eine Vorstandssitzung spazierte und die Energie im Raum gleich um das Zehnfache steigerte. Diese Funktion hatte er ja in seiner Firma wirklich inne, und so war es nicht verwunderlich, dass er dieselbe Energie in den Strickclub in Cornwall mitbrachte.

In der einen Hand hatte er eine Laptoptasche, unter dem anderen Arm trug er einen Projektor mit Leinwand. Er stellte gleich die Leinwand auf und öffnete die Tasche. Dann fragte er: „Wie hast du dich bisher hier eingelebt, Jennifer?"

Da ich ihn seit meiner Ankunft in Tregrebi nicht mehr gesehen hatte, war das eine gute Frage. „Nicht schlecht, abgesehen davon, dass ich an meinem zweiten Tag hier über eine Leiche gestolpert bin."

Er nickte. „So ein Pech aber auch. Aber Lucy sagt, dass du dich für den Fall interessierst."

„Das stimmt. Er war so jung, und da ich ihn gefunden habe, fühle ich mich irgendwie verantwortlich. Ich spüre einen seltsamen Drang, ihm Gerechtigkeit widerfahren zu lassen."

Er nickte erneut. „Ich kann verstehen, warum du und Lucy beste Freundinnen seid. So ein Satz hätte auch von ihr kommen können."

Dann ergriff Gryffyn das Wort. „Und ich habe ein persönliches Interesse daran, dass dieser Fall gelöst wird, damit ich die Polizei von der Sardinenbucht fernhalten kann. Einen Tatort fast direkt in meinem Vorgarten zu haben, kommt mir sehr ungelegen."

„Das kann ich vollkommen verstehen", sagte Lochlan.

Und Robin, der mürrische untote Wachmann aus der Zinnmine, sagte: „Vielleicht kann ja das Auftauchen einer Leiche die anderen Tagwandler davon abhalten, sich an Orten herumzutreiben, wo sie unerwünscht sind." Er warf mir einen Blick zu, aber ich redete mir ein, dass er mich zu denen rechnete, die die Tagwandler fernhalten wollten, und nicht als eine Tagwandlerin, die ihm nur ein Dorn im Auge war.

Während Robin sprach, packte Lochlan seine Laptoptasche aus. Er holte einen superschicken Laptop heraus, und Stifte, mit denen man auf einem Bildschirm schreiben konnte. Da merkte ich, dass es keine Leinwand war, die er aufgestellt hatte, sondern ein schickes Whiteboard.

„Wir alle haben Gründe, diesen Mord aufklären zu

wollen. Ich zeige euch, was ich mir ausgedacht habe, und vielleicht können wir ja all unsere Informationen zusammenlegen?" Er schaute sich im Raum um.

Ich nickte zustimmend.

Wir müssen alle genickt haben, denn er sagte: „Gut. Was wissen wir bis jetzt? Was sind die brennenden Fragen, auf die wir die Antworten finden müssen?" Er wandte sich mir zu. „Jennifer, könntest du uns genau sagen, was du gesehen hast – und auch deine Eindrücke schildern –, als du das Pech hattest, diesen toten jungen Mann zu finden?"

Mir gefiel seine sowohl sachliche als auch mitfühlende Art. Nicht alle hier konnten begreifen, dass es für mich kein alltägliches Erlebnis gewesen war, eine Leiche zu finden. Das Entsetzen darüber erschütterte mich immer noch. Ich stand auf, weil ich es für richtig hielt, und wandte mich meinem Publikum zu.

Robin nahm ein Taschenmesser heraus und reinigte sich die Nägel, während ich sprach. Es war ekelhaft, aber ich sagte nichts. Ein paar der Seeleute arbeiteten weiter an ihren Netzen, aber alle anderen schenkten mir ihre volle Aufmerksamkeit. Sogar der Surfer.

Ich ging alles durch, was ich gesehen hatte, auch den Spaziergänger mit dem Hund und die junge Frau, von der ich jetzt wusste, dass sie Hattie Moyle hieß. Und dann musste ich schwer schlucken, bevor ich den Leichenfund beschrieb. Es war wie ein Film, der vor meinen Augen ablief, und da mich niemand unterbrach, konnte ich ihn auf meine Weise erzählen. Angefangen damit, wie ich bis zu dem menschenleeren Strand hinabgestiegen war …

Ich beschrieb, was ich gesehen hatte, wie sein Körper dagelegen hatte, was er angehabt hatte und dass der Rucksack neben ihm stand. Ich vergeudete keine Zeit damit, lang und breit zu erläutern, warum das darauf hindeutete, dass er nicht herabgestürzt war. Diese Schlussfolgerung hätte jeder für sich selbst ziehen können. Oder auch nicht, je nachdem.

Jetzt meldete sich Gryffyn zu Wort. Er sagte, er habe mich dort in meiner Verzweiflung gefunden und dann die Leiche durchsucht. Er erzählte ihnen, was er mir gesagt hatte, dass das Blut abgestanden war und er sicher war, dass der Mann seit mindestens drei oder vier Stunden tot war und dass sein Schädel eingeschlagen war. Ich erschauderte, als er das sagte. Er hielt den Papierfetzen hoch, den er in der Tasche des Toten gefunden hatte.

Lochlan schrieb *Carenna* und die Telefonnummer auf das Whiteboard. Dann fragte er, ob es irgendwelche Fragen gäbe. Gwendolyn fragte, ob es Verletzungen gab, die auf einen Sturz vom Küstenweg hindeuteten. Das hielt ich für eine ausgezeichnete Frage.

Gryffyn sagte: „Meiner Meinung nach nicht. Dazu waren die Verletzungen nicht schlimm genug. Er hat weder blaue Flecken noch Platzwunden an Gesicht und Händen. Keine Knochenbrüche. Ich glaube, er wurde von hinten angegriffen und getötet."

Sie nickte. „Könnte er gestürzt sein und sich den Kopf aufgeschlagen haben? Auf dem Wanderweg kann es sehr rutschig werden, und wenn er so spät in der Nacht – oder früh am Morgen, wie in dem Fall – unterwegs gewesen war, könnte er da nicht getrunken oder irgendwelche Drogen genommen haben?"

Ich hatte sie gleich für eine intelligente Frau gehalten und war erfreut zu sehen, dass ich recht hatte.

Gryffyn hielt inne und schien darüber nachzudenken.

Dann nickte er langsam. „Das halte ich durchaus für möglich." Er begann, den Vorgang zu mimen. Die Füße rutschten unter ihm weg, und er ruderte dramatisch mit den Armen und tat so, als würde er nach hinten fallen. Er legte die Hand hinten an seinen eigenen Schädel und sagte „Bum", um zu veranschaulichen, wie sein Kopf gegen den Felsen knallte, und dann sagte er: „Aber dann hätte er noch genug bei Bewusstsein sein müssen, um sich umzudrehen und vielleicht zu versuchen, aufzustehen."

Alle nickten.

Dann meldete sich einer der Matrosen zu Wort. ‚Ich habe mal einen Mann gesehen, der das getan hat. Das war bei einer üblen Kneipenschlägerei in Lissabon."

Der Mann neben ihm sagte: „Nein, es war in Kapstadt, wenn es das ist, woran du denkst."

„Kapstadt, ja? Jedenfalls war da eine große Schlägerei im Gange. Und ein Mann wurde mit einem Stein auf den Hinterkopf geschlagen, genau wie du es beschreibst. Er fiel hin und schien tot zu sein. Und dann begann er sich wieder zu erheben. Er musste ein zweites Mal geschlagen werden, nicht wahr? Das brachte ihn zu Fall."

Ich konnte nicht umhin, mich zu fragen, ob die Hand dieses Mannes den Stein geschwungen hatte, aber ich fragte nicht laut.

„Ein Unfalltod kommt also immer noch in Frage?", fragte ich recht eifrig.

„Ja", stimmte Gryffyn zu. „Möglich. Er könnte gestürzt sein, sich den Schädel gebrochen haben, versucht haben, aufzustehen, und dann hat ihn die katastrophale Wunde überwältigt, und er ist nach vorne gefallen und gestorben." Er schien zu tun, was ich getan hatte, es wie einen Film ablaufen zu lassen. Dann sagte er: „Aber ich habe keinen Blutfleck auf einem Stein in der Nähe bemerkt."

Lochlan ergriff wieder das Wort. „Gut erklärt, Jennifer und Gryff. Vielen Dank." Dann blickte er zu mir. „Möchtest du den Rest der Sitzung leiten?"

Ich fand es gut, dass er fragte, aber es war mir sehr recht, wenn er weiterhin die Führung übernahm, und das sagte ich ihm auch. Er nickte. Dann zog er die Kappe von einem blauen Stift. Er schrieb das Wort *Opfer* an die Tafel und unterstrich es.

Auf seinem Laptop rief Lochlan ein Polizeifoto auf, das eindeutig im Leichenschauhaus aufgenommen worden war. Es zeigte das Gesicht des Toten. Es gab ein weiteres Bild: von der Kleidung, die er getragen hatte.

„Woher hast du die?", musste ich ihn fragen.

Er wies zu Gryffyn. „Gryff hat Kontakte bei der Polizei. Und im Leichenschauhaus."

Nun, das war interessant. Davon hatte mir Gryffyn nichts gesagt.

Lochlan sagte: „Kennt ihn jemand? Er heißt Daniel Rutherford. Und er war zwanzig Jahre alt."

Robin hörte auf, sich die Nägel zu säubern, stand auf und ging in die Nähe des Laptop-Bildschirms, um ihn zu betrachten. „Ja. Den hab' ich geseh'n. Trieb sich bei der Mine rum. Wir hatten in letzter Zeit mehr Tagwandler als sonst. Sollte mit 'ner Schrotflinte auf die losgehen."

„Das musst du mit Rafe aushandeln", sagte Lochlan.

Und ich wusste mit ziemlich Gewissheit, was Rafe zu dieser Idee sagen würde.

Robin sagte: „Ich würd' die ja nich' umbringen. Ihnen einfach 'nen Schrecken einjagen."

„Auch das musst du mit Rafe besprechen." Lochlan wandte sich zu mir. „Robin war der Wildhüter von Shadowbrook. Er ist immer noch der Meinung, man sollte Eindringlinge erschießen und Wilderer aufhängen."

„Denen 'ne Lektion erteilen", murmelte Robin und machte sich wieder an die Reinigung seiner Nägel.

Ich hatte den ziemlich deutlichen Verdacht, dass er Rafe bereits gefragt und ein klares Nein von ihm erhalten hatte.

Dann rief Lochlan eine Aufnahme auf, die eindeutig von einer Überwachungskamera stammte. „Ist er das?', fragte er Robin.

„Das is' er. Die drei hingen ewig da rum. Versuchten es an der Tür und stöberten weiter rum. Ha'm versucht, durch den Schornstein zu gelangen. Natürlich konnten sie das nicht." Er nickte Lochlan zu. „Dafür haste ja gesorgt."

Auf dem Bildschirm waren drei Personen zu sehen. Ich sah im Hintergrund einen der Schornsteine und drei Personen, die dort standen. Es waren Hattie, der mittlerweile verstorbene Daniel Rutherford und der Typ, von dem ich nur den Vornamen wusste, Nick.

Ich erzählte Lochlan, dass Hattie das Mädchen war, an dem ich auf dem Weg vorbeigegangen war, und dass sie geweint hatte.

Lochlan fragte: „Meinst du, sie hat ihn getötet?"

„Vielleicht. Ich hatte angenommen, sie hörte einen wirklich traurigen Podcast oder ein Hörbuch, als sie die Kopfhörer aufhatte."

„Du musst sie finden und mit ihr reden", sagte Lochlan zu mir.

Ich nickte. Das dachte ich mir auch. „Ich habe schon

einmal mit ihr gesprochen, aber ja, ich werde noch einmal mit ihr reden."

Auf den Aufnahmen standen Hattie und Nick um Daniel herum, der ein Handy in der Hand hielt.

„Sein Handy ist weg", sagte ich.

Lochlan sagte: „Und hier wird es richtig interessant." Er rief weiteres Filmmaterial auf.

Entweder hatte jemand viel Zeit damit verbracht, das Filmmaterial zu sichten, oder er verfügte über eine ausgeklügelte neue Technologie, mit der man nach einem bestimmten Gesicht suchen und die Ergebnisse aufrufen konnte.

Gryffyn sagte: „Moment mal, das ist doch mein Guckloch."

Lochlan sah leicht amüsiert aus. „Dein Guckloch ist auch ein hochmodernes Überwachungssystem."

Und auf diesem Überwachungsvideo waren dieselben drei Personen zu sehen, in denselben Klamotten – ich fragte mich also, ob es am selben Tag gewesen war – und wieder starrten sie auf Daniels Handy.

Gryffyn stand plötzlich auf. „Hat jemand Geheimnisse ausgeplaudert, die er nicht hätte ausplaudern sollen?" Er sah ziemlich grimmig aus, als er die anderen Vampire anschaute.

Es lag ein Hauch von Spannung in der Luft. Mir gefielen die finsteren Emotionen nicht, die er ausgelöst hatte.

Lochlan legte seine Hand auf Gryffyns Schulter. „Nehmen wir mal an, das ist nicht passiert. Denk nach. Warum sollte ein ortsansässiger Vampir Tagwandler anlocken wollen? Wir schützen uns selbst, indem wir uns gegenseitig schützen." Seine Worte hatten die gewünschte Wirkung.

Gryffyn beruhigte sich und sagte: „Es ist aber doch ein sehr seltsamer Zufall, nicht wahr?"

„Das ist es. Aber schauen wir uns die anderen Möglichkeiten an." Dann zeigte Lochlan eine Nahaufnahme von Daniels Handy, ein ziemlich normales Modell in einem schwarzen Gehäuse. „Ich will, dass heute Abend ein Suchtrupp ausrückt", sagte Lochlan. „Wir werden den Strand absuchen und sehen, ob wir das Telefon finden. Ich gehe davon aus, dass wir, wenn wir das Telefon finden, Hinweise auf den Todesfall bekommen."

„Aber sind diese Telefone nicht sicherheitstechnisch geschützt?", fragte ich.

Er grinste mich schalkhaft an. „Vor mir nicht."

Richtig.

Auf dem Whiteboard fügte Lochlan die Überschrift „Verdächtige" hinzu, und darunter schrieb er:

Tagwandler 1, weiblich. Hattie Moyle.
Tagwandler 2, männlich. Nick?

Damit kam man nicht weit. Ich hatte das Gefühl, Robins Name sollte auf die Liste gesetzt werden, sagte es aber nicht.

Stattdessen sagte ich: „Ich habe die Besitzer vom Carenna House kennengelernt. Könnte es irgendeine Verbindung zwischen Daniel Rutherford und dem Haus geben? Da er die Telefonnummer in seiner Tasche hatte?"

„Hervorragendes Argument, Jennifer", sagte Lochlan. „Das könnte eine dieser zufälligen Informationen sein, die sich als unwichtig herausstellen, oder aber ein entscheidender Hinweis." Er sah sich um. „Kennt jemand Lord und

Lady Gilpin gut genug, um ihnen einen privaten Besuch abstatten zu können?"

„Ich nicht", sagte Gryffyn mit harter, emotionsloser Stimme.

Es meldete sich auch sonst niemand.

Ich sagte: „Also, ich weiß, dass es in dem Haus Besuchstage gibt. Ich sollte mich vielleicht mit der Umgebung vertraut machen. Ich könnte ja mal bei einer Besichtigungstour dort teilnehmen, man kann nie wissen."

Es mochte weit hergeholt sein, aber wir hatten nur wenige andere Anhaltspunkte.

Lochlan nahm Lord und Lady Gilpin in seine Liste der Verdächtigen auf. Es schien schwer vorstellbar, dass sie Mörder wären, aber die ganze Angelegenheit schien ja überhaupt schwer vorstellbar.

Nachdem der Informationsaustausch über den Mord abgeschlossen war, widmeten sich alle wieder dem Stricken, dem Makramee oder dem Flicken von Netzen. Ich warf einen Blick auf Agnes und Sylvia, die beide eifrig an Fischerpullovern strickten. Ich fand es toll, dass sie bereits das Sortiment des neuen Ladens vor Augen hatten.

Dann richtete ich meine Aufmerksamkeit auf Gryffyn, der immer noch an seinem Fischerpullover strickte. Hatten Agnes oder Sylvia ihn gebeten, einen zu stricken, oder war es Zufall? Ich musste ihn einfach fragen. „Ist der für den Laden?"

Er erwiderte meinen Blick. „Aber natürlich. Was sollte ich mit so einem tollen, dicken Pullover anfangen? Ich spüre die Kälte nicht. Sie können ihn sehr gern zu einem überhöhten Preis an einen Touristen verkaufen."

KAPITEL 11

$\mathcal{U}$m Mitternacht ging ich ins Bett und fragte mich, worauf ich mich da eingelassen hatte. Vampire aus Cornwall, die Fischernetze und Hängematten herstellten, statt Pullover zu stricken. Ein Geschäft praktisch ganz allein zu betreiben. Und das Gefühl, dass ich meines Lebens nicht mehr froh würde, wenn ich nicht zur Aufklärung des Mordes an Daniel Rutherford beitrug.

Der Schlaf ließ auf sich warten, und gegen drei Uhr morgens stand ich resigniert auf. Mir war heiß, ich hatte mich in der Bettwäsche verheddert und ich konnte nicht verhindern, dass mir immer wieder durch den Kopf ging, was ich beim Treffen des Strickclubs erfahren hatte. Warum waren Daniel, Nick und Hattie am Eingang der Zinnmine und an der Backsteinmauer

aufgetaucht, die den Tunnel zu Gryffyns Haus verbarg?

Es musste da eine Verbindung geben, aber welche? Die Vampire blieben außer Sichtweite und lebten friedlich vor sich hin. Nur wenige hatten wie Lochlan eine steile Karriere hingelegt. Die meisten lebten in der Dunkelheit und mieden die Sterblichen. Was also hatte diese drei Sterblichen dorthin gelockt, wo Vampire hausten?

Vom Rauschen des Meeres angelockt, öffnete ich die Balkontür und trat hinaus. Ich sah, wie das Mondlicht auf den tosenden Wellen glitzerte, und einen Moment lang war ich sicher, ein Seemannslied zu hören, das wie von einem Männerchor gesungen wurde. Ich schüttelte den Kopf. Der Schlafmangel machte mir zu schaffen. Dann erhaschte ich– aber nur eine Sekunde lang – einen Blick auf die hohen Masten eines Segelschiffs wie aus *Meuterei auf der Bounty*.

Vielleicht hatten mich mein Gehör und mein Verstand doch nicht getäuscht. Hatten die Matrosen deshalb Netze repariert? Was machten sie mitten in der Nacht da draußen?

Nach einer Weile wurde es mir zu kalt, und Bärchen kam zu mir. Ich nahm sie auf den Arm, ging zurück ins Haus, schloss die Balkontür und kroch ins Bett. Doch als ich einschlief, hörte ich ganz leise das Echo eines Seemannsliedes.

Am nächsten Morgen beschloss ich herauszufinden, was da los war. Es gab zu viele Fragen, auf die ich keine Antwort wusste, aber wenn die nächtlichen Abenteuer von Gryffyn und seiner Mannschaft etwas mit dem Mord zu tun hatten, musste ich es wissen.

Ich wusste, dass ich etwas übersehen hatte. Etwas Wichtiges. Ich hatte das Gefühl, etwas gesehen oder etwas von jemandem gehört zu haben, das ich nicht ganz verstanden hatte. Es war durch meine gestörten Träume geflattert, durch die wenigen Träume, die ich in dem wenigen Schlaf der letzten Nacht gehabt hatte.

Bärchen, die sich zweifellos darüber ärgerte, dass ich sie

so oft in ihrem Schlummer gestört hatte, setzte sich auf das Fußende meines Bettes und starrte mich ärgerlich an.

„Ich kann es nicht ändern", sagte ich. „Ich hätte auch gerne eine schöne, ruhige Nacht gehabt."

Sie stieg über das zerwühlte Bettzeug und ließ sich dann, als sie meine Seite erreichte, auf den Rücken fallen und zappelte herum. Sie war so bezaubernd, dass ich lachen und ihr den Bauch streicheln musste. Dann stand ich auf und trat wieder auf den Balkon hinaus. Wenigstens konnte ich von hier aus das Meer sehen.

Ich hatte das Gefühl, dass dies ein Teil meines Traums gewesen war. Ich war auf dem Meer gewesen, die Wellen schlugen hoch. War ich ins Wasser gefallen? In meinen Träumen? Ich dachte, ich hätte mich gegen das Ertrinken gewehrt. Nun, jetzt war ich hellwach. Die Morgendämmerung begann gerade, den Horizont zu bemalen. Ich spürte den Drang, hinauszugehen und daran teilzuhaben.

Vielleicht waren ein flotter Spaziergang und etwas frische Luft genau das, was ich brauchte.

Ich zog mir eine Jeans und einen Wollpullover an, band mein Haar zurück und nachdem ich mir schnell das Gesicht gewaschen und die Zähne geputzt hatte, ging ich los. Ein Teil von mir sehnte sich nach Kaffee, ein anderer Teil wollte einfach nur raus und spazieren gehen. Da das Kaffeekochen den Drachen, auch bekannt als Mrs Biddle, hätte aufwecken können, beschloss ich, auf diesen Genuss zu verzichten.

Bärchen schien keine Lust zu haben, mir zu folgen, und rollte sich stattdessen in der Mitte meines Bettes zusammen, wo sie wieder einschlief.

Ich ging hinaus und machte mich auf den Weg zum Küstenwanderweg. Es war diese seltsame, magische Zeit zwischen Dunkelheit und Morgengrauen, in der ich im Dämmerlicht aufpassen musste, wo ich die Füße hinsetzte. Aber allmählich wurde es heller Tag, und ich konnte meinen Weg klarer sehen. Das war genau das, was ich brauchte. Die frische Brise wehte die Nebel des Schlafes fort. Als es heller wurde und ich besser sehen konnte, ging ich schneller, und bald war ich außer Atem und schwitzte. Es war ein wunderschöner Morgen, und ich war plötzlich sehr froh, in diesem Moment hier zu sein. Ich atmete die salzhaltige Luft tief ein und betrachtete den Sonnenaufgang, der einen neuen Tag versprach.

Es war leicht, meine unruhige Nacht zu vergessen, während die Seevögel spielten und tauchten und das Meer selbst aus der Dunkelheit in ein funkelndes Blau überging.

Obwohl ich schlechte Erinnerungen damit verband, fühlte ich mich zu der Bucht hingezogen, in der ich Daniels Leiche gefunden hatte und von der ich jetzt wusste, dass es dort einen Tunnel zu Gryffyn Penroses Haus gab.

Ich stieg die krummen Stufen des Steilpfades hinunter, der zur Bucht führte. Ich konnte nicht umhin, zu Gryffyns Haus hinaufzuschauen und mich zu fragen, ob er wohl drinnen war. War er von seiner nächtlichen Beschäftigung zurückgekehrt? Oder war er noch irgendwo auf dem Meer unterwegs? Das Haus war völlig dunkel und gab mir keinerlei Anhaltspunkte.

Jetzt hätte ich *wirklich* gerne einen Kaffee getrunken. Stattdessen fand ich einen Baumstamm, auf den ich mich setzen konnte. Hier könnte ich nachdenken. Das Rauschen der Wellen wirkte meditativ, und ich dachte, wenn ich mich einfach treiben ließe, würde mir vielleicht klar, was mir mein

Unterbewusstsein wohl zu sagen versucht hatte, als es mich die halbe Nacht lang wachgehalten hatte.

Ich starrte auf das Wasser und bemerkte, dass ich nicht als Erste hier angekommen war. Eine einsame Gestalt kraulte durch die Bucht. Der Gedanke, die erste wache Person in der Gegend gewesen zu sein, hatte mich mit einer gewissen Genugtuung erfüllt, die nun der Erkenntnis weichen musste, dass jemand nicht nur vor mir hier angekommen, sondern auch noch sportlich war. Der Schwimmende legte ein ziemlich gutes Tempo vor.

Kaum kam mir der Gedanke, dass es Gryffyn sein könnte, verwarf ich ihn wieder. Schon von weitem wusste ich, dass er es nicht war.

Ich fragte mich, ob es überhaupt sicher war, so alleine zu schwimmen. Der oder die einsame Badende musste fast im Dunkeln losgeschwommen sein. Aber er oder sie schien keinerlei Probleme zu haben. Und der Rhythmus der gleichmäßigen Kraulbewegungen hatte etwas Beruhigendes. Die Person erreichte das eine Ende der Bucht und drehte, ohne auf den Felsen zu pausieren, einfach um und schwamm wieder zurück. Erst jetzt bemerkte ich ein graues, plüschiges und ordentlich gefaltetes Handtuch, das nicht weit von mir auf einem Felsen lag.

Ich saß vielleicht noch fünfzehn oder zwanzig Minuten da, aber was auch immer mein Unterbewusstsein mir in der Nacht zu sagen versucht hatte, war verschwunden.

Der Schwimmer drehte sich um und machte sich auf den Weg zum Ufer. Das Kraulen ging in ein träges Brustschwimmen über, und dann erhob sich ein Mann aus dem Meer und begann, den felsigen Strand hinaufzugehen. Während er das tat, kamen zwei Raben, die am Himmel gekreist hatten, heruntergeflogen und setzten sich auf seine Schultern. Es war ein ganz ungewöhnlicher Anblick. Waren es Haustiere? Oder, wie eine leise Stimme in meinem Kopf sagte, *Vertraute*?

Es schien, als würden sie mit ihm reden, und er hörte zu. Es wäre ein großartiges Foto geworden, aber etwas hielt mich davon ab. Das Bild strahlte eine Intimität aus, in die ich nicht eindringen wollte. Dadurch, dass ich sie anstarrte, drang ich vermutlich doch in ihre Privatsphäre ein, aber was hätte ich tun sollen?

Es kam ein Moment, in dem ich wusste, dass er mich gesehen hatte. So, als hätte ihn einer der Raben auf meine Anwesenheit aufmerksam gemacht. Sein Blick schweifte über den Strand und fand mich. Er hob die Hände, fast wie die Geste beim Yoga, wenn man *Namaste* sagt. Er presste seine Handflächen zusammen und führte sie an sein Herz.

Die Raben flogen plötzlich davon.

Der Mann nahm sein Handtuch, trocknete sich die Haare und kam dann, das Handtuch um die Hüfte geschlungen, auf mich zu. Er war etwa in den Fünfzigern, hatte schütteres blondes Haar, sehr helle blaue Augen und ein rundes, humorvolles Gesicht. Er hatte irgendein dunkles Tattoo auf der Brust, und als er näherkam, erkannte ich, dass auf seiner Brust zwei Krähen tätowiert waren, eine auf jeder Seite. Nein, nicht Krähen, Raben. Wie die, die sich auf seine Schultern gesetzt hatten und dann gen Himmel geflogen waren, um dort weiter ihre Kreise zu ziehen.

Seine Tätowierungen zeigten Raben im Flug, die ihre Schnäbel einander zuneigten, als würden sie sich unterhalten. Die Prozedur musste langwierig und schmerzhaft gewesen sein, denn die Tätowierungen nahmen den größten

Teil seiner Brust ein. Es war außerdem eine breite Brust, muskulös, vermutlich durch das viele Schwimmen.

Da er direkt auf mich zusteuerte, kam ich mir blöd vor, wie ich da auf dem Baumstamm saß, also stand ich auf.

„Guten Morgen", sagte er.

„Guten Morgen", antwortete ich. „Braucht man da draußen keinen Neoprenanzug?"

Er blickte zurück auf den Ozean. „Die Meerestemperatur ist das ganze Jahr über gleich, ein Grad mehr oder weniger. Man braucht nur jeden Tag hinzugehen. Dann gewöhnt sich der Körper daran."

„Werde ich mir merken", sagte ich, obwohl ich ziemlich sicher war, dass ich dem Club für ganzjähriges Schwimmen im Morgengrauen niemals beitreten würde. Aber ich bewunderte ihn dafür. „Schwimmen Sie wirklich jeden Tag im Meer?"

Er schien darüber nachzudenken. „Es sei denn, der Sturm ist so heftig, dass es Selbstmord wäre. Aber sonst, ja, so ziemlich jeden Tag. Es ist die Regelmäßigkeit, die es erträglich macht. Und es ist sehr erfrischend, zum Wachwerden ins kalte Wasser zu springen. Hervorragend für den Kreislauf."

„Das kann ich mir vorstellen."

Ich trug einen Wollpullover und Jeans und spürte die Kühle des frühen Morgens. Er hatte kaum eine Gänsehaut.

Ich sagte, weil ich direkt darauf starrte: „Das ist eine tolle Tätowierung, die Sie da haben."

„Huginn und Muninn", sagte er.

Huginn und Muninn kamen mir irgendwie bekannt vor, aber ich konnte mich nicht erinnern, woher. Also nickte ich einfach. „Hat es weh getan?" Ich weiß, das war eine seltsame Frage an einen Fremden, aber ich hatte sie bereits gestellt, bevor mir einfiel, dass ich den Mann ja gar nicht kannte. Irgendetwas an ihm gab mir das Gefühl, wir würden uns schon lange kennen.

Seine Augen begannen zu funkeln. „Ich habe eine betäubende Salbe benutzt, und zwar eine ganze Menge davon. Und mehr als drei Stunden am Stück konnte ich nicht aushalten. Die Antwort auf Ihre Frage lautet also ja. Mit dem Ergebnis bin ich allerdings zufrieden."

„Es ist wirklich beeindruckend."

Er lachte und streckte seine Hand aus. „Ich bin Andrew Jackson."

Meine Augen wurden groß. „Andrew Jackson, wie der Präsident?"

Seine Hand war kalt, aber ich konnte an den vom kalten Wasser geröteten Wangen erkennen, dass er nicht untot war. Er war nur ziemlich lange im Wasser gewesen.

„Ja. Wie der siebte Präsident der Vereinigten Staaten. Nicht, dass meine Eltern das im Sinn gehabt hätten, als sie mir den Namen gaben. Ich wurde nach meinem Großvater benannt, Andrew Jackson, Zahnarzt in Padstow."

„Richtig", sagte ich. „Ich bin Jennifer Cunningham. Ich werde in Tregrebi einen Strickladen eröffnen."

Er nickte. „Ich weiß." Er lächelte und brachte gepflegte weiße Zähne zum Vorschein, was bestätigte, dass gute Zahnmedizin bei ihm in der Familie lag. „In einem Dorf wie unserem verbreiten sich Neuigkeiten schnell. Ich habe übrigens auch einen Laden. *Bide-a-Spell Books* gehört mir. Der Buchladen liegt direkt an der Hauptstraße. Sie müssen mich mal besuchen kommen."

„Bide-a-Spell Books? Ich werde danach Ausschau halten."

Ich würde nicht behaupten, dass Hexen einander sofort

erkennen, so wie Vampire. Aber wegen der Raben und dem leichten Kribbeln, das ich verspürte, als wir uns die Hand gaben, kam mir der Gedanke, dass dieser Mann ein Hexer sein könnte und der Name des Ladens doppeldeutig.

„Bide a spell" hieß nämlich sowohl „Verweile einen Moment" – recht passend für das Stöbern in einer Buchhandlung – als auch „Warte auf einen Zauberspruch". Meine Ahnung bestätigte sich, als er beiläufig eine Hosentasche mit Reißverschluss an seiner Badehose öffnete und eine Goldkette mit Pentagramm hervorzog.

Als er sie sich um den Hals hängte, sagte er: „Ich habe immer Angst, dass sich eines Tages das Schloss an der Kette löst und der Anhänger auf den Meeresboden sinkt. Aber ich habe ihn immer bei mir. Er ist mein Schutzamulett.'

Das konnte ich verstehen. Hatte er mich auch als Hexe erkannt? Er fragte nicht danach, und ich sagte es ihm nicht. Ich hatte das Gefühl, dass ich ihn besser kennenlernen wollte, bevor ich damit herausplatzte. Nicht jeder, der sich mit magischen Symbolen zierte, besaß tatsächlich Magie, obwohl mir mein Instinkt sagte, dass der Eindruck bei Andrew Jackson nicht täuschte.

Er sagte: „Nun, ich mache mich jetzt lieber auf. Kommen Sie gern mal in meinem Laden vorbei, um guten Tag zu sagen. Es gibt auch Kaffee bei uns und ab und zu Lesungen von Schriftstellern aus der Region. Falls Sie gern lesen."

„Ja, ich lese gern. Danke, ich werde auf jeden Fall vorbeischauen, wenn ich Zeit habe."

„Ich freue mich darauf." Und dann ging er auf den Steilpfad zu, der zum Küstenwanderweg führte. Er trug immer noch nichts außer dem Handtuch über seiner nassen Badehose und den ebenso nassen Wasserschuhen an den Füßen.

Allein der Anblick ließ mich frösteln.

Ich setzte mich wieder hin, weil ich dem Buchhändler nicht auf dem Fuß folgen wollte, dachte aber auch, dass ich bald gehen sollte, als eine Stimme sagte: „Sie sehen aus, als könnten Sie das gebrauchen."

Ich drehte mich um und sah Gryffyn mit einer Thermoskanne auf mich zukommen.

Vampire hatte ich schon öfter mit Thermoskannen gesehen, und normalerweise vermied ich es, mir über deren Inhalt Gedanken zu machen. Trieb er irgendein Spielchen mit mir?

Dann setzte er sich neben mich und sagte: „Ich wusste nicht, ob Sie Milch und Zucker mögen. Also habe ich Ihnen beides mitgebracht, nur für den Fall."

Er schraubte den Trinkbecher von der Thermoskanne ab und reichte ihn mir, und sofort stieg mir herrlicher Kaffeeduft in die Nase. Er schüttete etwas Kaffee in den Becher, und ich nahm mir eine Portion Kaffeesahne aus dem Sahne- und Zucker-Sortiment, das er aus seiner Tasche zog.

„Gryffyn, Sie sind mein neuer Lieblingsvampir."

Er lachte in sich hinein. „Es ist schon lange her, aber den großen Genuss einer starken Tasse Kaffee am Morgen habe ich nicht vergessen."

„Darauf werde ich trinken", sagte ich. Und das tat ich. „Und Sie haben auch nicht vergessen, wie man einen guten Kaffee macht."

„Ich mag den Duft beim Kaffeekochen", sagte er und sah mir zu, als könnte er den Genuss des Kaffeetrinkens aus zweiter Hand erleben. „Ich sehe, Sie haben Andrew Jackson kennengelernt", sagte er.

„Ja. Schwimmt er da draußen wirklich jeden Morgen?"
Ich deutete auf das Meer.

„Ich habe ihn selten einen Tag aussetzen sehen. Er ist ein
Hexenkollege von Ihnen, wissen Sie."

„Das habe ich geahnt. Haben Sie gesehen, wie er mit den
Raben gesprochen hat?"

Er begann, in sich hineinzulachen. „Huginn und
Muninn? Also, vermutlich nicht die Originale von Huginn
und Muninn, sondern seine eigene Version."

Die *Originale*? Was meinte er damit? Ich trank noch einen
Schluck Kaffee. Ich hätte mein Handy zücken und eine
Google-Suche durchführen können, oder Gryffyn einfach
fragen.

Ich sagte: „Tun sie einmal so, als ob ich nicht so klug und
belesen wäre wie Sie. Huginn und Muninn sagt mir etwas,
aber könnten Sie meinem Gedächtnis auf die Sprünge
helfen?"

Wenn er grinste, waren seine Zähne zum Anbeißen weiß.
„Es hat mit der nordischen Sage von Odin zutun. Er soll zwei
Raben gehabt haben, die jeden Morgen in die Welt flogen
und ihm jeden Abend Informationen zurückbrachten. Ich
glaube, Andrews Raben sind seine Vertrauten und Lauscher.
Wer würde sie schon bemerken, wenn sie in der Nähe sind?
Sie könnten alles Mögliche sehen und hören."

„Das wäre praktisch. Ich frage mich, ob sie hier waren, als
Daniel getötet wurde. Vielleicht wissen Huginn und Muninn
etwas."

„Vielleicht sollten Sie Andrew Jackson fragen."

„Vielleicht werde ich das."

Er trug wieder seine altmodische Kleidung, und ich

musste ihn einfach fragen: „Und wie haben Sie Ihre Nacht verbracht?"

„So, wie ich viele meiner Nächte verbringe. Auf See."

Irgendwie überraschte mich das nicht. „Ich habe die Männer singen gehört. Was machen Sie da draußen?"

Er zuckte die Achseln. „Zum Teil fahre ich hinaus, um meine Männer beschäftigt und diszipliniert zu halten. Wir brauchen etwas, um uns die Zeit zu vertreiben."

„Fischfang?"

„Was würde das bringen? Wir können keinen Fisch essen, und wir haben es nicht nötig, für unseren Lebensunterhalt Fische zu verkaufen. Und es gibt hier genug einheimische Fischer, die damit ihren Lebensunterhalt verdienen müssen."

„Sie segeln zum Spaß?" Mitten in der Nacht?

„Sie haben genug gefragt, Fräulein. Wie läuft es mit Ihrem Laden?"

Jetzt war ich erst richtig neugierig geworden, was er und seine untote Mannschaft nachts auf dem Meer taten, aber ich merkte, dass ich mit Nachbohren nicht weiterkommen würde, also ließ ich es klugerweise sein.

Ich sagte ihm, dass wir in der folgenden Woche gern ein kleines Eröffnungsfest veranstalten würden und dann, wenn der Laden betriebsbereit wäre, eine offizielle Einweihungsfeier. Das schien ihn nicht gerade zu begeistern. Er würde unsere Eröffnung nicht mit knallenden Champagnerkorken feiern.

„Sie werden das Geschäft nur tagsüber offenhalten. Einverstanden?"

„Ja. Ich habe nicht vor, die Öffnungszeiten auf abends auszudehnen." Ich hielt inne. „Es gibt aber auch untote Stricker und Strickerinnen, an die wir denken müssen. In Oxford

treffen sie sich zu nächtlichen Strickrunden in Lucys Laden."
Ich hob fragend die Brauen, aber er schüttelte den Kopf.

„Kein Vampir-Strickclub auf meinem Grundstück." Dann schien er eine Erklärung abgeben zu wollen. „Ich bin wie ein Maulwurf. Ich habe gern viele Stellen, wo ich nach oben kommen kann. Ich fühle mich unwohl, wenn ich das Gefühl habe, dass mir nicht genug Fluchtwege offenstehen, falls ich sie brauche."

„Und kommt das vor?", fragte ich. „Dass Sie Fluchtwege brauchen, meine ich?"

Die Antwort auf meine Frage schien ihm Unbehagen zu bereiten. „Man kann nie wissen. Es wäre töricht für einen Vampir, nicht viele Verstecke zu haben, und Möglichkeiten, ungesehen zu entkommen."

Ich fragte ihn, ob er jemanden kannte, der für mein Geschäft Regale bauen könne. Wie ich gehofft hatte, sagte er, er kenne den besten Schiffsbauer in Cornwall.

„Er arbeitet nachts, wenn das für Sie okay ist." Plötzlich schnupperte Gryffyn wie ein Wolf, der Beute witterte, und sagte: „Tagwandler."

KAPITEL 12

*I*ch trat aus dem Schatten der Klippe, um einen Blick auf das zu erhaschen, was Gryffyn gespürt hatte – und tatsächlich, es schien eine Gruppe von Polizisten zu sein, die am Strand entlangkamen. Waren sie immer noch dabei, den Strand nach Hinweisen abzusuchen? Sie mussten wirklich verzweifelt sein, denn seit Daniels Leiche entdeckt wurde, hatte es Ebbe und Flut gegeben.

Dann bemerkte ich etwas Seltsames. Es war jemand dabei, der eindeutig nicht zum Polizeiteam gehörte. Es dauerte eine Sekunde, bis ich erkannte, dass der buschige Kopf und der stämmige Körper zu Tre, dem Maler, gehörten.

„Wir sehen uns später", sagte ich zu Gryffyn. Ich schau mal nach, was da mit Tre passiert." Was ich sah, bereitete mir ein ungutes Gefühl. Tre war mir als eine unkonventionelle, aber sanfte Seele aufgefallen, die sich durch Kunst ausdrückte. Ich erinnerte mich auch daran, dass Tre auch auf der Straße gewesen war, als Hattie so seltsam an mir vorbeigeschaut hatte. Aber all meine Menschen- und Hexeninstinkte sagten mir, dass Tre niemals jemandem oder etwas absichtlich Schaden zufügen würde.

Also handelte ich nach meinem Instinkt. Ich rannte vorwärts und holte sie ein, bevor sie den Pfad zum Küstenweg erklimmen konnten. Ich erkannte die junge Kommissarin, und da sie sich mir mit dem Vornamen vorgestellt hatte, beschloss ich, dies auszunutzen.

„Frances", sagte ich und versuchte, so freundlich wie möglich zu klingen. Und das war ziemlich freundlich.

Sie hielt inne. „Wir sind leider in einer Polizeiangelegenheit hier."

Dann schaute ich an ihr vorbei. „Tre", sagte ich in demselben lauten, freundlichen Ton. „Wie geht es Ihnen?"

Er starrte mich mit dem hoffnungslosesten und niedergeschlagensten Gesichtsausdruck an, den ich je bei einem Menschen gesehen hatte. Ich fühlte mit ihm.

„Nicht so gut", gestand er.

Ich sagte: „Tre ist ein Freund von mir. Was ist los?"

Die Ermittlerin zögerte einen Moment, dann hielt sie eine Beweismitteltüte aus Plastik hoch. Darin befand sich ein Handy. Sie fragte: „Haben Sie das schon einmal gesehen?"

Ich zuckte die Achseln. „Ein Handy."

„Aber wir haben Grund zu der Annahme, dass dieses Handy dem Mann gehörte, der hier tot aufgefunden wurde. Ihr Freund Tre hatte es in seinem Besitz."

Ich wollte ihn gerade fragen, woher er es hatte, aber dann wurde mir klar, wie dumm das gewesen wäre. Wenn er in irgendeiner Weise mit dem Tod zu tun hatte, wollte ich ihn nicht noch mehr in Schwierigkeiten bringen, als er ohnehin schon war. Aber mein Instinkt sagte mir, dass er eine sanfte Seele war. Allerdings wusste ich, dass auch sanfte Seelen manchmal wild werden konnten. Ich war eine Hexe, nicht Gott. Ich konnte nicht alles sehen, was er getan hatte, und auch nicht jede Regung in seinem Herzen. Er sah mich jedoch an, als sei ich seine einzige Hoffnung.

„Hilf mir. Ich halte es in geschlossenen Räumen nicht aus", sagte er mit einem Anflug von Panik.

Und in diesem Moment wusste ich, dass ich ihm helfen musste. Ich fragte: „Was kann ich tun, damit dieser Mann nicht inhaftiert wird?"

Die Kommissaranwärterin sah mich misstrauisch an. „Warum sollten Sie etwas tun? In welcher Beziehung stehen Sie zu ihm?"

Richtig, auf die Art war ich auf dem besten Weg, selbst ins Gefängnis zu kommen.

Jetzt knöpfte sie sich mich vor. „Sie haben mir gesagt, Sie seien gerade erst in Tregrebi angekommen. Wie können Sie da mit einem Obdachlosen befreundet sein?"

Ihr Tonfall ärgerte mich. „Hier in Tregrebi ist Tre ein berühmter Maler. Er ist freiwillig obdachlos. Er mag exzentrisch erscheinen, ja, aber manche Menschen müssen sich im Freien aufhalten. Sie müssen Teil der natürlichen Welt sein." Dies konnte ich mit Sicherheit sagen, denn als Hexe verstand ich die Verbundenheit mit der Natur sehr gut.

Sie wirkte äußerst skeptisch. „Er soll ein berühmter Maler sein?" Ihre Nase bebte, als hätte sie seinen Geruch wahrgenommen. Ich hatte ja auch „exzentrisch" gesagt.

„Ja. In dem Geschäft, das ich eröffnen werde, wird ein Teil davon eine Galerie für Tres Bilder sein. Er ist sehr talentiert."

Zu meiner Überraschung hatte sich Gryffyn neben mich gestellt. Nachdem er die Fährte der Tagestouristen aufgenommen hatte, hatte ich angenommen, er würde wieder in seinem Tunnel verschwinden. Ich war dankbar für die schweigende Unterstützung, weil ich genau wusste, dass er lieber zu seinem Haus zurückgekehrt wäre.

Erneut überraschte er mich. „Jennifer hat recht", sagte er. „Ich habe selbst einige von Tres Werken. Ich wohne gleich da drüben, falls Sie sie sehen wollen." Er zeigte hinauf zu seinem beeindruckenden Haus auf der Klippe.

Es kommt nicht oft vor, dass man sich für einen Vampir erwärmt, aber in diesem Moment erwärmte ich mich wirklich für Gryffyn. Ich hatte nicht einmal gewusst, dass er Tre kannte, aber natürlich musste er ihn gekannt haben, da sowohl er als auch der umherstreifende Künstler so viel Zeit an diesem Strand verbrachten.

Die Jungkommissarin schaute von einem zum anderen, als ob wir uns einen Scherz erlaubten, was wir in gewisser Weise wohl auch taten.

Dann fragte Gryffyn: „Haben Sie ihn verhaftet?"

Sie sagte: „Nein. Er wird unter Vorbehalt befragt werden. Er wurde über seine Rechte belehrt. Wir nehmen ihn zur Vernehmung mit aufs Revier. Wenn wir den Eindruck haben, dass die Beweise ausreichen, wird er formell angeklagt."

„Angeklagt wegen was?" Ich wollte absolut sicher sein, womit wir es hier zu tun hatten.

Sie sah mich an, als würde sie überlegen, ob sie mir befehlen sollte, mich um meine eigenen Angelegenheiten zu kümmern. Stattdessen sagte sie: „Der Tote, den Sie gefunden haben, ist ermordet worden."

Auch wenn ich es geahnt hatte, war es doch ein Schock. „Sind Sie sicher?"

Sie war augenscheinlich nicht angetan davon, dass ich die ermittlerischen Fähigkeiten der britischen Polizei in Frage stellte. Aber sie antwortete. „Ja. Er ist nicht gestürzt. Er wurde mit einem stumpfen Gegenstand auf den Hinterkopf geschlagen. Wahrscheinlich mit einem Stein vom Strand."

Ich hatte nur sehr vage Kenntnisse des britischen Strafrechts – das meiste kannte ich aus Serien wie *Heißer Verdacht* und *Inspector Barnaby* – aber ich war mir ziemlich sicher, dass es nicht als Beweis für eine Mordanklage ausreichte, das Handy der Leiche in Besitz zu haben. Vielleicht würden sie ihn verhören und wieder gehen lassen. Aber konnten sie ihn in Gewahrsam behalten, bevor es einen offiziellen Haftbefehl gab? Und könnte ich irgendetwas tun, damit das nicht passierte?

Ich sagte: „Ich werde für seinen Charakter bürgen."

„Das ist aber keine besondere Hilfe. Sie sind ja selbst noch nicht lange hier."

„Dann bürge ich für ihn", schaltete Gryffyn sich ein und schockierte mich noch mehr als beim ersten Mal, als er mich unterstützt hatte.

Die Kommissarin schüttelte den Kopf. „Dieser Mann hat keine Wohnadresse. Bei ihm besteht Fluchtgefahr."

„Dann wird er bei mir zu Hause bleiben. Ich werde auf ihn aufpassen. Ich bin Gryffyn Penrose. Und Ihr Oberinspektor ist ein Freund von mir."

Mit offenem Mund starrten die Polizistin und ich Gryffyn an. Ich war schockiert, zu hören, dass er sich mit Polizisten herumtrieb, denn ich vermutete, dass seine nächtlichen Aktivitäten etwas anderes waren als Chorproben. Aber Lochlan hatte auch gesagt, dass Gryffyn Kontakte zur Polizei hatte. Er war ein geheimnisvoller Mann, das stand fest.

Die Kommissarin drehte sich um und sah Tre an, als würde sie sich einen neuen Eindruck von ihm verschaffen.

Dann stellte sie Gryffyn dieselbe Frage, die sie mir gestellt hatte. „Haben Sie dieses Handy schon einmal gesehen?" Sie hielt den Beutel hoch.

Gryffyn warf ihr einen etwas angewiderten Blick zu. „Ich selbst benutze so etwas nur selten. Ich habe keine Zeit für moderne Technologie. Sie scheint die Welt viel schlechter zu machen." Er klang wie jemand, der vor dreihundert Jahren gelebt hatte. Aber auch mein Vater hätte so etwas sagen können.

Die Miene der Ermittlerin hellte sich kurz auf, und ich hätte ein kleines Vermögen darauf verwetten können, dass es ihrem Vater genauso ging. Denn viel älter als ich war sie auch nicht.

Sie sagte: „Er wird auf dem Revier befragt werden. Sie können sich dort in zwei Stunden nach ihm erkundigen." Dann reichte sie mir noch einmal ihre Visitenkarte.

Es war nicht viel, aber es war wenigstens etwas.

Gryffyn sagte: „Ich werde einen Anwalt schicken, der ihn vertritt. Stellen Sie sicher, dass Sie ihn nicht befragen, bevor der Anwalt da ist."

Die Kommissarin wirkte resigniert, aber der Umgang mit Anwälten musste zu ihrem Job gehören. „Das ist natürlich sein gutes Recht."

Tre sah mich und Gryffyn immer noch an, als wären wir seine letzte Hoffnung.

Ich lächelte ihm aufmunternd zu. „Mach dir keine Sorgen. Es wird alles gut." Und ich hoffte wirklich, dass ich die Wahrheit sagte.

Ich wollte ihm einen Stein oder ein Amulett oder etwas anderes geben, das ihm helfen würde, ruhig zu bleiben. Aber ich war mir ziemlich sicher, dass es bei der Polizei nicht gut ankommen würde, wenn ich einem Mann, der wegen eines Mordes verhört werden sollte, einen Stein überreiche, selbst wenn es ein Halbedelstein war.

Ich ging näher an ihn heran, und niemand hielt mich auf. Ich legte meine Hand auf die Muschel, die um seinen Hals hing, und sagte: „Die Muschel erinnert an den Weg des Pilgers. Es ist nicht immer einfach. Und das soll es auch nicht sein. Wandere mutig, mein Freund." Ich konnte spüren, wie sein Herzschlag unter meinen Fingern langsamer wurde. Ich flüsterte: „Sei gesegnet."

Damit hatte ich mein Möglichstes getan, ihm so etwas wie ein Amulett zu geben, das ihn vor Schaden bewahren würde, auch vor emotionalem Schaden. Ich trat zurück, und er und die Polizei gingen weiter.

„Wollen Sie ihnen folgen?" fragte Gryffyn.

Ich schüttelte den Kopf. „Das hätte keinen Zweck. Wir wissen, wo er sein wird." Ich schenkte ihm ein strahlendes Lächeln. „Und danke, dass Sie sich für mich und Tre eingesetzt haben."

Er schien sich unbehaglich zu fühlen. „Ich habe nur die Wahrheit gesagt."

Ich war überrascht. „Sie haben Kunstwerke von Tre in Ihrem Haus?"

„Ja. Er ist ein unentdecktes Genie. Eines Tages – glauben Sie mir, Jennifer – werden seine Bilder sehr viel wert sein." Er lachte in sich hinein. „Und ich werde wieder ein Vermögen machen. Diesmal ein ehrliches."

Ich war entzückt. Mit gehobenen Brauen sah ich ihn an. „Womit haben Sie ihn bezahlt, mit Dublonen?"

Aus seiner Kehle klang ein leises Lachen. „Nein, Fräulein. Ich habe ihn mit diesem dummen Papiergeld bezahlt, das jetzt wenigstens aus Plastik und damit weniger zerstörbar ist."

Es war das erste Mal, dass ich ihn etwas Positives über das moderne Zeitalter sagen hörte. Dabei waren die Plastikgeldscheine in England nichts Weltbewegendes.

„In den nächsten Stunden können Sie nichts für ihn tun."

„Ich weiß. Und ich muss in den Laden."

Claire wollte heute mit den Malerarbeiten beginnen. Sie hatte versprochen, eine Freundin aus ihrem Kurs mitzubringen, und ich hatte zugestimmt, sie beide zu bezahlen. Ich hatte eine E-Mail von Lucy erhalten, in der sie mir mitteilte, dass sie für den Laden ein Bankkonto eröffnen und mir für die Einweihung ein großzügiges Budget zur Verfügung stellen würde. Ich war zuversichtlich, dass ich die Arbeit mit viel weniger Geld erledigen könnte.

Als ich nach Shadowbrook zurückkehrte, machte mir Mrs Biddle wie immer ein hervorragendes Frühstück. Diesmal war es ein Omelett, serviert mit frischem Obst und reichlich Kaffee. Während ich im Frühstücksraum aß, schaltete ich den Fernseher ein, und sah *Cornwall Today.* mit Jodie Rymer. Sie stand am Wasser und sprach mit den Hauptdarstellern eines neuen historischen Dramas, dessen Dreharbeiten bald beginnen würden.

Als Mrs Biddle hereinkam, um mir mehr Kaffee zu bringen, sagte sie: „Wenn Sie Jodie Rymers Sendung sehen, lernen Sie alles, was Sie über Cornwall wissen müssen. Die Sendung sehen alle." Es war das erste Mal, dass ich Zustimmung bei ihr heraushörte.

Ich machte mich auf den Weg zum Laden. Dass er immer noch keinen Namen hatte, war peinlich.

Als ich das Cottage betrat, war ich erstaunt, dass bereits

ein Mann drinnen war. Ich sah den Schlüssel in meiner Hand an, als hätte er mir einen Streich gespielt. Dann stellte ich die offensichtliche Frage: „Wer sind Sie?"

Der Mann drehte sich um. Er trug eine grobe Wollhose, ein graues T-Shirt, das schon bessere Tage gesehen hatte, und eine Lederweste. „Guten Morgen, Miss. Ich bin Samuel, der Zimmermann. Der Käpt'n hat mich hierhergeschickt. Ich werde Ihnen ein paar schöne Regale bauen, Miss. Dieses Haus bringen wir rasch wieder auf Vordermann."

So sehr ich es zu schätzen wusste, dass Gryffyn den Schiffsbauer so schnell geschickt hatte, wäre es mir doch lieber gewesen, er hätte mich an der Haustür abgeholt und wäre nicht wie ein Maulwurf unter der Bodenplatte hervorgekrochen.

„Das ist großartig", sagte ich. Ich zeigte ihm das Stück Holz, das Claire mir dagelassen hatte.

Er nahm es in die Hand und untersuchte es. „Da habe ich etwas Besseres, Miss", sagte er mir. „Ich habe schönes, abgelagertes Mahagoniholz, das ich aufbewahrt habe. Überlassen Sie das mir."

Ich zeigte ihm Claires Skizzen, und er holte ein zum Glück modern aussehendes Maßband hervor und machte sich an die Arbeit. Er kritzelte in ein kleines Notizbuch mit Ledereinband und nickte.

„Wie lange werden Sie brauchen?", fragte ich.

Er spitzte die Lippen und sah sich die Wände an.

Ich befürchtete, dass er Wochen brauchen würde, um die Arbeit zu beenden, und war angenehm überrascht, als er sagte: „Drei Nächte. Vier, falls ich in Schwierigkeiten gerate."

Das waren ausgezeichnete Neuigkeiten.

Als ich ihn nach dem Preis fragte, sagte er: „Der Käpt'n

sagt, ich soll Ihnen sagen, dass er die Kosten als Geste guten Willens übernimmt."

Da ich mich um die gesamte Reinigung kümmern musste, beschloss ich, Gryffyn Penroses guten Willen anzunehmen. „Richten Sie ihm bitte meinen Dank aus", sagte ich. Ich wollte weder seine noch meine Intelligenz beleidigen, indem ich ihm vorschlug, ihm einen Schlüssel für die Haustür zu geben. Ich musste eben dafür sorgen, dass er nicht kam oder ging, wenn Claire in der Nähe war.

Bald darauf ging er wieder, indem er die Steinplatte anhob und unter dem Boden verschwand.

Eine halbe Stunde später fuhr Claire in einem kleinen blauen Fiat vor, der schon bessere Tage gesehen hatte. Sie öffnete den kleinen Kofferraum und holte Farbdosen heraus. Ich ging ihr entgegen, um ihr zu helfen, und sie war voller Begeisterung.

„Ich kann es kaum erwarten anzufangen", sagte sie und reichte mir ein paar schwere Segeltuchplanen. „Wir werden diesen Ort ganz rasch umkrempeln."

Nachdem wir die Ausrüstung ausgeladen hatte, kam ein Lieferwagen mit der Seitenaufschrift *The Cornish Teapot* angefahren. Ein Mann mittleren Alters stieg aus und holte eine Trittleiter aus dem hinteren Teil des Lieferwagens.

Claire öffnete ihm die Ladentür, damit er sie hereinbringen konnte. „Danke, Papa", sagte sie. Dann drehte sie sich zu mir um und sagte: „Jennifer, das ist mein Vater, Ivan Trevellen."

Er stellte die Leiter in eine Ecke. Dann begrüßten wir uns mit Handschlag und er sagte, wie froh alle seien, dass dieses Haus endlich nicht mehr leerstehen würde. „Das sollte ein paar Strickerinnen ins Dorf bringen, denn es gibt hier weit und breit keinen Strickladen. Und dann hoffen wir mal, dass sie nach dem Einkaufen durstig werden und Lust auf eine Tasse Tee oder Kaffee bekommen."

Ich grinste ihn an. „Dann weiß ich, wohin ich sie schicken werde."

„Genau so läuft es", sagte er. „Alle helfen sich gegenseitig. So funktioniert ein Dorf wie dieses."

Er winkte zum Abschied und fuhr davon.

Ich überbrachte Claire die gute Nachricht, dass ich jemanden gefunden hatte, der die Regale für uns bauen würde, und dass er über einen eigenen Vorrat an gut abgelagertem Mahagoniholz verfügte. „Und das Beste ist", sagte ich, „er wird in drei oder vier Tagen damit fertig sein."

Sie hüpfte auf und ab. „Es ist wie ein Wunder", sagte sie.

Ich breitete die Planen auf dem Boden aus und achtete darauf, dass an der Stelle, wo die Steinplatte sich anheben ließ, zwei Tücher aneinanderstießen. Claire rührte die Grundierung an, und wir machten uns beide an die Arbeit. Noch nicht einmal ich würde dabei etwas falsch machen können. Die Grundfarbe mit der Rolle aufzutragen war langweilig, aber kinderleicht. Ich bezweifelte, dass Clair mir schwierige Aufgaben übertragen würde, aber das hier würde ich schaffen.

Etwa eine halbe Stunde später öffnete sich die Tür, und eine rothaarige Frau mit frischem Gesicht kam herein und sagte: „Oh, das wird ja großartig."

„Nate, du bist hier", sagte Claire und stellte uns vor.

Nate war Natalie, und sie nahm mir bald meine Rolle ab. Mir passte das hervorragend, denn so konnte ich für uns alle Kaffee holen gehen. Ich hatte eine Liste von Dingen, die ich für den Laden erledigen musste. Dazu gehörten ein Internetanschluss sowie die Überprüfung der Strom- und Wasserleitungen durch Elektriker und Klempner. Es galt, Rechnungen zu entwerfen, Strickzubehör zu bestellen und natürlich einen Namen für den Laden auszuwählen.

Ich konnte es kaum erwarten, Lucy wiederzusehen, die gesagt hatte, sie würde bald hier sein. Ich hoffte, dass ihr das Lokal, das wir ausgesucht hatten, genauso gut gefallen würde wie mir.

Ich ging im The Cornish Teapot Kaffee holen. Am Schwarzen Brett hing ein Flugblatt für das Carenna House. Außer mich um all die Arbeit zu kümmern, die mit der Einrichtung eines Ladens verbunden war, wollte ich mich auch dort umschauen. Es würde eine arbeitsreiche Woche werden.

Als ich zurückkam und die beiden jungen Frauen ihre Farbroller abstellten, um ihren Kaffee zu genießen, holte Claire das Visionboard hervor, an dem sie weitergearbeitet hatte. Das Ladendesign hatte sie sehr detailliert gezeichnet und die von uns gewählten Farben, die von ihr vorgeschlagenen Accessoires, die dunklen Regale und sogar die Wollsorten hinzugefügt. Plötzlich erwachte das vorher verdreckte Cottage, das jetzt sauber geschrubbt und mit dem Grundstrich fast langweilig aussah, durch Claires Vision zum Leben.

„Das sieht toll aus!", sagte ich.

Und das tat es. Claire hatte sich definitiv den richtigen Beruf ausgesucht. Sie hatte einen großartigen Blick für Farben. Ihr Visionboard sah frisch und sauber aus, aber ich konnte sehen, dass sich diese Farben nicht mit den bunten Wollsortiment beißen würden, das ich zu bestellen plante.

Sie schenkte mir ein breites Lächeln. Auf ihrer Wange

hatte sie einen Klecks weißer Grundierung. „Ich freue mich sehr, dass es dir gefällt. Ich denke, es ist perfekt. Und wenn du Lust hast loszulegen, könntest du von unten anfangen."

Ich hatte keine Ahnung, was sie damit meinte. Das war sicher Handwerkersprache. Aber durch das Fenster hatte ich Hattie vorbeigehen sehen. Das war meine Chance, mit ihr zu sprechen, und ich hatte das Gefühl, dass das Ermitteln wichtiger war als loszulegen.

„Das würde ich gerne", sagte ich, was nicht hundertprozentig der Wahrheit entsprach, „aber macht es dir etwas aus, wenn ich das auf ein andermal verschiebe? Tre steckt in Schwierigkeiten und braucht meine Hilfe."

Sofort sah sie besorgt aus. „Aber natürlich. Kann ich irgendetwas tun?"

„Das tust du ja schon", sagte ich ihr voller Dankbarkeit. „Ich dürfte bald zurück sein."

Ich ging, während die beiden Studentinnen fröhlich weiterarbeiteten, und ich konnte mir denken, dass sie ohne mich sowieso mehr Spaß haben würden. So konnten sie über die Uni und über Jungs reden, ohne dass ich alles mithörte.

KAPITEL 13

*H*attie ging mit gesenktem Kopf die Hauptstraße entlang und trug wieder ihre Kopfhörer. Sie schien nicht besonders erfreut, mich zu sehen, als ich sie eingeholt hatte.

Versuchsweise hielt ich meinen Ton hart, aber herzlich. „Sie sind nicht zur Polizei gegangen, oder?"

„Ich glaube nicht, dass es für mich einen Grund gibt, zur Polizei zu gehen", sagte sie. „Ich habe nichts getan. Ich habe nichts gesehen."

„Aber Sie kannten das Opfer. Sie könnten nützliche Hintergrundinformationen liefern." Ich wusste nicht, ob das stimmte, aber es schien vernünftig.

Sie reagierte unwirsch. „Wer sind Sie eigentlich? Miss Marple?"

Sehr witzig, bloß weil ich einen Strickladen eröffnen wollte. Ich war zehn oder elf Jahre älter als Hattie. Nicht neunzig wie die berühmte Amateurdetektivin in Agatha Christies Romanen.

Ich sagte: „Es soll ein Unschuldiger verhaftet werden. Was sagen Sie dazu?"

Jetzt hörte sie mir zu. Sie riss die Augen auf. „Wer? Wer soll verhaftet werden?"

Ich sah ihr direkt in die Augen. „Wer sollte denn Ihrer Meinung nach verhaftet werden?"

Ihr Blick wurde unsicher. „Ich weiß es nicht. Ehrlich, ich weiß es nicht."

„Aber Sie verdächtigen jemanden, nicht wahr?"

„Nein", sagte sie, aber ich war mir ziemlich sicher, dass sie eigentlich Ja meinte.

Wenigstens war sie zu etwas Mitgefühl fähig. Also fragte ich: „Kennen Sie den Obdachlosen, der Bilder malt?"

Sie sah gleichzeitig erleichtert und entsetzt aus, wenn das überhaupt möglich war. „Tre?" Sie klang so erstaunt, dass sie meine Vermutung bestätigte. Der, von dem sie annahm, dass er Daniel ermordet haben könnte, war nicht Tre.

„Er hält es in geschlossenen Räumen nicht aus, und die Polizei hat ihn zum Verhör mitgenommen. Können Sie sich vorstellen, wie ihn das belastet?"

Sie sah wirklich verwirrt aus. „Aber warum?"

Konnte ich es ihr sagen? Frances hatte mir bereits den Beutel gezeigt und nicht gesagt, dass ich nichts sagen solle, also sagte ich: „Weil er Daniels Handy gefunden hat und sie deshalb denken, er könnte ihn getötet haben."

„Man hat sein Handy gefunden?" Jetzt sah sie aus, als würde sie sich gleich übergeben.

„Ja. Warum? Was werden sie darauf finden? Etwas, das Sie belastet?"

„Nein!", heulte sie auf. „Ehrlich, ich weiß nicht, was passiert ist."

„Warum sagen Sie mir nicht, was hier läuft? Was hatten Sie zu dritt vor?"

„Das kann ich nicht."

Ich versuchte eine andere Taktik. „Wann haben Sie Daniel das letzte Mal gesehen?"

„Am Brunnen."

Es war nicht das, was ich erwartet hatte. Lochlan hatte Aufnahmen von den Dreien an der Zinnmine und in der Bucht. Aber welche Rolle spielte ein Brunnen dabei? „Was denn für ein Brunnen?", fragte ich.

Sie sagte: „Ich kann nicht darüber reden. Ich muss gehen."

Ich legte ihr meine Hand auf den Arm. Nicht fest, aber mit genug Nachdruck, um zu verhindern, dass sie sich an mir vorbeischob. „Warum bringen Sie mich nicht zu diesem Brunnen und erzählen mir, was passiert ist?"

„Weil ich gehen muss, wie ich schon sagte."

„Ich muss auch gehen, und zwar auf die Polizeiwache, um Tre freizubekommen. Wenn ich denen von Ihnen erzähle, tauschen sie ihn vielleicht gerne gegen Sie aus. Und dann könnten Sie in einem fensterlosen Verhörraum sitzen, während man Sie des Mordes beschuldigt. Wäre das besser?"

Sie starrte mich wütend an. „Sie spielen nicht fair."

„Ein Mann ist umgebracht worden und ein anderer droht seine Freiheit zu verlieren. Also nein, um Ihre Gefühle mache ich mir im Moment keine großen Sorgen."

Ich dachte, sie würde davongehen, und dann hätte ich sie nicht aufhalten können. Sicher, ich hätte sie mit Magie stoppen können, aber was hätte das für einen Sinn gehabt? Ich konnte sie nicht zwingen, mit mir zur Polizeiwache zu gehen oder mich zu dem Brunnen zu bringen, den sie erwähnt hatte – wo auch immer er sein mochte.

Offensichtlich merkte sie jedoch nicht, dass mir die Ideen ausgingen, denn ihr Widerstand schien plötzlich gebrochen und sie sagte: „In Ordnung. Aber wir brauchen ein Auto, um zum Brunnen zu kommen. Und das von meinem Vater leihe ich mir dazu nicht, also fragen Sie mich gar nicht erst."

Nun, das war ungünstig, da ich in Cornwall kein Auto hatte. Aber ich wusste, wer eins hatte. Vor meinem Geschäft parkte ein kleiner blauer Fiat.

„Einen Augenblick", sagte ich. „Ich bin gleich wieder da." Dann sah ich sie so gebieterisch an, wie ich konnte. „Keine Bewegung."

Ich rannte zurück in den Laden und fragte Claire, ob sie mir ihr Auto leihen könnte. „Ich brauche es, um Tre zu helfen", sagte ich.

Sie schien überrascht, sagte aber: „Natürlich." Sie vergewisserte sich, dass sie und Nate noch genug Material hatten, um während meiner Abwesenheit weiterarbeiten zu können, und überreichte mir dann einen Schlüsselanhänger in Form eines strassbesetzten C.

Ich bedankte mich bei ihr und hoffte inständig, dass ich es schaffen würde, ein ausländisches Auto auf der anderen Straßenseite zu fahren, während mich eine mürrische Studentin, die möglicherweise in einen Mord verwickelt war, zu einem geheimnisvollen Brunnen lotste. Ein Kinderspiel.

Hattie war stehengeblieben, wo ich sie zurückgelassen hatte, aber als ich sie zu dem Fiat winkte, kam sie in meine Richtung. „Wir nehmen Claires Auto? Ist sie hier?"

„Ja. Sie hilft mir, meinen Laden einzurichten."

„Schön für sie." Aber sie ging nicht hinein und schaute auch nicht durchs Fenster.

Ich ging zur Autotür und öffnete sie. Hattie sah ziemlich überrascht aus, kam aber weiter auf mich zu. Erst dann bemerkte ich, dass ich die Beifahrertür geöffnet hatte, nicht die Fahrertür. Sie musste gedacht haben, dass ich superhöflich war und ihr die Tür aufhielt. Ich ließ sie in dem Glauben und ermahnte sie, sich gleich anzuschnallen. Ich schloss die Tür hinter ihr und lief auf die Fahrerseite, um einzusteigen.

Mein Unbehagen wuchs, als ich entdeckte, dass Claires Auto kein Automatikgetriebe hatte. Ich wusste zwar, wie man ein Auto mit Schaltgetriebe fuhr. Ich hatte mit so einem Auto fahren gelernt. Aber das war schon eine Weile her, und ich hatte immer mit der rechten Hand geschaltet, nicht mit der linken. *Du schaffst das*, sagte ich mir im Stillen und hoffte, dass es stimmte.

Ich startete den Wagen, löste die Handbremse und fuhr langsam aus der Parklücke. So weit, so gut. Als wir an einem Stoppschild ankamen, wollte ich herunterschalten und öffnete versehentlich die Fahrertür.

„Ich glaube, die Tür war nicht richtig zu", sagte ich, um meinen Fehler zu vertuschen. Ich würde mich wirklich besser konzentrieren müssen.

Mit ausdrucksloser Stimme gab Hattie mir Richtungsanweisungen und zum Glück war wenig Verkehr. Während wir uns von einer schmalen Landstraße zur nächsten schlängelten, versuchte ich, die kleinen Haltebuchten im Auge zu behalten, für den Fall, dass uns ein anderes Fahrzeug entgegenkäme. Wie konnte überhaupt jemand in Cornwall Auto fahren? Meine schlimmste Befürchtung wurde wahr, als uns ein Traktor entgegenkam und die gesamte Fahrbahn einnahm. Seine breiten Reifen streiften die Büsche auf beiden Seiten der tückisch engen Straße.

Ich hatte keine Wahl. Ich trat auf die Bremse, legte mit Claires Fiat den Rückwärtsgang ein, fuhr rückwärts, bis ich zu einer der Haltebuchten kam, und rammte das kleine Auto gegen die Büsche. Der Traktor fuhr vorbei, und der Fahrer grüßte mich mit erhobenem Daumen. Das gab meinem Selbstvertrauen einen enormen Schub und am Ende erreichten wir ein schmales Sträßchen mit einem breiten Schotter- und Erdstreifen am Rand.

Hattie sagte: „Sie können hier parken."

Wir schienen mitten in der Pampa gelandet zu sein. Auf einer Seite befand sich ein Bauernhof, und ein Wanderweg führte weg von der Straße. Wenn sie eine Mörderin war, dann war es wahrscheinlich nicht mein klügster Schachzug gewesen, mit ihr in ein Auto zu steigen und dann mit ihr einen Waldweg entlangzugehen. Andererseits könnte ich sie wahrscheinlich mit einem Zauber abwehren, wenn sie irgendetwas versuchte. Trotzdem achtete ich darauf, sie immer ein paar Schritte vor mir zu haben. Es war ein kurvenreicher, steiniger Weg. Ich hörte Vogelgezwitscher, und dann wurde mir bewusst, dass sich in der Nähe ein Bach befand. Und je näher ich dem Bach kam, desto mehr hatte ich das Gefühl, dass mein Blut im gleichen Rhythmus zu rauschen begann. Ich atmete ein und sah mich genau um.

Hier gab es Magie.

Als Hexe habe ich natürlich Magie bei mir, aber es gibt Orte auf der Welt, an denen sie am stärksten ist. Das sind Orte, die berühmt sind, weil die Menschen auf die Magie ansprechen, oft, ohne es zu verstehen. Ich spürte die Vergangenheit und die Fußstapfen meiner Hexenschwestern, die vor mir hier gewesen waren. Ich fragte mich, ob hier noch ein Hexenzirkel zusammenkam und ob die Frau vor mir die Schwingungen spüren konnte.

Der Weg war zwar zugewachsen, aber er wurde offensichtlich befahren, wenn auch nicht sehr stark. Auf jeden Fall war es hier wunderschön. Neben dem Weg floss ein Bach, dessen sanftes Plätschern uns auf dem Weg begleitete.

Wie die meisten Hexen reagiere ich sehr empfindlich auf die Atmosphäre, und begann daher sofort, Ruhe zu spüren. Kein Wunder, dass dieser Ort Menschen anzog. Wir gingen weiter, und mit dem Schlängeln des Weges schien jedes Gefühl der Zivilisation zu schwinden.

„Erzählen Sie mir von diesem Brunnen", sagte ich.

„Er heißt St. Hieronymus-Brunnen. Ein Mönch hatte dort Visionen und konnte in die Zukunft blicken. So etwa vor tausend Jahren."

Verschwendete ich hier meine Zeit? Wie hätte eine religiöse Stätte Daniels Tod verursacht haben sollen?

„Warum sind Sie hierhergekommen?", fragte ich.

„Es war Dans Idee. Es soll ein magischer Ort sein."

Nach etwa zwanzig Minuten Fußweg kamen wir an eine schattige Lichtung, wo sich der Bach zu einem Becken mit Trittsteinen verbreiterte. An die Bäume ringsherum hatten Menschen Erinnerungsstücke gehängt. Jede Menge Bänder, einige Fotos in Plastiktüten, Haargummis, einen Seidenschal, kleine Spielsachen. Ich konnte den Geist des Wassers hier spüren. Lange vor dem Christentum war dies ein heidnischer Ort gewesen. Ich kniete nieder, berührte das Wasser und benetzte damit leicht meinen Nacken. Es war kühlend und erfrischend, und ich fühlte mich gleich viel leichter.

Hattie hielt inne, und ich wandte mich ihr zu. „Haben Sie hier etwas aufgehängt?"

Sie nickte. „Nick wollte nicht, er ist weitergegangen, aber Daniel und ich schon." Sie sah sich um und zeigte auf ein grünes Haarband. „Das gehört mir. Glaube ich."

Ich hatte nicht viel Hoffnung, aber ich fragte sie trotzdem. „Was hat Daniel aufgehängt?"

Sie schüttelte den Kopf. „Das habe ich nicht gesehen."

Ob das nun stimmte oder nicht, ich glaubte nicht, dass sie es mir sagen wollte. Aber es gab eine andere Möglichkeit, wie ich die Antwort vielleicht finden konnte. Also sagte ich: „Macht es Ihnen etwas aus, ein Stückchen vorauszugehen? Ich hätte nichts gegen eine ruhige Minute hier."

Da sie ein Haarband hier aufgehängt hatte, musste sie auch glauben, dass es hier Magie gab. Sie nickte.

Ich zog sehr auffällig meinen Haargummi ab, aber sobald sie um die Kurve gegangen war, steckte ich ihn mir wieder in die Tasche. Ich kam zur Ruhe und konzentrierte mich, so gut ich konnte. Ich hoffte, den Gegenstand ausfindig machen zu können, den Daniel vor seinem Tod hier angebunden hatte. Vielleicht konnte ich einen Hinweis finden oder etwas aus seiner Energie herauslesen. Es war ein Schuss ins Blaue, das war mir bewusst, aber ich musste es versuchen.

Ich atmete ein und ließ meine eigene Magie mit der dieses wunderschönen Ortes verschmelzen. Ich hörte das Wasser plätschern und spürte, wie die bewegte Luft mein Haar anhob. Ich beschwor das Bild des Toten herauf und hielt es vor meinem geistigen Auge fest. Dann sprach ich leise:

„Wassergeister, seid ihr hier?

Bitte weist die Richtung mir.
Vorbei ist sein Leben, sein Geist noch weilt,
Zeigt mir sein Zeichen, denn es eilt.
So will ich es, so soll es sein."

Und dann hob ich meine geöffneten Hände, mit den Handflächen nach oben, und wartete.

Ein frischer Wind zog auf und bewegte das Wasser, die Andenken begannen zu schaukeln. Eine Glocke bimmelte, und die Blätter seufzten. Ich hielt meinen Blick weich und zentriert. Bänder wirbelten von den Ästen, Fotos tanzten, ein winziger Teddybär stieß auf eine gekritzelte Nachricht in einer Plastiktüte.

Und dann bemerkte ich ein Andenken, das sich nicht bewegte.

Es war ein Lanyard, wie man sie auf Messen bekommt. Ich ging direkt dorthin und als ich das Band berührte, wusste ich, dass es Daniel gehört hatte. Ich hob es vom Baum. Ich hatte richtig gesehen. Es war ein Umhängeband, aber nicht von einer Messe. Ein Besucherausweis für das Carenna House hing daran.

Ein Schauer durchfuhr mich. Ich sah mir an, was dort sonst noch hing und entdeckte eine leere Plastiktüte. Was auch immer darin gelegen hatte, war verschwunden. Ich nahm sie vom Baum und legte das Lanyard hinein, wobei ich darauf achtete, nur das Band selbst zu berühren. Dann holte ich meinen Haargummi wieder hervor und band ihn an der Stelle fest, wo das Lanyard gewesen war. Ich beugte mich vor, legte meine Handfläche um den schlanken Stamm des Baumes und dankte ihm im Stillen dafür, dass er da war und mir geholfen hatte.

Als ich mich zum Gehen wandte, drehte sich der Wind. Ich spürte, wie er an meiner Wange vorbeizog. Es war, als würde ich von einem Seidenschal gestreichelt.

Hier herrschte tatsächlich eine Kraft. Aber ich konnte erkennen, dass sie gut war.

Ich holte Hattie ein, die den Weg entlangschlenderte.

Sie sagte: „Da vorne ist nichts als ein alter Brunnen, der schon seit anno dunnemals hier steht. Der, von dem ich Ihnen erzählt habe. Wollen Sie ihn sehen oder wollen Sie zurückgehen?"

Was für eine alberne Frage. Natürlich wollte ich ihn sehen. Wo wir schon einmal hier waren. Also führte sie mich weiter. Ich wusste nicht, ob sie einfach keine Lust hatte, sich zu bewegen oder ob es sie traurig machte, diesen Weg entlangzugehen, auf dem sie vor kurzem noch mit Daniel gegangen war. Auf jeden Fall kam sie nur schleppend voran.

Ich wünschte, ich wäre allein weitergegangen. Ihre Energie war nicht positiv, und wenn ich nicht aufpasste, würde sich das meinen eigenen Gefühlen in den Weg stellen. Ich riss mich zusammen und schottete mich gegen sie ab. Dann vergrößerte ich den Abstand zwischen uns und schritt weiter voran.

Der Weg wurde schmaler, und wieder spürte ich, dass ich mich einem weiteren Bereich intensiver Magie näherte. Vor uns stand ein hölzernes, handgemaltes Schild mit der Aufschrift: *St. Hieronymus-Brunnen. Alle sind willkommen. Bitte behandeln Sie diesen heiligen Ort mit Respekt.*

Ich passierte das Schild, der Weg bog ab, und da war er.

Der St. Hieronymus-Brunnen war eindeutig uralt. Es gab dort einen kleinen Steinaltar mit einer uralten Tür und einer kreisförmigen Tribüne, fast wie ein Miniatur-Amphitheater.

Ich stand einen Moment lang da und nahm alles in mich auf, bevor eine Stimme „Guten Morgen" sagte.

Ich blickte auf und sah einige Meter vor mir einen Mann stehen. Wo war er hergekommen? Mein erster Eindruck war, dass er wie ein Bild von Jesus aus der Kinderbibel aussah, die meine Eltern zu Hause hatten. Seinen Gesichtsausdruck konnte man am treffendsten als glückselig bezeichnen. Er sah ruhig, friedlich und weise aus, und doch konnte er nicht viel älter sein als ich. Höchstens fünfunddreißig. Er hatte braunes Haar, das ihm bis knapp über die Schultern wogte, weiche graue Augen und ein markantes Kinn. Ich hatte den Eindruck, dass er zwar freundlich und sanft aussah, sich aber von niemandem etwas bieten lassen würde.

Schließlich fasste ich mir ein Herz und sagte: „Guten Morgen. Sie müssen uns auf dem Weg überholt haben."

Er schüttelte den Kopf. „Ich war schon hier." Er wies hinter die Tribüne, wo der Weg weiterging.

Ob er dort wohnte?

„Es ist wunderschön hier", sagte ich idiotischerweise, aber ich hatte das Gefühl, etwas sagen zu müssen, da er einfach nur dastand und mich ansah.

„Ja. Es ist auch ein heiliger Ort."

„Ja. Das habe ich auch gespürt."

Während ich noch versuchte, eine Frage wie „Kommen Sie oft hierher?" zu formulieren, ohne dass es klänge, als sei ich an ihm interessiert, antwortete er bereits.

„Ich behalte diesen Ort im Auge. Rein ehrenamtlich."

Ich nickte. „Ich könnte mir vorstellen, dass junge Leute diesen Ort nur zu gern für Partys nutzen würden, wenn es sich herumspricht."

„Um ehrlich zu sein, sammle ich mehr Müll auf, als dass ich laute Partys störe."

Er hatte etwas an sich, in dem ich mich wiedererkannte, und ich hatte das Gefühl, dass er dasselbe für mich empfand. Als hätte er eine Entscheidung getroffen, trat er einen Schritt vor und streckte seine Hand aus.

„Ich bin Ewan."

Ich nahm seine Hand. „Jennifer."

Wir sahen uns in die Augen, und er sagte: „Ah", und ließ meine Hand los. „Das dachte ich mir schon."

Ich nickte. Ich war mir nicht sicher gewesen, dass er ein Hexer war, aber ich hatte so eine Ahnung gehabt. Hattie hatte mich noch nicht eingeholt, also sagte ich: „Ich bin neu in der Gegend. Gibt es hier einen Hexenzirkel, in den du mich einführen könntest?"

Er zog ein Gesicht. „Ich lebe als Hexer eher zurückgezogen."

Nun gut. Ich war hier, um Hinweise zu Daniels Tod zu finden, also fragte ich ihn, ob er vor drei Nächten drei junge Leute hier gesehen hätte, das war der Zeitpunkt, den Hattie genannt hatte.

Ich hatte auf meinem Handy das Foto von ihnen, das Lochlan mir weitergeleitet hatte, und zeigte es ihm. Ich hoffte, Hattie würde nicht dazwischenkommen, denn ich wollte hören, was er zu sagen hatte, ohne dass sie mithörte. Er schaute auf das Bild und nickte.

„Die drei." Er klang, als sei er enttäuscht von ihnen.

„Was haben sie getan?"

„Sie haben die heilige Stätte gestört."

Ich hatte meine Zweifel an Hattie, aber ich hatte sie mir nicht als jemanden vorgestellt, der alte Denkmäler beschädigte.

Als könne er Gedanken lesen, sagte er, „Nicht durch körperliche Gewalt. Sie haben die Stille und den Frieden gestört. Sie haben Streit und Ärger hierhergebracht."

Das war allerdings interessant. „Könntest du mir das genauer beschreiben?"

„Spielt das eine Rolle? Erinnerter Zorn ist neu geweckter Zorn."

Okay, ich hatte nicht vor, diesen Spruch auf ein Kissen zu sticken, aber ich wusste, was er meinte.

Ich sagte: „Es ist wichtig. Einer der drei ist tot. Ermordet."

„Zeig mir das Bild noch einmal."

Das tat ich. Seine Hand schwebte einen Moment lang über dem Foto auf meinem Handy, dann zeigte er auf Daniel. „Der hier." Es klang nicht einmal fragend. Es war, als ob er es wüsste. Ich glaubte nicht, dass er der Mörder war, aber dieser Kerl hatte ernstzunehmende Kräfte. Ich nickte, aber das hätte ich mir sparen können.

Ich konnte sehen, wie weit diese Kräfte reichten. „Kannst du erkennen, wer es getan hat?"

„Nein. Ich bin gut, aber nicht so gut."

„Was kannst du mir sagen?"

„Bist du von der Polizei?"

Ich schüttelte den Kopf. „Ich habe seine Leiche gefunden. Die Polizei beschuldigt einen Obdachlosen, und ich bin sicher, dass er es nicht war. Deshalb fühle ich mich verpflichtet herauszufinden, wer es getan hat."

Ein kurzes Stirnrunzeln zog über Ewans friedliche Miene. „Doch nicht etwa Tre?"

„Ja. Kennst du ihn?"

„Jeder kennt Tre. Ich kann dir sagen, dass er niemanden

umgebracht hat. Er ist eine verlorene Seele, aber er meint es gut. Und eines Tages werden seine Gemälde sehr viel Geld wert sein. Nicht, dass ihm Geld etwas bedeuten würde."

„Wenn du mir hilfst herauszufinden, wer Daniel getötet hat, kann ich helfen, Tre von dem Verdacht zu befreien. Das ist mir mittlerweile auch wichtig."

Er hob den Kopf und sagte dann: „Das Mädchen ist unterwegs. Du kannst dir das von ihr bestätigen lassen, aber die beiden Männer hatten einen Streit. Es schien, als wären beide an ihr interessiert, und sie versuchte zu entscheiden, wen sie wollte. Es war ein sehr hitziger Wortwechsel. Zum St. Hieronymus-Brunnen kommt man, um Frieden, Führung und Trost zu suchen. Nicht um einen Partner zu wählen." Beim letzten Wort biss er die Zähne zusammen.

Ich dachte kurz nach. „Was tat Hattie, als die beiden Männer sich stritten?"

„Zuerst versuchte sie, sie zu beruhigen, und als sie sich gegenseitig bedrohten, gab sie einfach auf und setzte sich auf einen Stein. Sie setzte ihre Kopfhörer auf und ich nehme an, sie hat Musik gehört."

Ich nickte. Es schien das zu sein, was sie immer tat, wenn sie aufgewühlt war.

„Wie schlimm waren die Drohungen?"

„Ich hielt es für Ausraster, weil sie betrunken waren, aber es gab durchaus Gewaltandrohungen und auch ein bisschen Gerangel. Das hätte ich unterbunden, wenn ich geglaubt hätte, dass einer der beiden wirklich in Gefahr gewesen wäre, aber ich dachte, es wäre besser für sie, sich etwas abzureagieren." Er schüttelte den Kopf. „Es war allerdings eine Menge Arbeit, den Ort wieder ins Reine zu bringen, nachdem sie weg waren."

Ich hatte noch eine Frage. „Glaubst du, dass der Dunkelhaarige fähig gewesen wäre, seinen Rivalen zu ermorden?"

Er sagte: „Ich denke, die meisten Menschen sind in der Lage zu töten, wenn die richtigen Umstände vorliegen. Beziehungsweise die falschen." Dann sagte er: „Wenn es dir nichts ausmacht, würde ich es vorziehen, die junge Frau nicht noch einmal zu sehen. Aber du kannst jederzeit kommen. Deine Energie passt zu diesem Ort. Ich würde mich freuen, dich wiederzusehen. Und ich bin normalerweise hier in der Nähe."

Ich bedankte mich bei ihm und dann ging er rasch den Weg hinunter, in die andere Richtung als die, aus der ich gekommen war. Nur Sekunden, nachdem er weg war, kam Hattie. Ich bemerkte, dass sie nicht in den inneren Kreis eintrat, sondern den Brunnen betrachtete, als ob er mit schlechten Erinnerungen behaftet wäre, was er wohl auch war. Ich erwies dem Brunnen meine Ehrerbietung und sagte Hattie, dass ich bereit sei zu gehen.

Ich freute mich, den St. Hieronymus-Brunnen gefunden zu haben, aber ich bedauerte, dass dies im Zusammenhang mit der Aufklärung eines Mordes geschehen war. Was noch schlimmer war, ich schien der Lösung des Problems keinen Schritt näher gekommen zu sein. Und um Tre freizubekommen, würde ich ihnen einen Teenager anbieten, der ein Leben beendet und damit gleichzeitig sein eigenes weggeworfen hatte. Aus Eifersucht.

Was für eine schreckliche Verschwendung.

KAPITEL 14

*H*attie und ich gingen den Weg zurück, und da ich wusste, dass ich ihr keine gezielten Fragen würde stellen können, während ich gleichzeitig intensiv auf das Autofahren konzentriert war, ergriff ich das Wort, bevor wir am Auto waren. Auf dem Waldweg selbst hatte ich keine negativen Emotionen wecken wollen, weder in der Nähe des heiligen Brunnens noch, während wir an der magischen Lichtung und dem Wasserbecken vorbeigingen. Aber jetzt, als wir uns dem Auto näherten, spürte ich, wie der Zauber nachließ.

„Sowohl Daniel als auch Nick wollten dich für sich, nicht wahr?"

„Das hätte nicht passieren sollen. Wir waren alle Freunde. Aber ja, ich denke schon. Aber ich glaube nicht, dass es etwas Ernstes war."

„Hattie, einer von ihnen ist tot. Das ist ziemlich ernst."

Sie presste die Lippen zusammen, und der missmutige Blick, den ich mittlerweile kannte, trat wieder in ihr Gesicht.

Ich sagte zu ihr: „Erzählen Sie mir vom Carenna House."

Sie zuckte zusammen, aber sie versuchte, dies mit einem Achselzucken zu überspielen. „Ich weiß nicht, was das ist." Sie log.

„Ich glaube, Sie wissen es. Ich glaube, zwischen Daniel und dem Carenna House gibt es eine Verbindung."

„Wenn ja, dann weiß ich nichts davon."

Ich wollte widersprechen, aber ich sah, dass sie sich mir gegenüber verschloss. Ich versuchte eine andere Taktik. „Es tut mir leid. Ich weiß, es ist schwer für Sie. Aber wollen Sie nicht herausfinden, was mit Daniel passiert ist?"

Sie drehte sich zu mir um, mit einem Ausdruck von Wut und Panik im Gesicht. „Nein, das will ich nicht. Er ist tot. Das ist alles, was zählt. Sie können ihn nicht zurückbringen. Keiner kann ihn zurückbringen. Warum spielt das dann eine Rolle?"

Ich ließ ihre Worte in der Luft hängen, in der Hoffnung, dass sie ihr Echo hörte und merkte, wie dumm sie klangen. Dann antwortete ich.

„Weil die Menschen, denen er etwas bedeutete, ein Recht darauf haben zu erfahren, wie er gestorben ist. Und er verdient Gerechtigkeit."

Ihr panischer Blick verstärkte sich. „Warum können Sie nicht glauben, dass er einfach gestürzt ist?"

„Weil Sie es nicht glauben."

„Doch."

„Warum sind Sie dann nicht bei seiner Leiche geblieben, als Sie ihn gestern Morgen tot aufgefunden haben? Als ich auf dem Weg an Ihnen vorbeikam und Sie geweint haben, waren Sie gerade den Steilpfad von der Bucht heraufge-kommen und haben ihn dort am Strand zurückgelassen. Welchen Grund hatten Sie, das zu tun?"

„Warum können Sie mich nicht in Ruhe lassen?" Sie ging schnell weiter, und ich ließ sie gehen.

Eines wusste ich. Sie hatte Angst. Die Frage war nur, wovor? Oder vor wem?

Ich steckte meine Hand in die Tasche und umfasste die Tüte mit dem Lanyard darin. Ich war mir sicher, dass sie sich warm anfühlte, als ob ein Energiestrom durch sie hindurchschwirrte. Ich wusste nicht, was vor sich ging oder warum Daniel ein Lanyard vom Carenna House auf der magischen Lichtung aufgehängt hatte, aber eines wusste ich. Ich wollte Lord und Lady Gilpin an einem ihrer profitablen Besichtigungstage besuchen, um das herauszufinden, und zwar sehr bald.

Hattie wartete am Auto auf mich. „Warum sind Sie zu diesem obskuren Brunnen gegangen?", fragte ich sie.

„Wir sind der Karte gefolgt."

Keine sehr aufschlussreiche Antwort. Vielleicht wusste sie als Einheimische davon und wollte die Stelle ihren Freunden zeigen, aber ich hatte den Eindruck, dass sie nicht nur zur Besichtigung hierhergekommen waren.

Auf dem Rückweg in die Stadt sprachen wir nicht viel. Ich war zu sehr damit beschäftigt, auf der richtigen Straßenseite zu fahren und mit der richtigen Hand zu schalten. Das nahm meine ganze Aufmerksamkeit in Anspruch. Ich hatte nie viel dafür übriggehabt, auf einem Besen zu reiten, aber offen gestanden hätte ich lieber einen Strohbesen durch die Luft gelenkt, als über diese schmalen Sträßchen mit einem Auto zu fahren, das ich nicht kannte. Und das auch noch auf der falschen Seite dessen, was die Briten hochtrabend Landstraße nannten.

Schließlich kamen wir wieder im Laden an, und es gelang

mir, Claires Auto einzuparken und dabei nur ein winziges bisschen gegen den Bordstein zu stoßen. Ich atmete erleichtert auf, und kaum hatte ich den Motor abgestellt, stieg Hattie aus.

Ich stieg ebenfalls aus und bevor sie weggehen konnte, sagte ich: „Wenn Sie nicht selbst die Polizei anrufen, werde ich dort Bescheid sagen, wo man Sie finden kann und warum." Okay, ich wusste nicht, wo sie wohnte oder wie man sie erreichen konnte, aber ich wette, Claire schon.

Ich dachte, sie würde widersprechen, aber dann nickte sie nur. „Ich rufe dort an, sobald ich zu Hause bin."

„Tun Sie das auf jeden Fall."

Und dann schritt sie davon. Sie war noch in Sichtweite, als Nick – der dritte der drei, die am Brunnen gewesen waren, und derjenige, der laut Ewan auch in Hattie verliebt sein könnte – hinter ihr auftauchte und sie beim Arm nahm. Ich wurde Zeugin eines weiteren intensiven Gesprächs zwischen den beiden, und dann zog sie sich zurück und ging weiter. Ein Teil von mir wollte zu ihm gehen und ihm noch ein paar neugierige Fragen stellen, aber dann sah ich plötzlich Claire, die mir aus dem Ladeninneren zuwinkte.

Als Detektivin war ich nur Amateur, aber als Ladenbesitzerin war ich Profi. Ich musste meine Prioritäten vor Augen haben. Ich schloss ihr Auto ab und ging dann zurück in den Laden, um ihr den Schlüssel zurückzugeben.

„Alles in Ordnung?", fragte sie mich.

„Ja. Danke, dass du mir dein Auto geliehen hast. Ich muss mir auch eines besorgen." Es stimmte, auch wenn ich mich davor fürchtete, hier Auto zu fahren. Vielleicht könnte ich ein paar Fahrstunden nehmen. Wenn ich so reich wäre wie die Vampire, würde ich als Erstes einen Chauffeur einstellen.

„Das ist kein Problem", sagte Claire.

Ich zog zehn Pfund aus meiner Tasche. „Ich hoffe, das reicht für das Benzin, das ich verbraucht habe."

Sie grinste mich an. „Es ist ein kleines Auto mit einem kleinen Motor. Das wird mehr als genug sein."

Während ich weg war, waren Claire und Nate nicht untätig gewesen. Das Haus roch nach frischer Farbe und sah mit dem weißen Grundanstrich an Wänden und Decke schon tausendmal besser aus. Als Nächstes musste die gleiche Arbeit im Obergeschoss erledigt werden. Und jetzt sollte ich mir wirklich wieder die Ärmel hochkrempeln und mich an die Arbeit machen. Claire schickte mich nach oben, um die Fensterrahmen mit Malerband abzukleben. Es war die perfekte Beschäftigung, denn während meine Hände etwas zu tun hatte, konnte ich meinen Gedanken freien Lauf lassen. Ich dachte über Dreiecksbeziehungen, Herrenhäuser hier in der Gegend und Schmugglerschätze nach und fragte mich, ob es da irgendwelche Querverbindungen gab.

Ich hatte so wenige Anhaltspunkte. Eine Telefonnummer, über die man das Carenna House erreichte, ein Lanyard am Ort der Magie, von dem ich annahm, dass es von einem Toten stammte, aber was, wenn ich mich irrte? Ich zweifelte nicht oft an meinen Fähigkeiten, aber es kam vor, dass ich Dinge falsch deutete. Dennoch war ich ziemlich überzeugt, dass es einen Zusammenhang geben musste, und beschloss daher, dem Carenna House am nächsten Tag einen Besuch abzustatten.

Ich konnte es kaum erwarten, Lucy wiederzusehen und mit ihr über all das zu sprechen. In der Zwischenzeit machte ich mir Sorgen um Tre. Wie kam er wohl zurecht? Sollte ich mich auf den Weg zur Polizei machen, um es herauszufinden?

Gryffyn rief an, als ich gerade Cornish Pasties und Kaffee zum Mittagessen in den Laden bringen wollte.

„Sie haben also ein Handy", sagte ich.

„Natürlich habe ich ein Handy. Ich mag diese neumodische Technologie zwar nicht, aber das heißt nicht, dass ich sie nicht benutze. Ein Dummkopf bin ich nicht."

„Freut mich, das zu hören."

„Ich habe mit meinem Anwalt, Joseph Milligan, gesprochen. Er glaubt nicht, dass die Polizei Tre in Gewahrsam halten wird. Sie haben ihn befragt, und er wirkt nervös und schreckhaft, aber das liegt daran, dass er es nicht erträgt, sich in geschlossenen Räumen aufzuhalten."

Ich fühlte mit dem armen, sanftmütigen Mann mit, der in einem kleinen, luftleeren Raum eingesperrt war, der vermutlich darauf ausgelegt war, diejenigen, die darin eingesperrt waren, zu verstören.

„Ich dachte, wir fahren hin und warten auf ihn", sagte Gryffyn. „Er sollte bald entlassen werden."

Ich bekam einen zweiten Schock. „Sie fahren Auto?"

„Was meinen Sie wohl, wie ich herumkomme?" Er klang verärgert über mein mangelndes Vertrauen in seine Fähigkeiten.

„Ich komme gern mit. Danke sehr", sagte ich. Ich sagte ihm, er solle mich in dreißig Minuten in Shadowbrook abholen. So hatte ich Zeit, meinen Anstreicherinnen ihr Mittagessen zu bringen, ihnen zu sagen, dass ich wieder einmal anderweitig gebraucht wurde, ihnen den Schlüssel zu geben, damit sie abschließen konnten, wenn sie fertig waren, und zurück nach Shadowbrook zu rennen, um mich frisch zu machen. Unterwegs verzehrte ich meine Pastete und trank meinen Kaffee. Dann rannte ich in mein Zimmer, putzte mir die Zähne, zog die schmutzige Arbeitskleidung aus und eine marineblaue Leinenhose, eine weiße Bluse und blaue Sandalen an. Ich bürstete mein Haar, das zum Glück keine Farbe abbekommen hatte, legte ein wenig Make-up auf und nahm meine Tasche.

Ich war dankbar, dass Gryffyn mir angeboten hatte, mich mitzunehmen. Andernfalls hätte ich Alfred gebeten, mich im Bentley hinzufahren, und das hätte meiner Meinung nach bei hart arbeitenden Polizeibeamten, die sich keine Bentleys leisten konnten, nicht den richtigen Eindruck hinterlassen.

Ich hatte nicht erwartet, dass Gryffyn in einem Schmugglerwagen vorfahren würde, aber als er in einem dunkelblauen Volvo ankam, war ich angenehm überrascht. Er war vollelektrisch und schien mir ein relativ neues Modell zu sein. Gryffyn trug sogar zeitgemäße Kleidung, Jeans und Lederstiefel. Und auch sein weißes Leinenhemd sah aus, als käme es von einem modernen Herrenausstatter. Mit den Bartstoppeln und dem Ihr-könnt-mich-alle-mal-Blick, den er immer noch hatte, sah er allerdings immer noch aus wie ein Pirat. Eben wie einer aus dem einundzwanzigsten Jahrhundert.

Er war so ein guter und souveräner Fahrer, dass ich mich bald entspannte.

„Mein Anwalt ist sicher, dass die Polizei den falschen Mann erwischt hat. Tre hat das Handy in einem Gezeitentümpel gefunden, es auf ein Stück Treibholz gemalt, das er bei sich trug, und es dann aufgehoben. Er lässt keinen Müll am Strand herumliegen."

„Er ist also verhaftet worden, weil er die Umwelt schützen

wollte. Armer Tre. Ich bin froh, dass Sie ihm einen Anwalt besorgt haben." Ich hätte gerne angeboten, mich an den Kosten zu beteiligen. Allerdings fehlte mir dazu das Geld. „Man kann ihn doch unmöglich aufgrund solch fadenscheiniger Beweise verhaften. Zumal er ihnen das Bild zeigen kann. Es war nett von Ihnen, Ihren Anwalt einzuschalten."

„Ich habe Tre irgendwie gern", gab er zu. „Er lässt sich treiben wie ein Stück Treibgut, aber das, was er sieht, hält er auf bemerkenswerte Weise fest. Er ist ein echter Künstler."

Vor einem niedrigen Bürogebäude mit blau-weißem Schild, auf dem *Tregrebi Police Station* stand, fuhren wir auf den Parkplatz. Dort standen zwei Streifenwagen und drei zivile Fahrzeuge.

Nachdem wir in eine freie Parklücke gefahren waren, sagte Gryffyn: „Da ist ja auch mein Anwalt."

Ich hatte einen Vampir erwartet, aber der Mann, der auf dem Bürgersteig vor dem Haupteingang stand, hatte eindeutig rotes Blut in den Adern – und er wirkte ziemlich blasiert. Joseph Milligan hatte einen Kreis aufgebauschtes weißes Haar um seine Glatze und sah damit aus wie eine nicht ganz fertig überzogene Torte. Er trug einen leichten Sommeranzug und hatte einen teuer aussehenden Aktenkoffer dabei.

Jemanden wie ihn hätte man auf einem Parkplatz nicht erwartet. Ich wette, er ließ seine Klienten in einem schicken Empfangsbereich mit ledernen Clubsesseln und eingebautem Wandaquarium Däumchen drehen. Wenn er Gryffyns Anwalt war, musste Gryffyn in der Tat ein wertvoller Kunde sein.

Wir stiegen aus dem Volvo aus, und ich wurde vorgestellt. Als Joseph Milligan mir die Hand gab, betrachtete er mich mit scharfen grauen Augen hinter silberumrandeten Gläsern. „Ihr Freund wird entlassen. Er sollte bald draußen sein."

„Oh, gut. Dann ist er also aus dem Schneider?", fragte ich.

Als der Anwalt erneute seinen stechenden Blick auf mich richtete, wünschte ich mir, ich hätte mich förmlicher ausgedrückt. Nur kannte ich mich hier in England damit nicht aus.

„Er gilt immer noch als Zielperson, ist aber keines Verbrechens angeklagt." Joseph Milligan wandte sich Gryffyn zu. „Sind Sie sicher, dass Sie für Treeve Balliss bürgen wollen?"

Tre musste die Abkürzung für Treeve sein. Und jetzt kannte ich auch seinen Nachnamen. Dadurch wurde der Maler irgendwie konkreter.

„Was spricht dagegen?", fragte Gryffyn.

„Er schwört, dass er nicht gesehen hat, was mit dem jungen Mann passiert ist, und dass er das Telefon gefunden hat", antwortete Milligan. „Aber er verbirgt etwas. Er fühlte sich im Vernehmungsraum äußerst unwohl. Fasste immer wieder an eine Muschel, die um seinen Hals hing, bis ich dachte, er würde sich damit strangulieren. Wir könnten mit verminderter Schuldfähigkeit argumentieren." Er hätte vielleicht noch weitergeredet, aber dann blickte er durch die Glastüren der Polizeiwache und sagte: „Ah, er wird entlassen. Warten Sie hier, ich schicke ihn raus."

Als Tre auftauchte, blickte er zum Himmel und sog die Luft ein, als hätte er die letzten Stunden über nicht mehr atmen können. Dieser Mann würde eine Gefängnisstrafe niemals verkraften. Das wusste ich sofort.

Wir ließen ihm ein paar Minuten Zeit und dann stieg er zögernd zu uns ins Auto. Gryffyn ließ alle Fenster herunter, und ich glaube nicht, dass er das wegen Tres Geruch tat. Also, nicht nur wegen Tres Geruch. Tre musste so nah wie möglich an der frischen Luft sein.

„Alles in Ordnung mit dir?", fragte ihn Gryffyn.

„Muss zurück zur Sardinenbucht. Muss malen." Mehr sagte er nicht, sondern streckte seinen Kopf wie ein Hund aus dem Fenster.

Und wir brachten ihn so schnell wie möglich zurück. Gryffyn parkte den Wagen vor seinem Haus und Tre sprang heraus. Er murmelte ein Dankeschön und ging dann davon.

„Wenn er angeklagt wird, werden wir auf verminderte Zurechnungsfähigkeit plädieren", sagte Gryffyn und beobachtete ihn beim Weggehen.

„Sie glauben doch nicht, dass er den Jungen getötet hat, oder?"

„Ich bin schon lange genug auf der Welt, um zu wissen, dass jeder unter entsprechenden Umständen zu bösen Taten fähig ist."

Das war zweifellos richtig, aber in diesem speziellen Fall hatte Tre meiner Meinung nach nicht mehr getan, als Müll aufzusammeln. Wie konnte ich das beweisen?

KAPITEL 15

*A*ls ich nach Shadowbrook zurückkehrte, suchte ich im Internet nach dem Carenna House und informierte mich über die Besichtigungstage. Das Einfachste, was ich tun konnte, war, an einer Führung teilzunehmen. Daher stammte natürlich auch das Lanyard. Daniel musste auch eine Führung durch das Carenna mitgemacht haben. Hatte das etwas mit seinem Tod zu tun? Oder war es Zufall? Ich hatte keine Ahnung, ob eine öffentliche Führung mir helfen würde, das herauszufinden, aber im Moment war es alles, was ich hatte.

Das Haus war jeden Tag außer montags von zehn bis siebzehn Uhr geöffnet.

Heute war Dienstag, und ich hatte noch ein paar Stunden Zeit, bis es geschlossen wurde.

Carenna House war eine Haltestelle der örtlichen Buslinie, und so genoss ich meine erste Busfahrt in Cornwall, die mich um 15.30 Uhr zum Haus brachte. Ich war mir nicht sicher, ob das gut oder schlecht war, aber fast zeitgleich fuhr ein Reisebus vor und etwa vierzig Leute strömten heraus. Vielleicht war es ganz gut, mich in einer Menschenmenge zu verstecken. Als ich am Eingang ankam, verlangte die Frau hinter dem Besucherschalter zwölf Pfund fünfzig und gab mir ein Lanyard, das genauso aussah wie das, das Daniel in der magischen Lichtung an den Baum gehängt hatte.

Ich zog mir das Lanyard über den Kopf. Das Gerät mit der Audio-Führung, das mir angeboten wurde, lehnte ich ab. Ich wollte alle meine Sinne, einschließlich meiner Ohren offen-halten, während ich durch das Haus ging. Ich wusste nicht einmal, wonach ich suchte, aber ich hoffte, spüren zu können, warum er hier gewesen sein könnte. Waren die beiden anderen mit ihm hier gewesen? Hattie hatte zwar nichts gesagt, aber den Namen des Hauses hatte sie sicher gehört. Wenn sie für einen Tagesausflug an einen eleganten Ort gekommen waren, warum hätte sie das nicht einfach sagen können?

Wenn sie das getan hätte, wäre ich jetzt vielleicht nicht hier. Aber allein die Tatsache, dass sie so getan hatte, als wüsste sie nicht, was das Carenna House war, weckte in mir den Verdacht, dass es in irgendeiner Weise von Bedeutung war.

Ich gehörte zwar nicht zur Reisegruppe, blieb aber im hinteren Teil der Menschenmenge und ging mit. Der Rund-gang führte über einen gepflasterten Weg, und ich muss sagen, auf den ersten Blick war das Carenna House sehr beeindruckend.

Das graue Steinschloss erhob sich vor uns aus dem Boden, und mein Blick stieg daran nach oben, über eine efeubewachsene Fassade mit Sprossenfenstern bis hinauf zu den beiden runden Türmen auf beiden Seiten. Der Haupteingang war so prachtvoll, dass die Touristen anhielten, um Fotos zu machen, bevor wir überhaupt hineingegangen waren. Beim Eintreten wurde einem praktisch der Reichtum um die Ohren geschlagen, den diese Familie einst besessen hatte, bevor sie das Haus für Besucher öffnen musste, um die Stromrechnung bezahlen zu können. Ein riesiger Kristallkronleuchter schmückte das Eingangsfoyer, das mit Marmorböden, großen Ölgemälden, Möbeln aus verschiedenen Epochen und einer geschwungenen Prunktreppe ausgestattet war.

Der Reisegruppe wurde, wahrscheinlich, weil sie so groß war, sofort eine Führerin zugeteilt: Eine Frau in Schottenrock und rotem Pulli kam nach vorne und stellte sich als Margaret vor.

Sie sagte: „Es wird mir ein Vergnügen sein, Sie heute durch dieses schöne Haus zu führen. Das Carenna House befindet sich seit 1500 im Besitz derselben Familie. Und wenn diese Wände sprechen könnten, hätten sie eine Menge zu erzählen."

Ich nahm an, dass jedes bedeutende Haus, das Adeligen gehörte, dasselbe von sich sagen könnte. Dennoch war es beeindruckend, dass es so lange im Besitz ein und derselben Familie gewesen war. Ich fragte mich, ob Gryffyn die Familie zu seinen Lebzeiten gekannt hatte. Es war seltsam, dass er nichts gesagt hatte.

Der Führerin hörte ich mit halbem Ohr zu und hielt gleichzeitig beide Augen offen und alle meine Sinne bereit für – nun, wofür, das wusste ich nicht. Sie führte uns durch das Wohnzimmer, das mit prächtigen Möbeln, unbezahlbaren Ornamenten und Gemälden an den hohen blassgrünen Wänden so vollgestopft war wie ein Antiquitätenladen. Margaret wies auf die beiden Gainsborough-Porträts eines früheren Lord Gilpin und seiner Lady hin und erzählte Anekdoten darüber, wie die Familie mit Wilhelm dem Eroberer nach England gekommen war und dass der Stammbaum Berührungspunkte hatte mit den Zweigen berühmter Familien in ganz Europa, auch Königsfamilien.

Wir besichtigten den großen Speisesaal, in dem ein glänzender Tisch für dreißig Personen gedeckt war. Alle, vom Königshaus über Prominente bis hin zu Premierministern, hatten hier schon diniert. Winston Churchill hatte ein Kapitel seines Buches *A History of the English-Speaking Peoples* (Geschichte der englischsprachigen Völker) während eines Aufenthaltes im Carenna House geschrieben, und er war ein gern gesehener Gast beim Abendessen gewesen.

Schließlich erreichten wir die Bibliothek. Abgesehen von den raumhohen Regalen mit ihren seriös aussehenden, in Leder gebundenen Büchern, die diese Regale sicher nur selten verließen, gab es hier einen hübschen Schreibtisch mit Familienporträts des derzeitigen Lord Gilpin und seiner Familie. Das Ehepaar, das ich in The Cornish Teapot kennengelernt hatte, erkannte ich auf einem Familienporträt mit drei Kindern. Zwei Mädchen und ein Junge.

An einer Wand, die im Grunde eine Prahlwand war, befanden sich alte Dokumente in Rahmen und ein komplizierter Stammbaum. Ich nahm an, dass jede Familie, die sechzehn Generationen zurückreichte, einige Verwicklungen in ihrem Stammbaum haben würde.

Margaret wies auf die Highlights an der Prahlwand hin: Nicholas Trelawney, der das Land und den Titel von einem dankbaren Charles II. für die Unterstützung der Royalisten während der Cromwell-Jahre erhalten hatte. Der Bau des schönen Hauses, das im Laufe der Jahrhunderte immer wieder erweitert und verbessert wurde. Sie hielt inne und sagte: „Und wir haben sogar einen Schmuggler in der Familie. Das schwarze Schaf, wenn Sie so wollen."

Ich hörte kaum zu und fragte mich, ob ich einen Hinweis darauf finden würde, warum Daniel hierhergekommen war. Wenn er nicht vorgehabt hatte, etwas Wertvolles zu stehlen, und ich vermutete, dass ihn einige starke Sicherheitssysteme davon abhalten würden, was war dann der Sinn? Hatte er das Lanyard in der Nähe des Hieronymusbrunnens in der Hoffnung auf Orientierung aufgehängt? Vielleicht sollte ich zurückgehen, mich still an den Brunnen setzen und ebenfalls um Hilfe bitten, denn im Carenna-Haus fand ich nichts als Langeweile.

Dann sagte Margaret: „Sir Montague Gryffyn Penrose Trelawney war der zweite Sohn und ging zur Marine. Er war ein tapferer Kapitän und wurde für seine Verdienste um die Krone zum Ritter geschlagen, aber zur Überraschung aller verließ er die Marine und wurde Schmuggler. Sicher gab es damals viele Reichtümer zu gewinnen, aber die Familie hat ihm nie verziehen und seinen Namen aus der Familienbibel gestrichen."

Ich war nicht mehr gelangweilt. Ich war tatsächlich völlig baff. Könnte Sir Montague Gryffyn Penrose Trelawney der Gryffyn Penrose sein, den ich kennengelernt hatte? Untot, arrogant und immer noch auf hoher See unterwegs. Ich ahnte, dass er es war. Dennoch hatte er nicht erwähnt, dass er mit der Familie verwandt war, der das Carenna House gehörte, auch nicht, als er den gekritzelten Zettel in Daniel

Rutherfords Tasche entdeckt hatte. Warum hatte er nichts gesagt? Ein Geheimnis schien zum anderen zu führen.

Dann sprang Margaret im Stammbaum weiter zu einem Trelawney, der im Jahr 1900 eine reiche amerikanische Prominente geheiratet hatte. Sie fuhr fort: „Leider hat der Großonkel des jetzigen Besitzers, Matthew Trelawney, sein einziges Kind und Erben im Zweiten Weltkrieg verloren. Nach seinem Tod ging das Carenna House an dessen Bruder, den Großvater des heutigen Lord Gilpin, über." Dann sprach sie über die enormen Restaurierungsarbeiten, die durchgeführt wurden.

Dann verließen wir die Bibliothek und wurden in die oberen Stockwerke eingeladen, um die öffentlich zugänglichen Zimmer zu besichtigen, darunter auch das Zimmer, in dem Winston Churchill gewohnt hatte. Vielleicht würde ich eines Tages wiederkommen und mir das Obergeschoss ansehen, aber für mich war die Führung heute beendet. Ich ging hinaus und wartete auf den Bus.

Was ich sehen wollte, hatte ich gesehen.

AM NÄCHSTEN TAG wachte ich auf und hörte Bärchen neben mir leise schnarchen. Lucy sollte heute ankommen, und ich konnte es kaum erwarten, sie zu sehen und etwas über ihre Flitterwochen zu hören. Außerdem wollten wir uns, da nun auch WLAN im Laden installiert war, an einen Computer setzen und das Material bestellen. Es wurde ernst. Ich dachte, dass wir in ein oder zwei Wochen große Eröffnung feiern könnten.

Mein Frühstück war einfacher als sonst – Müsli, Obst und

Croissant sowie mein unverzichtbarer Kaffeebecher, denn, so erklärte Mrs Biddle, sie musste für den Hausherrn und die Hausherrin kochen. Dass ich eine viel geringere Bedeutung hatte, ließ sie deutlich durchblicken.

Ich machte mich früh auf den Weg, in der Hoffnung, den Laden so gut wie möglich in Ordnung zu bringen, bevor Lucy eintraf. Als ich auf das Cottage zuging, konnte ich sehen, dass dort etwas anders war als vorher, aber es dauerte eine Sekunde, bis meine Augen die Realität akzeptierten.

Die Fassade des Ladens war umgestaltet worden. Die Holzlatten waren alle mit einer magischen Szene bemalt, die sich sogar um die Holzrahmen der Fenster herum fortsetzte. Es handelte sich um eine Szene mit fein detaillierten, sehr echt aussehenden Muschelschalen in Kombination mit dem Muschelschalen-Strickmuster. Es war eindeutig das Werk von Tre. Für einen Strickladen am Meer war es perfekt. Plötzlich wurde mir klar, dass wir deshalb so große Schwierigkeiten hatten, einen Ladennamen zu finden, weil wir uns nur auf das Stricken konzentriert hatten. Tre aber hatte gesehen, was ich nicht sehen konnte, und er hatte ein Strickmuster mit einem Symbol verbunden, das nicht nur für das Meer stand, sondern auch für Pilger und Wanderer. Ich hatte den Verdacht, dass er und ich beide zu diesen Kategorien gehörten.

Die Jakobsmuschel. So würde ich den Laden nennen. Er hatte auch eine winzige Meerjungfrau gemalt, die auf einer Jakobsmuschel saß, mit Seetang und winzigen Fischen, und vieles sah aus, als wäre es gestrickt. Tre hatte die Außenwelt und die Welt des Handwerks auf magische Weise zusammengebracht. Ich hätte die Signatur nicht gebraucht, um zu wissen, wessen Werk es war, aber natürlich stand in der rechten unteren Ecke *Tre*.

Ich stand da und bewunderte es, als Gryffyn unversehens an meiner Seite auftauchte. Es war nicht so, dass er nach Belieben verschwinden und wieder auftauchen konnte, sondern dass ich so in das Bild vertieft war, dass ich ihn nicht hatte kommen sehen.

Er sagte: „Was halten Sie davon?"

Ich drehte mich zu ihm um, und die Antwort war wohl in meinem Gesicht zu sehen. „Es ist wunderschön", sagte ich.

Er nickte. „Ich dachte mir, dass es Ihnen gefällt." Natürlich hatte er es schon gesehen. Er war ja die ganze Nacht wach gewesen.

„Haben Sie gesehen, wie er es gemalt hat?"

„Er hat mich zuerst um Erlaubnis gebeten. Schließlich gehört der Laden mir."

„Ich bin sehr froh, dass Sie sie ihm gegeben haben."

„Er hat ein gutes Auge. Und was er getan hat, ist perfekt. Außerdem ist es ja nur Farbe. Wenn Sie jemals etwas anderes wollen oder wenn Ihnen das hier nicht gefallen hätte, würde Tre es einfach übermalen."

Ich dachte, es wäre ein Verbrechen, Tres geniale Kunst zu übermalen. Während ich dort stand und die Details bewunderte, kam Henrietta, die Besitzerin des Bekleidungsgeschäfts von der anderen Straßenseite, zu uns. Sie sah nicht so begeistert aus, wie ich es war.

„Ich bin mir nicht sicher, ob der Gemeinderat sehr erfreut darüber sein wird, dass Sie ohne Genehmigung ein Wandbild angebracht haben. Wir haben sehr strenge Regeln, wissen Sie."

Wollte sie mich verarschen? „Aber ich habe es nicht in Auftrag gegeben. Das Bild war plötzlich da. Wie Zauberei."

Sie deutete auf die Signatur. „Das ist kein Zauberer, das ist Tre."

„Entschuldigen Sie, wenn ich sage, dass er ein Zauberer mit Farben ist. Er ist wie der Banksy von Cornwall."

Sie schnaubte und ging auf die andere Straßenseite, um ihren Laden zu öffnen.

„Wird sie Ärger machen?", fragte ich Gryffyn.

Er zuckte die Achseln. „Sie kann es versuchen. Ich könnte mir vorstellen, dass der Rat dies als einen Mehrwert und eine positive Sache ansieht. Und falls nicht, soll Tre es im Ladeninneren noch einmal malen. Davon kann uns keiner abhalten."

Ich sagte: „Ich werde ihn beauftragen, mein Schild zu malen. Jetzt habe ich endlich einen Namen für meinen Laden. Die Jakobsmuschel." Je mehr ich darüber nachdachte, desto perfekter war es.

„Die Jakobsmuschel", er ließ sich das Wort auf der Zunge zergehen, so als wolle er es kosten. „Ja. Das gefällt mir."

„Wollen Sie mit reinkommen und sehen, was wir gemacht haben?", fragte ich.

Dann wurde mir klar, was für eine dumme Frage das war. Der Mann hatte ja einen Tunnel, der in den Laden hinein- und wieder hinausführte. Zweifellos hatte er in der Nacht bereits alles gründlich inspiziert. Dennoch tat er netterweise so, als ob er es nicht getan hätte, und ich nahm ihn mit hinein. Er lobte die Farbgestaltung und sagte, Samuel Carpenter sei mit den Regalen schon ziemlich weit.

Ich drehte mich zu ihm um. „Ich war gestern im Carenna House."

226

Sein Gesichtsausdruck veränderte sich nicht. „Soso.“

„Ja. Da war ich. Es war eine sehr interessante Tour.“

„Es ist ein schönes historisches Haus.“

„Das ist es. Und es hat eine faszinierende Geschichte.“

Er schien darüber nachzudenken. „Alles, was alt genug ist, hat in der Regel eine faszinierende Geschichte.“ Seine Augen begannen zu funkeln. „Ich selbst habe eine faszinierende Geschichte. Das liegt daran, dass es mich schon seit einigen Jahrhunderten gibt.“

„Ja“, sagte ich. „Ich weiß. Dank des Carenna House und seiner Geschichte. Es scheint, dass sich das Anwesen seit mehr als sechshundert Jahren im Besitz derselben Familie befindet. Und sie haben dort eine ziemlich ausführliche Familiengeschichte in der Bibliothek.“

„Wie langweilig“, sagte er. „Sagen Sie nicht, dass Sie dagestanden und sie gelesen haben?“

„Ich habe bei einer Führung zugehört. Und wie es scheint, hat es einen gewissen Sir Montague Gryffyn Penrose Trelawney gegeben, der zu den schillernden Mitgliedern dieser Familie gehörte. Er war ein dekorierter Kriegsheld in der britischen Marine.“

„Ach wirklich? Das war natürlich damals ein gängiger Name.“

Wenn Sir Montague Gryffyn Penrose Trelawney jemals irgendwo ein gewöhnlicher Name gewesen wäre, würde ich vom Hocker fallen.

„Das Interessante daran ist, dass er zwar als gefeierter Kriegsheld zurückkehrte, dann aber die Familie in Verlegenheit brachte, als er Schmuggler wurde.“

„Ich glaube, ich habe Ihnen schon gesagt, dass wir den Begriff Freihändler bevorzugen.“

„Nennen Sie es, wie Sie wollen, die Familie hat ihn verstoßen."

„Ein bisschen hart, finden Sie nicht? In ihren Kellern befanden sich, wie bei den meisten hier, französische Branntweine und Weine, für die sie nicht den vollen Zoll entrichtet hatten. Die Frauen trugen gern französische Strümpfe, aber sie wollten Seiner Majestät nicht die exorbitante Steuer zahlen."

„Gryffyn, das waren Sie, nicht wahr?"

„Und wenn es so wäre?"

„Ich weiß nicht. Es scheint mir grausam, von seiner eigenen Familie verstoßen zu werden."

„Das waren andere Zeiten. Ich hege keinen Groll gegen sie." Und dann kicherte er. „Außerdem habe ich sozusagen zuletzt gelacht, als ich ihnen mit meinem erworbenen Reichtum das Grundstück hier direkt vor der Nase weggekauft habe. Ich hätte mich überall niederlassen können, aber es war mir lieber, von hier aus meinem steifen, älteren Bruder eine lange Nase zu zeigen. Denn ich war der zweite Sohn, und in jenen Tagen ging alles an den Ältesten. Er bekam Carenna und den ganzen Reichtum. Ich hatte nichts außer meinem Namen und meiner Bildung, um mich zu empfehlen. Und obwohl ich stolz gewesen war, für mein Land zu kämpfen, war mein Land nach dem Krieg nicht mehr so sehr an mir interessiert. Ich hatte Energie, ein gewisses Geschick auf den Wellen und keine zwei Pfennige, die ich aneinander hätte reiben können. Ich war nicht der Einzige, der mit dem freien Handel seinen Lebensunterhalt bestritt."

Ich dachte über seine Vergangenheit nach. „Aber das

muss Sie doch in Ihren eigenen Kreisen zu einem Ausgestoßenen gemacht haben."

Er lachte und zeigte seine weißen Zähne. „Nur kein Mitleid, meine Liebe. Ich fand, das Leben passte mir wie angegossen. Was habe ich für Abenteuer erlebt."

„Es muss aber ein schlimmes Ende genommen haben", sagte ich. „Wurden Sie gehängt?"

„Gehängt?" Als er das hörte, sah er richtig beleidigt aus. „Sie meinen, ich sei erwischt worden? Nichts dergleichen. Wenn Sie es genau wissen wollen, ich wurde in einem Duell tödlich verwundet."

Warum überraschte mich das nicht?

„Wegen einer Frau, nehme ich an?"

„Warum sollte man sich sonst duellieren? Oh, und sie war ein hübsches junges Mädchen. Aber verlobt mit einem anderen, einem sehr angesehenen Baronet. Als er erfuhr, dass wir durchbrennen wollten, hat er mich zu Recht zu einem Duell herausgefordert." Er schien in die Vergangenheit zu blicken, und ich blieb mucksmäuschenstill, um ihn nicht zu stören. Er sagte: „Mein Degen war tödlich und ich hätte ihn schön aufgespießt, ein wenig Blut vergossen und mich aus dem Kampf zurückgezogen. Schließlich war er im Recht. Aber er wählte Pistolen. Mit der Pistole bin ich nie so geschickt gewesen. Er schoss mir ins Herz. Eines Gentlemans nicht würdig, wenn Sie mich fragen. Jetzt wissen Sie es. Meine Lebensgeschichte. Das Leben ist vielleicht zu Ende, aber die Geschichte geht weiter."

„Wenn er Ihnen ins Herz geschossen hat, wer hat Sie dann in einen Vampir verwandelt?"

„Ah, das war ..."

Da klopfte es an der Ladentür. Ich ärgerte mich, dass

irgendein Idiot eine so tolle Geschichte unterbrochen hatte, aber dann sah ich meine beste Freundin auf der anderen Seite der Glastür stehen. Ich rannte los, um diese zu öffnen.

„Lucy", rief ich.

Wir umarmten uns, als hätten wir uns ewig nicht gesehen. Sie sah gut aus. Die Flitterwochen auf den Scilly-Inseln hatte ihr definitiv gutgetan.

Sie war genauso begeistert wie ich. „Wow. Hier sieht es ja toll aus. Das Wandgemälde draußen ist ein Traum. Es ist magisch."

„Komm rein", sagte ich.

Das tat sie und hielt inne, als sie Gryffyn sah. Ich stellte sie einander vor, und dann wünschte Gryffyn ihr alles Gute zu ihrer kürzlich erfolgten Heirat und sagte, er habe noch einiges zu erledigen. Er nickte uns beiden zu und ging zur Vordertür hinaus. Kaum war er weg, drehte sie sich mit hochgezogenen Augenbrauen zu mir um.

„Und wer war das?"

„Ich habe ihn dir doch gerade vorgestellt", sagte ich, als wüsste ich nicht genau, was sie meinte. „Gryffyn Penrose."

„Ja, meine Ohren sind gut. Was ich meinte, war: *Wer ist das*? Er sieht fantastisch aus, ist untot und offensichtlich in dich verknallt."

„Ist er nicht. Hör auf, mich mit jedem interessanten lebendigen oder untoten Mann in Cornwall verkuppeln zu wollen. Gryffyn Penrose gehört der Laden. Er ist unser Vermieter."

„Ja, das tut mir leid", sagte sie und wich meinem Vorwurf aus, dass sie mich schamlos verkuppeln wollte. „Rafe hatte gedacht, er könnte den Laden einfach kaufen, aber dann stellte sich heraus, dass wir ihn nur mieten können."

„Schon gut. Ich glaube, Gryffyn wird ein guter Vermieter sein."

Sie sah sich um. „Du bis sehr beschäftigt gewesen. Das Farbschema ist super."

Ich sagte ihr, dafür könne sie sich bei Claire Trevellen bedanken, und erzählte ihr dann von Claire, ihrem Studium und dass sie die Inneneinrichtung des Ladens entworfen hatte. Lucy war entsprechend beeindruckt.

Ich sagte: „Wir haben hin und her überlegt, wie wir den Laden nennen können, aber als ich heute Morgen ankam und das Wandgemälde sah, dachte ich, dass *Die Jakobsmuschel* der perfekte Name wäre. Was meinst du?"

Sie dachte darüber nach und nickte dann langsam. „Ja. Das könnte ich mir vorstellen. Besonders wegen der Art, wie das Wandbild echte Jakobsmuscheln mit dem Muschelstrickmuster kombiniert."

Sie fragte: „Sollten wir ihn Jakobsmuschelstrickladen nennen, was meinst du?"

Wir rümpften beide die Nase und beschlossen, es bei „Die Jakobsmuschel" zu belassen und das Thema Stricken in unserer Werbung zum Ausdruck zu bringen.

Ich war beeindruckt, dass sie wusste, dass es ein Muschel-Strickmuster gab. Ihre Strickkenntnisse wurden immer besser. Langsam, aber sicher, ging es voran.

Dann lachte sie. „Nicht, dass ich es stricken könnte, aber ich weiß wenigstens, was es ist."

Ich konnte es stricken, und ich hätte einige Strickmustersets mit diesem Muster zusammenstellen können. Man konnte damit wunderschöne Schals und Pullover stricken. Ich würde mit ein paar Ideen spielen. Und es gab einige sehr gelangweilte Vampire, die nur zu gerne ein paar Anschau-

ungsmodelle für mich stricken würden. Dieses neue Unterfangen begeisterte mich.

„Was kann ich tun?", fragte Lucy.

Wir verbrachten den Rest des Tages damit, Vorräte zu
bestellen und Claire und Nate möglichst nicht zu behindern,
als sie kamen, um die Malerarbeiten fertigzustellen.

KAPITEL 16

Am nächsten Morgen war ich ganz geschockt, als mich Mrs Biddle wie einen Ehrengast begrüßte. Sie sah fröhlicher aus als sonst, was mich stutzig werden ließ.

„Ich hoffe, Sie haben Appetit", sagte sie. „Sir Rafe und Lady Crosyer warten im Frühstücksraum auf Sie."

War ihr Erscheinen der Grund dafür, dass die Haushälterin gerade so nett zu mir gewesen war? Gerade als ich sagen wollte, dass sie nicht auf mich hätten warten müssen, wusste ich, dass Rafe und Lucy zu gute Manieren hatten, um vor meiner Ankunft mit dem Frühstück zu beginnen.

„Ich habe einen Bärenhunger", gab ich zu. „Was auch immer Sie gerade kochen, es duftet köstlich."

„Sie *warten* im Frühstücksraum", wiederholte Mrs Biddle.

„Schon unterwegs."

Als ich den Frühstücksraum betrat, las Rafe Zeitung und Lucy saß am Computer. Er war vollständig bekleidet, aber sie trug noch ihren Schlafanzug und einen Morgenmantel. Sie trank Kaffee aus einer Tasse. Er hatte eine Thermoskanne. Auch wenn sie nicht miteinander sprachen, spürte ich die

Nähe zwischen ihnen. Einen Moment lang war ich versucht, mich auf Zehenspitzen aus dem Zimmer zu schleichen, aber Lucy schaute in meine Richtung. Sie hatte meine Anwesenheit gespürt.

Sie strahlte über das ganze Gesicht. „Jen. Hier ist Kaffee."

„Drei meiner Lieblingswörter in der englischen Sprache", sagte ich und ging nach vorne.

„Guten Morgen, Jennifer", sagte Rafe. „Ich hoffe, du hast gut geschlafen?"

„Absolut", log ich. „Und ihr?" Mein Schlaf war wieder durch seltsame Träume gestört worden. Umhängebänder winkten und ein gesunder junger Mann wurde angegriffen und getötet.

„Ich habe erstaunlich gut geschlafen", sagte Lucy.

Ich stellte mir vor, dass ihr Mann einen Teil der Nacht woanders verbracht hatte, aber das schien sie nicht zu stören.

Sie sah glücklich und ausgeruht aus. „Die Seeluft lässt mich gut schlafen."

Ich war mir absolut sicher, dass ich diese Eigenschaft nicht hatte.

„Ist das nicht ein tolles Haus?", fragte sie.

„Ja, wirklich", stimmte ich zu. „Aber als ich ankam, sagte Mrs Biddle, ich hätte das beste Zimmer. Ich werde heute umziehen, damit du und Rafe es haben könnt."

„Nein, wir haben die Hausherrensuite, die sehr schön ist und eine eigene Küche und einen separaten Wohnbereich hat. Ehrlich gesagt ist die fantastisch. Du musst sie dir ansehen."

Das war eine Sorge weniger. Ich nahm den Kaffee, den sie mir reichte. Sie wusste genau, wie ich ihn gerne trank. Dann kam Mrs Biddle mit einem vollen Tablett herein.

„Eggs Benedict", sagte Lucy. „Ich hoffe, es macht dir nichts aus, aber ich habe das für uns beide bestellt. Ich weiß doch, wie sehr du Eggs Benedict liebst."

Also konnte Lady Crosyer bei Mrs Biddle bestellen, was sie wollte, darunter auch ein Gericht, das nicht englisch war, sondern aus New York City stammte. Vielleicht würde es mir ja auch einmal so gut gehen, falls ich einen Lord heiraten würde.

Lucy und Rafe wollten mit einem Architekten über ihre Ideen für Shadowbrook sprechen, also ging ich allein zum Laden.

Ich spürte, dass jemand hinter mir auftauchte. Als ich mich umdrehte, sah ich den jungen Mann, den ich im intensiven Gespräch mit Hattie gesehen hatte und von dem Claire mir gesagt hatte, dass es Nick war.

Er sagte: „Warum hören Sie nicht auf, Hattie zu belästigen? Können Sie nicht sehen, dass sie unter großem Druck steht?"

Ich ließ ihn spüren, wie überrascht ich war, dass er sich mir, einer völlig Fremden, näherte, um mir Vorwürfe zu machen. „Dasselbe könnte ich über Sie sagen. Ich habe gesehen, wie Sie sie bedrängt haben, und nachdem sie mit Ihnen geredet hat, sieht sie noch verärgerter aus, als wenn sie mit mir geredet hat. Wer sind Sie eigentlich?" Ich wusste, wer er war, aber ich wollte, dass er sich vorstellte, bevor er sich mit mir anlegte.

Er blickte finster drein, als ob er es mir nicht sagen wollte, und wirkte sehr jung und bockig. Schließlich sagte er: „Mein Name ist Nick Jones, und ich bin ein Freund von Hattie. Sie macht gerade eine schwere Zeit durch, da sollten Sie nicht alles noch schlimmer machen."

„Ich mache auch eine schwere Zeit durch. Ich habe nämlich die Leiche Ihres Freundes gefunden."

Ich spürte, wie ihn ein Schauer durchlief. Er war nicht so hart, wie er vorgab. Ich beschloss, noch ein bisschen direkter zu werden.

„Wissen Sie irgendetwas über das, was mit ihm passiert ist? Ich habe nämlich gehört, dass Sie sich alle drei ziemlich nahestanden."

„Was wollen Sie damit sagen?"

„Was meinen Sie wohl, was ich damit sagen will? Sie und Daniel waren gute Freunde. Und selbst ich konnte sehen, dass Sie beide in sie verliebt waren." Das hatte ich nicht gesehen. Ich hatte es später herausgefunden, aber das wusste er nicht. „Und dann stirbt einer der Rivalen. Diese Geschichte ist so alt wie die Welt."

Er sah aus, als hätte ich ihm einen Stoß in die Brust gegeben. „Sie meinen, ich hätte Daniel getötet, weil ich Hattie für mich allein haben wollte?"

„Der Gedanke ist mir gekommen. Wie viele Gründe gibt es, einen Menschen zu töten?"

Er schaute wieder finster drein. „Mehr als man denkt. Halten Sie sich einfach da raus. Und halten Sie sich von Hattie fern."

Bevor er gehen konnte, sagte ich: „Ich bin zwar nicht bei der Polizei, aber ich helfe der Polizei bei ihren Ermittlungen." Das stimmte. Dieser Begriff war gefallen. Okay, sie hatten wahrscheinlich nicht gemeint, dass ich mich wie ein Amateurdetektiv verhalten sollte, aber ich sah nicht ein, warum ich keine Fragen stellen sollte. Möglich, dass die Stimme der Intuition in meinem Kopf sagte: *Vielleicht forderst du gerade einen Mörder heraus. Jemand, der einmal getötet hat, wird wahrscheinlich wieder töten.* Dennoch konnte ich spüren, dass sich hinter seiner Wut eine Menge Angst verbarg. Wovor hatte er Angst? Vor der Justiz? Oder war jemand hinter ihm her? Ich hatte keine Ahnung.

Schließlich sagte ich, was ich wirklich dachte. „Ich glaube, Hattie macht sich Sorgen, dass Sie Ihren Freund getötet haben."

Er wurde rot im Gesicht. „Nun, ich war es nicht. Und es ist mir egal, ob Sie mir glauben, aber Hattie sollte mir glauben." Er wandte sich zum Weggehen.

Ich versuchte nochmals, ihn aufzuhalten. „Warum sind Sie noch in Tregrebi?"

„Kümmern Sie sich um Ihren eigenen Kram." Er stapfte davon, und dieses Mal ließ ich ihn gehen.

ICH WAR WIRKLICH VERWIRRT. Ich brauchte jemanden, mit dem ich reden konnte. Jemanden, der Tregrebi kannte. Einen lebendigen, atmenden Einwohner, der aber nicht so engstirnig war wie Henrietta. Das schränkte meine Auswahl erheblich ein.

Nach kurzem Überlegen beschloss ich, der Buchhandlung Bide-a-Spell einen Besuch abzustatten. Ich ahnte, dass, wenn mir jemand sagen konnte, was hier vor sich ging, es Andrew Jackson sein würde. Zumindest könnte ich einige Hintergrundinformationen bekommen, oder wenigstens ein gutes Buch.

Bide-a-Spell war leicht zu finden. Wie Andrew gesagt hatte, lag der Laden von der Hauptstraße aus um die Ecke.

Der Laden verzauberte mich, bevor ich ihn überhaupt

betreten hatte. Zwei Tische mit Stühlen standen auf dem Bürgersteig. Eine ältere Frau saß dort bei einer Tasse Kaffee und las. Es gefiel mir, dass man in Bide-a-Spell ein Buch kaufen und sich dann draußen in die Sonne setzen konnte, um bei einem Getränk und einem Snack zu verweilen und zu lesen.

Ich ging hinein und stellte fest, dass es genau die Art Buchhandlung war, wie sie mir gefiel. In der Mitte stand ein großes Regal mit der Aufschrift *Lokale Autoren*, und dann gab es raumhohe Regale mit allem, angefangen natürlich mit Okkultismus, über Architektur, Psychologie, lokale Geschichte bis hin zur Belletristik, die einen zweiten Raum ganz einnahm. Gemütliche Sitzecken luden zum Lesen ein, und eine große Tafel kündigte Autorenlesungen an. Es war eine beeindruckende Liste. Von einigen der Autoren hatte sogar ich schon gehört, obwohl ich in britischer Literatur nicht sehr bewandert war.

Ian McEwan kam demnächst, und auch eine Autorin aus Cornwall namens Raynor Winn, die *Der Salzpfad* geschrieben hatte. Das Titelbild zog mich an, und als ich den Klappentext des Buches las, stellte ich fest, dass *Der Salzpfad* auf dem Küstenwanderweg spielte, den ich ein Stück entlanggewandert war. Das Buch wollte ich kaufen und die Geschichte eines Paares lesen, das in Schwierigkeiten geraten war und beschlossen hatte, den ganzen Weg entlangzuwandern.

Da viele Leute sich hier umschauten, nahm ich an, dass es Andrew Jackson für einen Buchladenbesitzer ziemlich gut ging. Ich sah ihn hinter einem hölzernen Kassentisch, wo er Bücher auspackte. Neben ihm stand ein Mann in den Zwanzigern mit roten Haaren und einem struppigen Bart, der gerade einen Einkauf an der Kasse abrechnete.

Eine etwa gleichaltrige Frau half einem Jugendlichen bei der Suche nach einer Serie, die ihm gefallen könnte. Sie stellte Fragen wie „Magst du Abenteuergeschichten? Oder stehst du mehr auf Magie und Gespenster?"

„Also, ich mag Harry Potter", antwortete der Junge.

Sie lachte und sagte: „Wer tut das nicht? Ich habe hier noch eine Serie, die dir gefallen könnte. Komm mit!" Und sie gingen los.

Andrew blickte auf, noch bevor ich die Theke erreicht hatte. Ich wusste nicht, ob er sich auf jeden Kunden so gut einstellen konnte oder ob es die Hexenverbindung war, die wir hatten. Er sah nicht überrascht aus, mich zu sehen.

„Jennifer. Wie schön, dich zu sehen."

Ich freute mich, dass er sich an meinen Namen erinnerte. „Hallo, Andrew. Was für ein wunderschöner Laden! Ich wünschte, ich könnte den ganzen Tag in einem dieser bequemen Sessel verbringen, die Füße hochlegen und lesen."

Er warf einen Blick auf das Buch in meinen Händen und nickte. „Raynors Arbeit wird dir gefallen. Sie hat seit *Der Salzpfad* noch weitere Bücher geschrieben, aber mit diesem solltest du anfangen."

„Ich hatte gehofft, ein paar Minuten mit dir über etwas sprechen zu können", sagte ich, als er meinen Einkauf abrechnete.

Er schaute mich an, und ich hatte das Gefühl, dass seine leuchtend blauen Augen direkt in mich hineinsehen konnten. „Komm mit. Wir können uns hinsetzen und eine Tasse Tee trinken, während wir reden."

Das klang himmlisch. Nach meiner unangenehmen Begegnung mit einem möglichen Mörder war es wirklich schön, in freundlicher Atmosphäre willkommen geheißen und mit Tee versorgt zu werden. Er führte mich zu einer Tür. *Personal* stand auf dem Schild daran. Dahinter standen jede Menge Bücherkartons. Aber es gab dort auch einen Tisch mit Stühlen. Ich stellte mir vor, dass dies auch der Pausenraum des Personals war.

Er sagte: „Nimm Platz. Ich bringe dir, was du brauchst."

Ich prustete los. „Was? Meinst du einen perfekt eingerichteten Strickladen und eine Nacht durchschlafen?"

„Um den Laden musst du dich selbst kümmern. Aber was du wirklich brauchst, meine Liebe, ist ein klarer Kopf und etwas Gelassenheit. Deine Nerven klingen für mich wie ein verstimmtes Klavier."

Ich zog eine Grimasse. „So schlimm?"

„Schlimmer. Ich habe untertrieben. Also mach es dir hier bequem, ich bin sofort wieder da."

Er hatte nicht einmal gefragt, was für einen Tee ich wollte, aber irgendwie hatte ich das Gefühl, dass er das auch gar nicht musste.

Und tatsächlich kam er nach fünf Minuten mit einer grünen Teekanne und zwei passenden Tassen zurück. Sie trugen die Aufschrift *Bide-a-Spell* über dem Logo einer Frau, die es sich in einem großen, bequemen Sessel bequem machte und ein Buch las. Sie waren entzückend.

Er sagte: „Dieser Tee ist eins meiner Spezialrezepte." Und dann ließ er den duftenden Tee in meine Tasse strömen.

Ich hielt sie an meine Nase und schnupperte. „Ich rieche Lavendel, Pfefferminz und etwas Würziges, das ich nicht identifizieren kann. Und noch Eisenkraut?"

Er lachte in sich hinein. „Nicht schlecht. Aber mein Geheimrezept verrate ich dir nicht. Entspann dich und trink das. Glaub mir, dann fühlst du dich besser."

Schon dadurch, dass ich hier war, fühlte ich mich besser. Ich seufzte und trank. Der Tee war köstlich, medizinisch und magisch, wie ich es erwartet hatte. Ich sagte: „Ich brauche Hilfe. Eigentlich einen Rat. Und ich hatte gehofft, du könntest mir helfen."

Er wirkte keineswegs überrascht. „Ich werde tun, was ich kann. Machen dir die Einheimischen das Leben schwer? Haben Lord und Lady Gilpin dir gesagt, dass du nicht vornehm genug bist, um in ihrer Stadt einen Laden zu eröffnen?"

Darüber lachte ich. „Nein. Aber ich habe sie kennengelernt. Und wie ich sehe, bist du nicht gerade ein Fan von ihnen."

„Ich versuche zu leben und leben zu lassen, aber diese Leute haben keine Fantasie."

Ich wusste nicht, was er damit meinte, und wollte nicht nachhaken. Ich öffnete den Mund, um die Frage zu stellen, die mir durch den Kopf ging, aber er hielt die Hand hoch. „Trink einfach deinen Tee." Und dann reichte er mir einen Teller mit Keksen. „Und nimm einen Keks."

„Was ist das?"

„Mürbegebäck mit Sahne. Das ist eine Spezialität von hier."

An diesem Ort konnte ich mich wirklich gewöhnen. Alle lokalen Spezialitäten, die ich bisher entdeckt hatte, waren köstlich. Und Andrews Tee auch. Ich bemühte mich selbst ein wenig, mich zu beruhigen, und als ich meine Tasse Tee halb ausgetrunken hatte, hatte ich auch den Keks gegessen und Andrews ruhige, solide Präsenz hatte mich geerdet. Ich sagte: „Okay. Ich bin so weit. Danke."

Er nickte. Ich war mir nicht ganz sicher, wo ich anfangen

sollte. Ich sagte: „Du weißt bestimmt, dass ich es war, die den Toten vorgestern entdeckt hat."

„Das habe ich gehört, ja. Das muss ein Schock für dich gewesen sein."

„Ja, das war es."

Er nickte wieder. „Wir Hexer und Hexen spüren diese Dinge tiefer als andere."

Ich war froh, dass wir die Masken fallen ließen. „Ja", stimmte ich zu. „Ich bin ganz neu hier. Ich verstehe die Dynamik nicht. Ich weiß nicht, wer diese Leute sind. Ich wollte dich vor allem nach drei jungen Leuten fragen, von denen einer der Tote ist, Daniel Rutherford. Er und sein Freund Nick Jones waren zu Besuch bei Hattie Moyle, die aus der Gegend stammt. Sie gehen alle auf dieselbe Universität."

Er nickte. „Ich weiß, wen du meinst. Die drei Studenten waren unzertrennlich, solange sie hier waren. Hattie hat die Jungs in den Laden gebracht. Sie waren auf der Suche nach Büchern über die Ortsgeschichte."

„Ach ja? Irgendetwas Bestimmtes?"

„Sie schienen an Geschichten über Schmuggel und Schätze interessiert zu sein. Es gibt viele dumme Legenden."

„Die drei waren also unzertrennlich", sagte ich. „Leider sind es jetzt nur noch zwei."

„Genau. Und jetzt scheinen die beiden, die übrig geblieben sind, zu streiten. Ich komme mit ihnen nicht weiter, und ich bin mir ziemlich sicher, dass auch die Polizei nichts herausgefunden hat. Aber irgendetwas stimmt mit ihnen nicht."

Selbstverständlich konnte ich ihm nichts von den Vampiren und den Überwachungskameras sagen. Also sagte ich: „Die Polizei hat Daniels Handy bei Tre beschlagnahmt, der es gefunden hatte. Ich versuche herauszufinden, was auf diesem Telefon ist."

Er zuckte die Achseln. „Das kann alles Mögliche sein. Nachrichten, Anrufe, E-Mails. Heutzutage ist dein Handy ja praktisch wie dein PC."

„Die Sache ist die, dass die drei Studenten an seltsamen Orten aufgetaucht sind. Hattie ist von hier, aber die anderen beiden waren es nicht. Ich habe herausgefunden, dass sie am Hieronymusbrunnen gewesen sind."

Da hoben sich seine Augenbrauen. Eindeutig kannte er den Brunnen. „Ich kann mir vorstellen, dass Ewan darüber nicht allzu erfreut war."

Oh gut, wenn er Ewan kannte, dann verstand er vieles, was ich jetzt nicht erklären musste. „Nein. War er nicht. Er sagte, sie hätten sich gestritten und er sei sich ziemlich sicher, dass die zwei Jungs beide in das Mädchen verliebt waren."

„Eine beliebte Geschichte, von Shakespeare bis hin zur modernen Seifenoper", bemerkte er.

Ich nickte. „Aber ich glaube, es steckt mehr dahinter. Hattie sagte mir, sie sei vorher noch nie dort gewesen. Und sie ist die Einheimische. Woher wussten die Jungs von außerhalb überhaupt von der Existenz des Hieronymusbrunnens?"

Andrews blaue Augen sahen mir direkt ins Gesicht. „Ah." Mehr sagte er nicht. Nur dieses eine *Ah*.

Ich wartete.

„Ich frage mich, ob es von der Arcana-Karte kommen könnte", sagte er.

„Was in aller Welt ist das?"

„Eine App", sagte er. „Ein inoffizielles Informationssystem, wo man Orte eintragen kann, die abseits der Touristenpfade liegen und auf normalen Karten nicht verzeichnet sind.

Dinge wie Steinkreise und kleinere historische Denkmäler sind ja harmlos. Aber wie bei allen inoffiziellen Informationen im Internet geht es dort etwas anarchisch zu. Manchmal posten Leute Wegbeschreibungen zu stillgelegten Minen und Steinbrüchen. Und zu verlassenen, mit Brettern zugenagelten Häusern. Dort einzudringen kann eine Menge Ärger verursachen."

Das konnte ich mir vorstellen. „Hast du diese App?"

„Ja. Aber ich benutze sie selten."

Ich musste ihn nicht einmal darum bitten, sie mir zu zeigen. Er holte sein Handy hervor.

„Steht der Hieronymusbrunnen da drin?"

„Oh ja", sagte er, ohne erst nachsehen zu müssen. Er klickte sich in die App ein und zeigte mir kurz danach das Suchergebnis.

Es war ganz einfach. Man sah ein Bild des Brunnens und eine kurze Beschreibung seiner Geschichte. Es wurde erwähnt, dass Menschen dort den Zauber spürten und an der Stelle, wo der Bach am breitesten war, Andenken hinterließen. Wenn man am Brunnen saß und den heiligen Hieronymus um Rat fragte, konnte man laut der Legende Antworten auf Fragen finden und sogar in die Zukunft sehen. Ich wette, Ewan wusste nicht, dass sein heiliger Brunnen in einer App im Internet präsentiert wurde.

Ich war versucht, Andrew zu fragen, ob die Sardinenbucht – in der Daniel ums Leben gekommen war – auch auf der Karte verzeichnet war. Ob jemand herausgefunden hatte, dass es einen Weg in den zugemauerten Tunnel von Gryffyn gab? Aber ich wollte Andrew nicht darauf aufmerksam machen, dass es dort etwas geben könnte. Vielleicht würde er sich selbst dort umsehen, aber ich hatte nicht vor, ihn zu

Gryffyns geheimem Eingang zu führen. Ich vertraute Andrew zwar, aber hier ging es um die Geheimnisse eines Dritten.

Allerdings sagte mir mein Bauchgefühl, dass ich jetzt wusste, warum Daniel dort gewesen war. Und warum Hattie nach ihm gesucht hatte. Sie hatte sogar gesagt, dass sie sich später zu dritt hatten treffen wollen. Es war jetzt völlig logisch, dass sie die App benutzt hatten, um interessante Orte zu finden. Die alte Zinnmine auf Rafes Grundstück Shadowbrook gehörte sicher auch dazu.

Ich stellte mir vor, wie Daniel mitten in der Nacht versucht haben könnte, irgendwie in den Tunnel zu gelangen. Und dann hatte ihn jemand umgebracht, und er hatte tot am Strand gelegen, bis ich ihn gefunden und die Polizei gerufen hatte.

Dann fiel mir etwas auf, das so offensichtlich war, dass ich kaum glauben konnte, es nicht schon vorher bemerkt zu haben. Andrew hatte mir erzählt, dass er jeden Morgen in der Bucht schwamm. „Warst du an dem Tag, als ich Daniel Rutherfords Leiche gefunden habe, schwimmen?", fragte ich.

KAPITEL 17

*A*ndrew warf mir einen Seitenblick zu, bei dem ich merkte, dass er überlegte, ob er lügen sollte. Ich blickte ihm direkt in die Augen und er musste gemerkt haben, dass ich eine Lüge durchschaut hätte.

Er senkte den Blick auf seine Teetasse. „Nein. Ich war an diesem Morgen nicht in der Bucht schwimmen."

Die nächste Frage war naheliegend. „Warum nicht?"

Er änderte seine Sitzposition. Der Beruhigungstee wirkte im Moment bei uns beiden nicht so gut.

Schließlich sagte er: „Die Vögel hatten mich gewarnt."

Die meisten Leute hätten ihn für verrückt gehalten. Ich bin nicht wie die meisten Leute.

„Huginn und Muninn?"

„Meine beiden Vertrauten, ja."

„Was haben sie dir gesagt?"

„Dass ein Toter am Strand liegt."

„Du bist also nicht zur Polizei gegangen? Und hast auch nicht darüber nachgedacht, selbst nachzuschauen?"

Jetzt wand er sich richtiggehend. „Ich habe über beides

nachgedacht. Und eins davon getan." Er lehnte sich in seinem Stuhl zurück und schaute an mir vorbei. „Ich bin zur Bucht hinuntergegangen, aber da war schon jemand, der sich über den Toten beugte."

Mein Herz schlug schneller. „Wer war es?"

Jetzt sah er mich wieder an. „Matthew Trelawney. Lord Gilpin."

Ich sagte nichts, weil ich ehrlich gesagt nicht wusste, was ich sagen sollte, und ich begriff, dass da noch mehr war.

Er sagte: „Ich nahm an, dass er die Polizei rufen würde, und als praktizierender Hexer halte ich mich an den Grundsatz, die Behörden und die Bürokratie so weit wie möglich zu meiden."

Ich hatte keine Lust, in diesem Moment über soziale Verantwortung zu diskutieren. „Bist du absolut sicher, dass es Matthew Trelawney war?"

„Ja."

„Aber er hat die Polizei nicht gerufen. Wieso?"

Er hob die Hände. „Ich war mir sicher, dass er es tun würde. Ich sah, wie Matthew sich über die Leiche beugte und ein Portemonnaie hervorholte. Ich dachte, er suche nach den Personalien, also ging ich auf demselben Weg wieder zurück und ließ ihn in Ruhe. Ich ging in einer anderen Bucht schwimmen und war schockiert, als ich herausfand, dass Matthew die Polizei nicht alarmiert hatte."

„Als die Leiche von der Polizei gefunden wurde, war kein Portemonnaie da", sagte ich ihm.

Er schien sich unbehaglich zu fühlen. „Vielleicht hat er es wieder zurückgelegt und jemand anderes hat es sich genommen."

„Aber warum sollte der Lord des Dorfes den zuständigen

Behörden nicht mitteilen, dass er einen Toten gefunden hat?" Meine Stimme erhob sich ein wenig, und ich hielt inne, um mich zu beruhigen.

Wir konnten beide unsere Vermutungen anstellen. Die schlimmste war, dass Lord Gilpin den Mann getötet hatte. Aber warum?

ICH RIEF LUCY an und bat sie um ein Treffen im Herrenhaus Shadowbrook. Als ich von Bide-a-Spell zurückkam, war sie da und wirkte unternehmungslustig.

„Das, wozu ich deine Hilfe brauche", sagte ich, „hat nichts mit Stricken zu tun. Es geht um Ermittlungen."

Detektivarbeit interessierte sie sowieso mehr als Stricken, das war offensichtlich. „Klar. Worum geht es?"

Es ist herrlich, wenn man sich schon so lange kennt wie Lucy und ich. Ich erzählte ihr von der App, und wir luden sie auf unsere Handys herunter. Ich erzählte ihr von den Tagwandlern, die in der Zinnmine und in der Bucht aufgetaucht waren. Dass der Tunnel in Betrieb war, verschwieg ich, aber jeder konnte sehen, dass dort etwas mit Ziegelsteinen zugemauert worden war.

Wir saßen in der Bibliothek und Mrs Biddle brachte uns eilfertig Kaffee und Kekse.

„Ist sie nicht großartig?", fragte Lucy, nachdem die Haushälterin sie mit Komplimenten überschüttet hatte.

„Einfach großartig", antwortete ich leise.

„Hier ist der Hieronymusbrunnen", sagte ich, nachdem ich den Eintrag gesucht und gefunden hatte. „Hier steht: *Im zehnten Jahrhundert lebte ein gelehrter Mönch allein in der Nähe des Brunnens. Der heilige Hieronymus kam zu ihm, und sie diskutierten über die Bibel und andere heilige Texte. Der Mönch war als Seher und Heiler bekannt und der Brunnen wurde zur Pilgerstätte für alle, die Klarheit und Heilung suchen."*

„Cool", sagte Lucy. „Und schau mal, hier gibt es eine Funktion, mit der du suchen kannst, was es in der Umgebung sonst noch gibt. Ah, in der Nähe gibt es einen Kreis stehender Steine, der selten besucht wird. Es könnte sich lohnen, dort einmal hinzugehen. Und die Ruine einer Anlage, wo früher Schießpulver hergestellt wurde." Sie blickte auf. „Echt cool diese App."

Ich glaubte nicht, dass sie immer noch dieser Meinung sein würde, wenn sie erst gesehen hätte, was ich gefunden hatte. „*Zinnmine bei Shadowbrook Manor*", las ich laut vor.

„Oh nein!"

„*Eine stillgelegte Zinnmine. Es heißt, dass es an diesem Ort spukt. Wenn man Lust hat, sich zu gruseln, braucht man nur hineinzugehen, falls man den Eingang findet.*"

„Das ist alles? Und die Leute betreten unbefugt ein Privatgrundstück, um sich zu gruseln?"

„Es gibt hier auch Fotos."

„Nicht von den Vampiren", sagte sie.

„Nein. Aber eins, wo man die alte Tür und die Verbotsschilder sehen kann."

Ich suchte weiter, und war nicht überrascht, als ich auf einen Eintrag zur Sardinenbucht stieß. „*Benannt nach dem hier einst reichlich vorhandenen Speisefisch, wurde die Sardinenbucht von Schmugglern genutzt. Ein zugemauerter Tunnel ist Teil des ausgedehnten Netzes von Tunneln und Höhlen, das früher von Freihändlern genutzt wurde. Manche sagen, dort sei ein Schatz zu entdecken, falls man den Eingang findet.*"

Lucy sagte: „Der Eintrag zur Zinnmine endete auch mit ... *falls man den Eingang findet.*"

Ich schaute zurück, und sie hatte recht. „Gut erkannt. Die Einträge stammen von ein und derselben Person. Ovid76." Ich überflog den Rest des Eintrags, sah dann Fotos und stöhnte auf. Eine Hand, vermutlich die von Ovid76, hielt eine antike Münze hoch.

„Weißt du, was das für eine Münze ist?", fragte ich.

„Nein. Und du?"

Ich schüttelte den Kopf. Wir machten uns auf die Suche nach Rafe, der in der Bibliothek am Schreibtisch arbeitete. Er lächelte, als er Lucy erblickte, und die Art, wie er sie ansah, erwärmte mein Herz. Ich zeigte ihm das Foto auf meinem Handy, und er sagte: „Das ist ein Achterstück. Wo kommt das denn her?"

Ich hatte die starke Vermutung, dass Gryffyn Penrose es fallen gelassen hatte, und dass sein Geheimtunnel deshalb jetzt als Sehenswürdigkeit auf der Arcana-Karte verzeichnet war.

Wir zeigten Rafe, was wir entdeckt hatten, und er schaute besonders unglücklich auf den Eintrag für die Zinnmine. „Ich werde Lochlan kontaktieren", sagte er.

„Was kann er tun?", fragte Lucy.

„Wie ich Lochlan kenne, sind diese Einträge in einer Stunde weg." Er schnippte mit den Fingern. „Verpufft."

Ich suchte in der App nach dem Carenna House, aber da war nichts Obskures zu finden. Auf der Arcana-Karte stand ziemlich genau das, was ich auf der offiziellen Website des Anwesens gelesen hatte, einschließlich der offiziellen Öffnungszeiten. Es gab weder versteckte Schatzkammern noch geheime Brunnen. Warum war Daniel dorthin gegangen?

Lucy sagte: „Einige dieser Orte sehen interessant aus. Wir sollten irgendwann mal hinfahren."

Ich nickte und freute mich, dass sie auf die Idee gekommen war. „Das machen wir. Und zwar sofort. Ich möchte dir das Carenna House zeigen."

Und das Tolle an Lucy ist, dass sie einfach sagte: „Ich geh meine Tasche holen."

„Können wir mit dem Auto fahren?", fragte ich.

„Klar. Rafe hat hier ein Auto. Er hat übrigens gesagt, dass du es jederzeit benutzen kannst. Er wollte dir eigentlich ein eigenes Auto besorgen, aber ich dachte, dass du das vielleicht nicht willst."

Wie gut sie mich doch kannte. „Es wäre mir sehr unangenehm, mir von Rafe ein Auto schenken zu lassen. Wenn ich eins brauche, dann kaufe ich mir eins."

Sie nickte. „Ich dachte mir schon, dass du das sagen würdest."

Rafes Cornwall-Auto war ein kleiner Geländewagen mit Elektroantrieb. Ich wusste, dass er sich die schicksten Sportwagen leisten konnte, aber er entschied sich für weniger auffällige und umweltfreundlichere Fahrzeuge. Ich konnte mir vorstellen, dass jemand, der noch Jahrhunderte vor sich hatte, umweltbewusster war als andere.

Lucy setzte sich ans Steuer und beeindruckte mich mit ihrer Fähigkeit, auf der linken Straßenseite zu fahren. Auf dem Weg zum Carenna House fragte sie mich, was ich vorhatte, und ich erzählte ihr von dem Lanyard, das Daniel Rutherford als Opfergabe am magischen Becken in der Nähe des Hieronymusbrunnens zurückgelassen hatte. „Warum ist er im Carenna House gewesen? Dafür finde ich keine Erklärung."

„Waren die anderen beiden nicht dabei?"

„Das glaube ich nicht", erwiderte ich.

„Sollen wir eine Führung mitmachen? Es wird doch nicht langweilig, oder?", fragte Lucy.

„Nicht, wenn wir herausfinden können, warum er dort war und warum ihm das Lanyard so wichtig war, dass er es als Opfergabe hinterlassen hat."

„Vielleicht war es das Einzige, was er in der Tasche hatte", schlug Lucy vor.

„Vielleicht." Aber das glaubte ich nicht.

Wir fuhren auf den Besucherparkplatz. Ich wollte das Haus noch einmal besichtigen und meine Freundin mitnehmen, schlug aber vor, es uns zuerst von außen anzusehen. Das hatte ich bei meinem ersten Besuch nicht getan.

Lucy war einverstanden. Wir gingen durch den Kräutergarten, durch einen Rosengarten, und dann sah ich zu meiner Freude Lord und Lady Gilpin auf der anderen Seite einer Hecke mit ihrem Hund spazieren gehen. Man stelle sich vor, man hätte ein so großes Anwesen, dass man dort kilometerweit den Hund Gassi führen kann, ohne seinen eigenen Garten zu verlassen.

Plötzlich kam mir eine Idee. „Komm mit", sagte ich zu Lucy.

Da wir uns schon so lange kannten, nickte sie nur unmerklich. Ich entdeckte eine Lücke in der Hecke, schlenderte zu Lord und Lady Gilpin hinüber und begrüßte sie mit äußerster Freundlichkeit.

„Lord und Lady Gilpin, wie schön, Sie zu sehen. Ihr Haus ist einfach fantastisch."

Ich konnte erkennen, dass sie nicht wussten, wohin sie mich stecken sollten. Ihre Ladyschaft schenkte mir ein unverbindliches Lächeln und trat einen Schritt zurück, aber wie ich erwartet hatte, begrüßte uns ihr Ehemann, der freundlicher war, mit einem kleinen jovialen Lachen.

„Wir sind sehr stolz auf unser Haus und freuen uns, es Touristen zeigen zu können. Sie kommen aus Amerika, nicht wahr?"

Konnte er sich denn wirklich nicht mehr an mich erinnern? Ich schob meine verletzte Eitelkeit beiseite und sagte: „Wir sind uns schon einmal begegnet, Eure Lordschaft. Ich heiße Jennifer Cunningham. Sie hatten vorgeschlagen, Ihre Frau könne meinen Strickladen eröffnen. Können Sie sich erinnern?"

Wieder kam ein leises Lachen, etwas verlegen, aber er blieb Herr der Situation. „Ja, meine Liebe. Natürlich erinnere ich mich an Sie. Sie müssen mir verzeihen. Es kommen so viele Leute hier vorbei, dass ich erst Schwierigkeiten hatte, Sie einzuordnen, aber Sie kamen mir bekannt vor."

Gut gebrüllt, Löwe. Ich zog Lucy nach vorne und sagte: „Darf ich Ihnen Lucy Swift Crosyer vorstellen? Sie ist sozusagen meine Vorgesetzte, also hoffe ich, einen guten Eindruck zu machen. Sie und ihr Mann sind die Eigentümer von Shadowbrook Manor." Ich dachte mir, dass es nicht schaden würde, zu erwähnen, dass Lucy eines der prächtigsten Häuser in der Gegend besaß, und ich hatte recht.

Er schüttelte ihr herzlich die Hand. „Zwei solche Schönheiten im Carenna House zu haben, ist eine wahre Freude."

Bevor sich die Hauseigentümer aus dem Staub machen konnten, sagte ich noch einmal: „Ich hoffe wirklich, dass Sie kommen und das Band zur Eröffnung unseres Ladens durchschneiden, Lady Gilpin. Es wäre uns eine große Freude."

Wieder machte sie Anstalten, sich herauszuwinden. Wahrscheinlich wollte sie mir sagen, ich solle ihre Sekretärin anrufen, aber ich kam ihr zuvor: „Es ist allerdings sehr kurzfristig. Die große Eröffnung findet am Samstag statt."

Ich konnte sehen, wie sich ihre Lippen öffneten, als wollte sie sagen, dass das viel zu früh sei, und ich griff nach dem einzigen rettenden Strohhalm, der mir einfiel, um sie zu überzeugen. „Ich habe sie auf diesen Samstag verlegt, weil ich Jodie Rymer von *Cornwall Today!* dazu gewinnen konnte, über die Eröffnung zu berichten. Lucy kennt sie, wissen Sie. Sie sind beide begeistert von diesem Projekt. Es wäre eine sehr große Bereicherung für die Eröffnung unseres Strickladens, wenn Sie dabei sein könnten. Ich hoffe, Sie haben nichts dagegen, ins Fernsehen zu kommen."

Dicker hätte ich kaum auftragen können, um der Frau zu schmeicheln, aber ich sah, wie es wirkte. Zum ersten Mal, seit wir uns kennengelernt hatten, verzog sie ihre Lippen zu einem echten Lächeln. Alles dank Mrs Biddle, die mir gesagt hatte, jeder in Cornwall schaue die Sendung *Cornwall Today!* mit Jodie Rymer. Ich hatte einen Weg gefunden, Lady Gilpin genau dorthin zu bringen, wo ich sie haben wollte.

„Für ein so wichtiges Ereignis in unserer Gemeinde kann ich mich sicher freimachen." Und sie holte tatsächlich ihr Handy, gab meine Kontaktinformationen ein und gab mir dann den Kontakt ihrer Assistentin.

Ich sah zu, wie sie den Termin in ihren Kalender eintrug. Wir waren fast am Ziel.

Nachdem wir das Carenna House verlassen hatten, sagte Lucy: „Das hast du toll gemacht, Jen. Wenn du mit Lady

Gilpin klarkommst, wirst du auch mit schwierigen Kunden im Laden keine Probleme haben."

Über diese schmeichelhaften Worte freute ich mich sehr. „Danke."

Doch dann sah sie mich etwas besorgt an. „Ich kann kaum glauben, dass du sie überredet hast, zu dieser großen Eröffnung zu kommen."

„Ich bin auch ziemlich zufrieden mit mir."

„Da gibt es nur ein Problem."

Ich nickte. „Ich weiß."

Sie sagte es trotzdem. „Keine von uns beiden kennt Jodie Rymer."

KAPITEL 18

„*A*ber", sagte ich, „wenn wir Rafe und Gryffyn und alle anderen mitrechnen, die uns einfallen, dann muss sie doch irgendjemand über sechs Ecken kennen."

„Aber", sagte Lucy und runzelte die Stirn, „wir haben nur bis Samstag Zeit."

Ich grinste sie an. „Gut, dass wir zu zweit sind. Und ich denke, wir müssen uns überlegen, wie wir die Eröffnung um ein paar Wochen vorverlegen können." Ich lachte ein wenig hysterisch, aber Lucy winkte ab.

„Wir holen so viel Ware vom Cardinal Woolsey's hierher, dass es aussieht, als wäre der Laden voll. Und für alle Maler- und Dekorationsarbeiten, die noch zu erledigen sind, finden wir bestimmt untote Freiwillige, die die Nächte durcharbeiten. Jen, das kriegen wir hin."

Ich hoffte, dass sie recht hatte.

„Vielleicht kennt Rafe diese Jodie Rymer." Ich hoffte es.

Als wir zurückkamen, teilte uns Rafe leider mit, er habe keine Ahnung, wer sie war, und *Cornwall Today!* habe er noch nie gesehen.

Lucy, Rafe und ich überlegten, wie wir Jodie Rymer dazu bringen konnten, am Samstag zu unserer großen Eröffnung zu kommen. Wir stellten alle möglichen Ideen in den Raum, aber keine schien uns gut genug, um eine vielbeschäftigte Prominente aus Cornwall dazu zu bringen, binnen zwei Tagen zur Eröffnung eines obskuren Strickladens zu kommen. Wir überlegten, ob wir Lady Gilpin vorgaukeln könnten, die Journalistin sei tatsächlich anwesend. Es war kein guter Plan, aber im Moment war es alles, was wir hatten.

Lochlan kam herein und sah sehr geschäftsmäßig aus. Er sagte: „Ich habe mit meinen Kontakten bei der Polizei in Cornwall gesprochen. Sie glauben, dass sie das Telefon von Daniel Rutherford knacken können, aber sie schätzen, dass es zwei Wochen dauern wird. Ich habe ihnen angeboten, die Arbeit für sie zu übernehmen, denn ich weiß, dass ich ihnen die Ergebnisse innerhalb von vierundzwanzig Stunden liefern kann.“

„Das ist großartig“, sagte ich. Obwohl ich in Wirklichkeit ziemlich sicher war, dass ich bereits wusste, was uns das Telefon sagen würde.

Rafe sagte: „Lochlan, du hast nicht zufällig irgendwelche Kontakte zum Lokalfernsehen von Cornwall, oder? Wir möchten Jodie Rymer, die hier eine lokale Berühmtheit ist, dazu bringen, Jennifers Strickladen zu eröffnen.“

Mir gefiel es sehr, dass er ihn als meinen Strickladen bezeichnete und nicht als Lucys Filiale, was er ja eigentlich war.

Lochlan sagte: „Überhaupt kein Problem. Der Fernsehsender gehört mir.“

Wir starrten ihn alle an.

Er erklärte, er unterstütze gerne unabhängigen Journalis-

mus, und als er gehört habe, dass der Sender in Schwierigkeiten sei, sei er eingesprungen. „Es dürfte kein Problem sein,
Jodie für eure Eröffnungsfeier zu gewinnen", sagte er mit der
kühlen Autorität eines Wirtschaftsbosses und Multimil-
liardärs.

Lucy und ich wechselten einen kurzen Blick. Wir hatten
beide in Unternehmen gearbeitet, in denen wir es nicht
vertragen konnten, dass uns einer der Oberen befahl, was wir
zu tun hatten. Wir wollten nicht, dass es Jodie so erging
wie uns.

Ich versuchte mir zu überlegen, wie ich das nett formulieren konnte, da sagte Lochlan: „Ich werde ihren Produ-
zenten dazu bringen, ihr einen exklusiven Bericht über einen
hochinteressanten Kriminalfall anzubieten." Dann drehte er
sich augenzwinkernd zu mir um. „Habe ich nicht recht,
Jennifer? Du hast uns noch nicht alles verraten, was du
vorhast, aber ich denke, dass am Samstag mehr enthüllt wird
als nur ein neuer Handarbeitsladen."

In meinem Bauch tanzten Schmetterlinge Tango. „Das
hoffe ich auch. Ich glaube, ich weiß, was mit Daniel Rutherford passiert ist. Ich muss nur herausfinden, wie ich es
beweisen kann."

Er nickte, ohne überrascht zu sein. „Sag mir Bescheid,
wenn ich etwas tun kann."

„Du tust schon sehr viel. Wenn du es schaffst, Jodie
Rymer und ihr Fernsehteam dorthin zu bringen, ist die
Bühne bereitet."

Dann setzten wir uns zusammen, um alle übrigen Einzel-
heiten auszuarbeiten.

Ich sagte: „Lochlan, ich nehme an, wenn es nötig wäre,
in eine internationale Datenbank einzudringen, um mir

einige Informationen zu besorgen, dann könntest du das tun?"

Er sah mich mit leicht hochgezogenen Augenbrauen an. „Ist die Frage ernst gemeint?"

Tja.

Rafe sagte: „Und wenn du Hilfe mit alten Manuskripten brauchst, um Hieroglyphen zu deuten, bin ich der Richtige für dich."

Ich lachte, wie es von mir erwartet wurde. „Ich werde es mir merken."

WIR ARBEITETEN WIE VERRÜCKT, um den Laden für die große Eröffnung am Samstag herzurichten. Zum Glück hatten Claire und Nate alles fertig gestrichen. Samuel Carpenter ließ sich von Gryffyns Männern helfen, sodass die Regale am Freitag alle aufgebaut waren. Vielleicht war der Laden nicht perfekt, aber nur Claire und ich wussten, was noch fehlte. Und das meiste davon wäre sowieso bloß im Weg. Bei einer großen Eröffnung wäre nicht viel Platz für Tische und Accessoires.

Aber wir hatten eine Registrierkasse, unsere Website stand, und die Regale waren mit Wolle gefüllt, da Rafes Butler William Ware aus dem Cardinal Woolsey's in Oxford hergebracht hatte. Sylvia, Agnes, Alfred und einige der örtlichen Vampire hatten an Strickwaren gearbeitet, sodass wir ein Dutzend wunderschöner Fischerpullover sowie eine Auswahl Socken und sogar ein paar Kinderpullover hatten. Ich war stolz darauf, wie viel unser kleines Team in sehr kurzer Zeit erreicht hatte.

Sogar das Ladenschild hing an Ort und Stelle. Samuel hatte eine Muschelschale aus Holz gefertigt und Tre hatte sie bemalt.

Plötzlich sagte Lucy ganz panisch: „Und das Band? Lady Gilpin glaubt doch, sie kommt, um ein Band durchzuschneiden."

„Da hast du recht." Da heute gar nicht die offizielle Eröffnung stattfinden sollte, sondern nur eine Voreröffnung, wie ich sie nannte, hatte ich keine Schleife organisiert. Ich wollte ja auch gar nicht, dass heute so viele Leute kämen. Ich hatte nur ausgewählte Personen eingeladen, die glücklicherweise alle kamen. Es waren Claire und Nate, Claires Mutter und Vater, Mr und Mrs Biddle und Andrew Jackson.

Ich schickte ein SOS an Sylvia und bat sie, ein Stück rotes Band und eine Schere zu besorgen, und innerhalb von dreißig Minuten stand Alfred mit seinem Bentley vor der Tür. Lucy lief hinaus und kam mit einem wunderschönen roten Band und einer großen Schere zurück.

Claire und ihre Mutter hatte ich dazu gebracht, Hattie zum Kommen zu überreden, und Claire hatte es geschafft, Nick mitzuteilen, dass Hattie da sein würde, sodass er auch teilnahm. Hattie und Nick kamen getrennt an, und sie schien nicht sehr erfreut, ihn zu sehen.

Als Jodie Rymer mit ihrem Kamerateam eintraf, lag eine angenehme Spannung in der Luft. Frances und ein weiterer Kommissar waren in Zivil gekommen und ich hoffte, dass man sie für Kunden halten konnte. Der kleine Laden schien voll zu sein.

Da der Vampir-Strickclub auch etwas von allem mitbekommen wollte, hatte Lochlan eine winzige Kamera installiert, die alles aufzeichnete. Agnes, Rafe, Gryffyn und die untote Mannschaft, die an dem Detektivabenteuer beteiligt war, waren so nah dabei, wie es ging.

Als Lord und Lady Gilpin eintrafen, atmete ich erleichtert auf. Die Spielfiguren waren alle an Ort und Stelle. Jetzt musste ich so vorsichtig vorgehen wie bei einer Schachpartie. Wobei Schach nie mein Lieblingsspiel gewesen war.

Lucy, die meine Beunruhigung offensichtlich spürte, streckte ihre Hände aus und ergriff die meinen. Sie sagte: „Du schaffst das." Und dann fügte sie mit viel leiserer Stimme hinzu: „Sei gesegnet."

Als ich aufblickte, stand Bärchen am Fenster und starrte hinein – genau dort, wo sie gestanden hatte, als ich den Laden zum ersten Mal in Augenschein genommen hatte. Vor der Tür, auf dem Bürgersteig, saß eine weitere Katze und leckte sich die Pfoten. Nyx war ebenfalls gekommen, um sie zu unterstützen. Auf einem Laternenpfahl hockten zwei Raben. Ich konnte einen Raben kaum von einer Krähe unterscheiden, aber ich war mir ziemlich sicher, dass es Huginn und Muninn waren, die auf Andrew Jackson aufpassten.

Er sah ein wenig unbehaglich aus, so als würde er sich ein wenig schämen. Ich hatte ihm jedoch versichert, dass er keinen Ärger bekommen würde. Alles, was wir tun mussten, war, die Wahrheit zu sagen. Er gab zu, dass es ihm viel besser gehen würde, sobald er genau das getan hätte.

Tre stand draußen und blickte stolz. Seine Aufgabe war es, die Leute vom Betreten des Ladens abzuhalten. Er sollte sagen, dies sei eine private Feier zu Eröffnung des Ladens, aber es würde bald eine große öffentliche Einweihung geben. Lord und Lady Gilpin wussten das natürlich nicht. Ich glaubte kaum, dass es sie gestört hätte, solange Jodie Rymer dabei war.

Tre war so bekannt, dass er die Leute anzog, und ich konnte sehen, dass er für seine Kunstwerke viele Komplimente bekam. Mit Lucy hatte ich darüber gesprochen, einige seiner Bilder im Laden zum Verkauf anzubieten. Sicher entsprach das nicht dem ursprünglichen Plan, aber manchmal musste man die Dinge einfach auf sich zukommen lassen. Vielleicht war die Kombination aus Stricken und Malen nicht gerade verbreitet, aber ich dachte, in einer Stadt wie Tregrebi könnte sie funktionieren.

Lord und Lady Gilpin hatten sich groß in Schale geworfen. Sie trug ein blassgrünes Chanel-Kostüm mit Perlen, die ein kleines Vermögen wert sein mussten. Er wirkte elegant, mit Sportblazer und Flanellhose. Jodie Rymer war ein Profi. Sie organisierte ihr Team, um das Innere des Ladens ins beste Licht zu stellen, und wir spannten das Band vor einer Wand aus Wolle, wobei Claire und Nate die beiden Enden hielten. Das würde im Fernsehen besser aussehen als eine offene Tür mit einem Band davor. Außerdem war es für meine Zwecke besser, im Laden zu sein.

Vor laufender Kamera reichte ich Lady Gilpin die Schere, atmete tief ein und konzentrierte mich. Dann trat ich vor. Ich hatte einen der Fischerpullover tragen wollen, aber dazu war es zu warm. Daher hatte ich mich für einen blauen, handgestrickten Pullover entschieden, der so weich war wie eine Wolke, und meine besten Jeans dazu angezogen.

Ich wandte mich an die kleine Menschenansammlung, die den kleinen Laden füllte. „Ich danke Ihnen allen für Ihr Kommen", sagte ich. „Ich bin Jennifer Cunningham und freue mich darauf, Die Jakobsmuschel zu betreiben. Als ich hier ankam, war mir nicht ganz klar, worauf ich mich eingelassen hatte. Ich habe mich schnell in Cornwall und Tregrebi verliebt, aber kaum war ich angekommen, stieß ich auf eine Leiche."

Lady Gilpin hatte mich mit einem Lächeln beobachtet, das sie wohl während vieler langweiliger Reden perfektioniert hatte, aber als ich *Leiche* sagte, zuckte ihr Körper zusammen. Jetzt hörte sie mir zu. Alle hörten mir zu. Ich spürte Bärchen hinter mir am Fenster, und ich schöpfte Kraft aus ihrer Stärke und Magie.

„Sein Name war Daniel Rutherford. Das fand ich erst später heraus, denn derjenige, der ihn getötet hatte, hatte sein Portemonnaie mitgenommen und sein Handy ins Meer geworfen."

„Meine Liebe", sagte Lord Gilpin missbilligend, „ich weiß nicht, ob das der richtige Zeitpunkt ist ..."

Ich ließ mich nicht beirren und sprach weiter. „Ich konnte mir nicht vorstellen, ein Strickwarengeschäft zu eröffnen, während in dieser schönen Gemeinde ein Mörder frei herumläuft. Außerdem verdient Daniel Rutherford Gerechtigkeit." Ich wandte mich an Hattie und Nick. „Er war erst zwanzig. Und Student. Er kam mit seinem guten Freund Nick Jones nach Cornwall, um ihre gemeinsame Freundin Hattie Moyle zu besuchen."

Lord und Lady Gilpin tauschten panische Blicke aus, aber die Kamera lief, und so blieben sie stehen, wie sie waren, steif und gefangen. Ich hoffe, die Vampire hatten ihren Spaß an dieser improvisierten Reality-TV-Show. Ich hoffte auch, es nicht zu vermasseln.

„ber Daniel Rutherford hatte einen besonderen Grund, diese Gegend zu besuchen", sagte ich. „Er wollte das Carenna House besichtigen."

Dieses Mal war Lord Gilpin derjenige, der zusammenzuckte.

Ich schenkte beiden ein breites Lächeln, bevor ich fortfuhr. „Das Carenna House ist absolut atemberaubend. Es ist für die Öffentlichkeit zugänglich, und ich habe es besichtigt und mich an der Geschichte des Hauses sowie an den schönen Schätzen im Inneren erfreut. Es ist seit sechzehn Generationen im Besitz der Familie Trelawney. Matthew Trelawney gehörte nicht zur direkten Linie. Er wurde Lord Gilpin, weil sein Großonkel Lord Gilpin seinen einzigen Sohn im Zweiten Weltkrieg verloren hatte. Welch eine Tragödie."

„Ja, ja", schnauzte Lord Gilpin. „Das hat aber mit einem Strickladen nichts zu tun."

„Aber es ist erstaunlich, welch gute Metaphern das Stricken für Familien bietet. Fäden, die sich verflechten, die eine oder andere verlorene Masche ...“ Ich machte eine längere Pause.

Die meisten Menschen im Cottage hatten keine Ahnung, was vor sich ging, aber die Spannung unter denen, die es wussten, war so groß, dass ich das Gefühl hatte, die Decke könnte sich heben.

„Als die Leiche von Daniel Rutherford gefunden wurde, war dort wie gesagt weder ein Portemonnaie noch ein Handy. Das Einzige, was gefunden wurde, war ein Stück Papier tief in seiner Tasche. Das hatte derjenige, der sein Portemonnaie und sein Telefon weggeworfen hatte, übersehen.“ Ich schluckte. Ich hätte gerne etwas Wasser getrunken, aber ich konnte jetzt keine Pause machen. Ich sprach weiter.

„Darauf stand das Wort Carenna und die Telefon-nummer des historischen Hauses. Ich sah den Zettel und nahm an, er sei von einem Stundenplan abgerissen worden. Aber das war er nicht. Der Zettel stammte von den Ergeb-nissen eines DNA-Tests. Ich habe sogar eine Kopie der kompletten Seite hier.“ Mit einer schwungvollen Bewegung – für die Fernsehkameras – zog ich eine von Lochlan besorgte Kopie des DNA-Tests hervor, den Daniel Ruther-ford unter seinem eigenen Namen hatte machen lassen. „Der blaue Streifen am unteren Rand, der zum Firmenlogo gehört, befand sich oben auf dem Papierfetzen. Und wenn Sie sich die Ergebnisse ansehen, werden Sie feststellen, dass die Person mit dieser DNA tatsächlich ein direkter Nachkomme von Matthew Trelawneys Großonkel, Lord Gilpin, ist. Der Oberst, der im Krieg auf tragische Weise ums Leben kam, hatte nämlich dort, wo er stationiert war, eine Französin geheiratet. Und sie hatten eine Tochter. Er hatte geplant, sie in sein Zuhause nach Cornwall mitzunehmen, aber er fiel im Krieg, bevor er die Gelegenheit dazu bekam."

„Was soll dieser Unsinn?", fragte Lady Gilpin in die Runde.

Niemand antwortete ihr.

„Diese Tochter wuchs mit den Geschichten von ihrer berühmten Verwandtschaft auf und überlieferte diese Erzählungen an ihren eigenen Sohn. Obwohl sie ihn in einer Sozialwohnung in der Nähe von London aufziehen musste."

Ich schaute zu Nick hinüber, der wie gebannt dastand. Ich fragte ihn: „Wussten Sie, dass Daniel einen Abstrich von Ihrem Mund genommen hatte, um Ihre DNA untersuchen zu lassen?"

Er schüttelte den Kopf. Er brachte kein Wort heraus. „Zweifellos hat er das gemacht, während Sie betrunken waren oder tief schliefen. Beste Freunde sehen das Schlechteste voneinander", sagte ich und schaute Lucy an.

Lord Gilpin starrte Nick an. „Aber ...", sagte er und hielt dann den Mund.

„Ich nehme an, Lord Gilpin, Sie wollten sagen: ‚Aber der wahre Erbe von Carenna House war doch Daniel Rutherford.' Doch er war es nicht. Er hat seinem Freund die DNA gestohlen und ist dann mit der Behauptung zu Ihnen gekommen, sie wäre seine eigene. Bei näherer Betrachtung hätte diese Behauptung nicht standgehalten, aber er musste Ihnen Angst gemacht haben. Was hat er getan? Hat er versprochen, für immer zu verschwinden, wenn Sie ihm viel Geld zahlen?"

Lord Gilpin kam ins Schwitzen. „Nein, das ist nicht wahr", sagte er heiser, mit einer Stimme, die vermuten ließ, dass es nur allzu wahr war.

Ich starrte den Lord an. „Deswegen haben Sie ihm das

Portemonnaie abgenommen. Um seine Identität zu verbergen."

„Was wollen Sie damit sagen?" Er richtete sich zu seiner vollen Größe auf.

„Sie haben seiner armen Leiche das Portemonnaie abgenommen. Dabei wurden Sie beobachtet."

Lord Gilpin war rot im Gesicht und zitterte. „Sie und ich, wir kannten uns noch nicht einmal, als der Junge ums Leben kam. Das denken Sie sich doch nur aus."

„Es war nicht Jennifer, die dich gesehen hat, Matthew", sagte Andrew Jackson und trat vor. „Ich habe dich gesehen." Er wandte sich an Frances, denn ich hatte ihm gesagt, dass sie eine Polizistin in Zivil war. „Es tut mir leid, dass ich das nicht der Polizei gemeldet habe. Ich habe wirklich geglaubt, Matthew hätte die Leiche entdeckt und das Portemonnaie mitgenommen, um die Identität des Verstorbenen der Polizei zu melden. Ich hätte dableiben und mich dessen vergewissern sollen. Dafür bitte ich um Entschuldigung."

Lord Gilpin starrte den Buchhändler entsetzt an. „Du willst doch nicht etwa sagen –" Er wandte sich Frances zu, die das Drama schweigend beobachtet hatte. „Sie glauben doch nicht, dass ich –"

Erneut ergriff ich das Wort. „Es war praktisch für Sie, nicht wahr? Diesen DNA-Test loszuwerden und zu hoffen, niemand würde jemals erfahren, dass Daniel Rutherford damit aufgetaucht war."

„Ich habe den Jungen nicht getötet. Er war schon tot, als ich ankam." Lord Gilpin wischte sich über die Stirn. „Aber ja, Sie haben recht. Er ist zum Haus gekommen. Er sagte, wenn ich ihm fünfzigtausend Pfund gäbe, würde er verschwinden und niemals wiederkommen. Ich sagte, ich müsste es mir überlegen. Er sagte mir, dass er vor Sonnen-aufgang in der Sardinenbucht sein würde. Ich wollte nicht hingehen, aber dann dachte ich, ich könnte ihn zur Vernunft bringen. Und ihn auf eine überschaubare Summe herunter-handeln." Er sah mich flehend an. „So viel Geld habe ich nicht einfach herumliegen. Unser ganzes Vermögen liegt fest." Er wischte sich erneut über die Stirn. „Ja. Ich habe das Portemonnaie und den Test mitgenommen. Ich habe sie in meinem Arbeitszimmer. Aber ich habe ihn nicht umgebracht."

Frances sah aus, als wolle sie Lord Gilpin umgehend verhaften, aber ich hatte noch eine Szene zu spielen.

„Daniel Rutherford kam nach Tregrebi, um einen Schatz zu suchen. Er und seine Freunde benutzten eine App namens Arcana Map, die darauf hinwies, dass es an verschie-denen Orten verborgene Schätze gab. Es war ihm egal, woher sein Vermögen käme, aber er wollte unbedingt an Geld kommen. Er hatte die Geschichten Ihrer Mutter schon sein ganzes Leben lang gehört, nicht wahr, Nick?"

„Ja, aber ich habe ihr nie geglaubt. Niemand glaubte ihr."

„Ich wette, Daniel hat den DNA-Test aus Jux und Dollerei gemacht. Er hat Sie gerne geärgert, nicht wahr?"

Nick nickte. „Er hat mir einen dieser Tests als Scherz gekauft. Er sagte, wir würden herausfinden, dass ich der wahre König von England sei. Ich habe ihn weggeworfen. Er muss ihn aus dem Müll geholt und meine DNA genommen haben, wie Sie sagten, als ich betrunken war."

„Das ist das Ergebnis Ihrer DNA-Untersuchung." Ich ging hinüber und übergab Nick das ausgedruckte Blatt. „Ihr Groß-vater hätte der nächste Lord Gilpin werden sollen. Und über Ihre Mutter wäre das Erbe auf Sie übergegangen."

„Das ist ungeheuerlich", sagte Lady Gilpin mit scharfer und wütender Stimme.

Ich ignorierte den Ausbruch. „Es gab noch einen anderen Schatz, den Sie und Daniel haben wollten, und das war Hattie", sagte ich.

Sie stand da, schön, einnehmend und schweigsam. Nick schaute sie an und nickte.

„Aber sie mochte Daniel lieber, nicht wahr?"

„Ja", sagte Nick.

„Wollen Sie damit sagen, dass er Daniel getötet hat?", fragte Hattie, als sie endlich das Wort ergriff. „Wegen mir?""

Ich ließ ihre Worte in der Luft hängen und schüttelte den Kopf.

„Nein, Hattie. Wir wissen beide, dass Nick Daniel nicht getötet hat. Sie haben es getan."

„Was?" Das war Claires Mutter, Agatha, Hatties Tante.

Ich hielt meinen Blick auf Hattie gerichtet. „Sie und Daniel hatten den Plan gemeinsam ausgearbeitet. Sie wollten Lord Gilpin erpressen, aber Sie mussten sicherstellen, dass Nick niemals erfuhr, was Sie vorhatten. Ihn verliebt zu halten, gehörte zu dem Plan dazu. Sie brauchten ihn in Ihrer Nähe, damit Sie ihn kontrollieren konnten."

„Nein, das ist nicht wahr", sagte Hattie, deren blasse Wangen plötzlich aufflammten.

„Doch, ist es. Als Sie zum Hieronysmusbrunnen gingen, ging Nick weiter und hinterließ keine Opfergabe am Zauberbecken. Aber Sie und Daniel taten es. Er hängte das Besucherband vom Carenna House an den Baum. Er hat extra dafür gesorgt, dass Sie es sahen, um Ihnen zu zeigen, dass er ohne Sie im Haus gewesen war, nicht wahr? Er ist sogar spät nachts ohne Sie auf Schatzsuche gegangen. Er hatte von

Anfang vorgehabt, sie auszuschließen, und das haben Sie endlich begriffen."

„Das ist nicht wahr."

„Es ist alles in seinem Handy, Hattie. Daniels Telefon, das Sie ins Meer geworfen haben, in der Hoffnung, es ginge dabei kaputt. Aber dazu kam es nicht. Die Polizei hat das Telefon geknackt. Es ist alles da, die Nachrichten, die Fotos, die ..."

„Aber ich habe alles vom Telefon gelöscht. Es ist leer", rief sie.

Es herrschte eine schreckerfüllte Stille, und dann wurde ihr klar, was sie getan hatte. Vor allen Anwesenden im Laden und vor einer laufenden Fernsehkamera hatte sie den Mord zugegeben.

Sie bewegte sich so schnell, dass ich keine Zeit hatte, sie aufzuhalten. Sie riss Lady Gilpin die Schere aus der Hand, woraufhin diese aufschrie und zurücksprang.

Mit der Schere in der Hand rief Hattie: „Aus dem Weg." Sie ging rückwärts auf die Ladentür zu und stieß gegen den breiten Körper von Tre, der viel kräftiger war als sie. Er packte ihre Arme und drehte ihr die Schere so effizient aus den Händen, dass es mir schien, als hätte er eine Art militärische Ausbildung.

Sie schrie und versuchte zu fliehen, aber uniformierte Beamte, die außer Sichtweite auf der Hauptstraße bereitgestanden hatten, hielten sie fest und legten ihr Handschellen an. Frances las Hattie ihre Rechte vor, während die junge Frau missmutig und wütend dastand.

NACHDEM SIE GEGANGEN WAREN, ging ich zurück in den Laden. Nick starrte Lord Gilpin an, und es war klar, dass er unter Schock stand.

Lord Gilpin begegnete niemandem mit einem Blick. Er sagte: „Komm, meine Liebe. Wir werden jetzt gehen."

Einen Moment lang dachte ich, Lady Gilpin würde sich weigern, mit ihrem Mann zu gehen, doch dann nickte sie kurz und folgte ihm mit gesenktem Blick.

Er schaute Jodie Rymer an und sagte: „Senden Sie keine einzige Minute von diesem Material. Sie werden von meinem Anwalt hören." Zu dem jungen Mann, der die Ergebnisse eines DNA-Tests in der Hand hielt, der das Leben vieler Menschen verändern würde, sagte er nichts.

Claire ging zu Nick und sprach leise. Ich dachte, er könnte in keinen besseren Händen sein. Ihre Mutter gesellte sich zu ihnen, und die beiden Frauen schienen ihm Trost und gute Ratschläge zu geben.

Lucy faltete das ungeschnittene Band zusammen, und als ich auf sie zukam, strahlte sie mich mit ihrem Wahnsinnslächeln an. „Du warst unglaublich, Jen! Du hast uns alle in deinen Bann gezogen. Ich kann es kaum erwarten, die Aufzeichnung zu sehen."

Ich erschauderte. Ich glaubte nicht, dass ich diese Momente jemals wieder erleben wollte.

Jodie Rymer kam herüber und sagte: „Sie haben mir eine tolle Story versprochen. Ich muss sagen, Sie haben geliefert. Wenn Sie möchten, dass ich über Ihre echte Eröffnung berichte, geben Sie mir Bescheid."

„Das werde ich. Erst muss ich aber noch jemanden finden, der das Band durchschneidet."

Jodie drehte sich zu Tre um, der draußen stand. „Sie

haben doch hier einen berühmten Künstler aus Cornwall, der bereits die Schere in der Hand hält." Dann sagte sie, sie müsse weg. Sie hatte eine Story, für die sie recherchieren musste.

Alle verließen den Laden.

Lucy und ich schlossen ab, und Lucy sagte: „Lass uns nach Hause gehen. Wir müssen ein Treffen des Vampir-Strickclubs abhalten, zur Nachbesprechung."

Das hielt ich für eine sehr gute Idee. Stricken war so ziemlich die einzige Aufregung, die ich im Moment ertragen konnte.

Vielen Dank, dass Sie *Der Strickclub der Vampire: Cornwall* gelesen haben. Ich würde mich sehr freuen, wenn Sie sich dazu entschließen, Ihre Bewertung abzugeben. Das wäre sehr hilfreich.

Eine Nachricht von Nancy

Liebe Leser und Leserinnen,

Vielen Dank, dass Sie *Der Strickclub der Vampire: Cornwall* gelesen haben. Ich bin sehr dankbar für die Begeisterung, mit der diese Serie aufgenommen wurde.

Über Rezensionen freue ich mich immer, und vergessen Sie nicht, anderen Liebhabern von Häkel- und Strickkrimis von dieser Serie zu erzählen.

Sie können Ihre Rezension auf Amazon hinterlassen.

Ihre Beiträge sind die Wolle, mit der ich diese Geschichten stricke.

Bis zum nächsten Mal.
Viel Spaß beim Lesen,

Nancy

Der Strickclub der Vampire: Cornwall

Die aus Boston stammende Hexe Jennifer Cunningham erklärt sich bereit, in einem englischen Fischerdorf in Cornwall ein Strick- und Wollgeschäft zu betreiben – mit Figuren aus der in Oxford angesiedelten Serie *Strickclub der Vampire*.

Der Strickclub der Vampire: Cornwall - Band 1

Der Strickclub der Vampire

Lucy Swift erbt einen Strickladen in Oxford und damit auch die Vampire des Strickclubs, die im Untergeschoss wohnen.

Verwirrung und Verrat - Ein kostenloses Prequel für die Abonnenten von Nancys Newsletter

Der Strickclub der Vampire - Band 1

Maschen und Magie - Band 2

Häkelei und Hexenkessel - Band 3

Der Buchclub der Vampire

Der Blumenladen von Willow Waters

Das Verwunschene Brautkleid

Eine Serie aus fünf romantischen Komödien über Frauen, die auf der Suche nach dem richtigen Kleid, den dazu passenden Schuhen und dem perfekten Mann sind.

Die Flucht der Braut - Buch 1

Die Braut aus Zweiter Hand - Buch 2

Brautjungfer zu mieten - Buch 3

Ein Brautkleid zum Verlieben - Buch 4

Wenn das Kleid passt - Buch 5

Die Oma

Das Jahr, in dem die Weihnachtsoma das Weite suchte

Um eine vollständige Liste ihrer Bücher zu sehen, gehen Sie auf Nancys Website NancyWarrenAuthor.com

ÜBER DIE AUTORIN

Nancy Warren ist eine USA Today Bestseller-Autorin und hat mehr als 100 Romane verfasst. Sie stammt ursprünglich aus Vancouver, Kanada, zieht jedoch gerne um und hat längere Zeit in England, Italien und Kalifornien gewohnt. Die Inspiration zur Strickrunde der Vampire kam ihr während ihrer Zeit in Oxford. Gegenwärtig lebt sie teils in Großbritannien, in Bath, wo sie oft so tut, als sei sie Jane Austen, oder zumindest eine von deren Romanfiguren, und teils in Victoria, Britisch-Kolumbien, wo sie es genießt, am Meer zu leben. Zu ihren Lieblingsmomenten zählen die Tage, als sie die Antwort in einem Kreuzworträtsel der kanadischen Zeitung National Post war, als sie es mit ihrem Roman Speed Dating, dem Auftakt zur Buchreihe Harlequin's NASCAR, auf das Titelblatt der New York Times schaffte, und die drei Male, als sie für den RITA-Award, den bedeutenden Preis für englischsprachige Liebesromane, nominiert wurde. Sie hat einen MA in kreativem Schreiben von der Bath Spa University. Sie ist eine begeisterte Wanderin, liebt Schokolade und vor allem liebt sie es, von ihren Lesern zu hören!

Die beste Weise, mit ihr in Kontakt zu bleiben, ist, sich über NancyWarrenAuthor.com für Nancys Newsletter anzumelden (auf Englisch).

Mehr über Nancy und ihre Bücher erfahren Sie hier:
NancyWarrenAuthor.com

facebook.com/nancywarrenDeutsche

instagram.com/nancywarrenauthor

amazon.com/Nancy-Warren/e/B001H6NM5Q

goodreads.com/nancywarren

bookbub.com/authors/nancy-warren